JN119961

悪役令嬢のペットは
殿下に囲われ溺愛される

Characters

Akuyakureyyono pet ha denkani kakoware dekiai sareru.

レオナルド・ジェミリア・シリウス

エドワードの弟である
チエロ・ベッラ王国の第二王子。
ベアトリーチェの婚約者だが、
女好きの噂が絶えない。

ベアトリーチェ・ローザクロス

ヴィンセントの幼馴染兼主人である
公爵令嬢。
勝気で気位が高いが情け深い、
完璧な淑女。

チエロ・ベッラ王国

ヴィンセント達の母国。
国内外に影響力を及ぼす聖女を擁するため、
他国から『聖国』と呼ばれることもある。

サシャラ國

チエロ・ベッラ王国がある大陸とは別の大陸、
マグェルにある国。
前世の記憶を持つヴィンセントからすると、
中近世の東洋を彷彿とさせる
逸話の多い国である。

セントラル魔法騎士学校

ヴィンセント達が所属する、
チエロ・ベッラ王国の王都にある学校。全寮制。
その名のとおり魔法騎士を育成する場所だが、
それ以外の生徒も多く在籍している。

リュークステラ学園

セントラル魔法騎士学校の姉妹校。
チエロ・ベッラ王国の東にある学園だが、
海に面しているためサシャラ國との
繋がりが深い。

紫光雨（ズーグァンユー）

サシャラ國の第一公子。
セントラル魔法騎士学校の
姉妹校であるリュークステラ学園に
所属している。

第一章　白花の策謀

僕には、僕じゃない男の子の記憶がある。果たしてそれは僕が僕となる前の記憶なのか、それとも僕の妄想、あるいは夢なのか。

記憶の中の『ぼく』は、とても弱い子供だった。色白で、小枝みたいに細くて、いつも具合が悪そうだった。

虐待に育児放棄。成長期に満足のいく食事を与えられず、栄養失調気味の痩躯（そうく）。

世間体を気にして、通っていた学校だけが安らぎだった。下校時間まで学校の図書館で時間を潰して、『ママ』が『お仕事』に出かけるまで近くの公園で過ごす。

学校も『ママ』の『お仕事』も休みの日は、暗くて狭苦しい押し入れで、ひっそりと息をする。服の下は青痣が絶えず、いつもお腹を空かせて蹲（うずくま）っていた。

父親がいないかわりに、いつも違う男の人がいて、『ぼく』に暴力を振るってくる。

『ママ』は若い女の人で、『ママ』が望んで『ぼく』を産んだのではないとすぐに気づいた。

「あんたなんか生まなきゃよかった」

ボロボロ涙をこぼしている。薄っぺらいワンピースから覗く手足は折れそうなくらい細く、目の下には色濃い隈が滲んでいる。

『ぼく』の存在は『ママ』にとって不必要で、ストレスの原因だった。

幼いながらに聡かった『ぼく』は、『大好きなママ』のためにできることをしようと、学校から家に帰る時間をさらに遅くした。

夜の公園にひとり、やつれているが顔立ちの整った子供に大人たちはみんな声をかけてきた。純粋に心配してくれる人もいれば、欲に塗れた顔で、強引に連れて行こうとする人もいた。

大の大人に痩せぎすの子供が敵うはずもない。このまま『ぼく』がいなくなったら『ママ』は心配してくれるかな。

抵抗をやめた『ぼく』を誘拐犯から助けてくれたのは、とっても綺麗で、冷たい冬を思わせる美貌の『おにいさん』だった。

『おにいさん』は『ぼく』にたくさんのことを教えてくれた。

食べたことのないお菓子に、夢中になってしまうテレビアニメ。文字の読み書きが苦手だった『ぼく』に、勉強の一環としていろんな本を見せてくれた。図鑑や現代文学、歴史物語からラノベまで幅広く。

『ぼく』が思っていたよりもずっと、外の世界は楽しいんだと『おにいさん』が教えてくれた。

服の下の青痣や骨の浮いた身体を見て、劣悪な家庭環境にあるのだと言葉にしなくてもわかってしまった『おにいさん』は、自身の家に『ぼく』を泊まらせることも多くなった。

『ママ』の顔を見ないで過ごして、ひと月が過ぎた頃。

学校の帰り道、『おにいさん』の家に向かう途中に『ママ』がいた。

「あんたもわたしを捨てるのね……アイツみたいに、わたしを捨てて、自分だけ幸せになるのね！　そんなの、そんなの許さないわ！　捨てられるなら、ひとりになるなら、一緒に死んだ方がマシよ……！」

悲哀と憎悪に歪んだ顔は、泣いているように見えた。

明らかに正気を失っているのに、『ぼく』は困ったように、仕方ないなぁと微笑って、『ママ』を受け入れた。

『ぼく』は最初から最期まで『ママ』が大好きだった。

細い首に手がかかり、「ごめんね」と泣き笑う『ママ』を見たのが『ぼく』の最後の記憶。


これが正しく僕が僕となる前の記憶であるなら、流行りの転生というやつだった。

妄想でも夢でも走馬灯でもなければ、僕——ヴィンセントは生まれなおしたのだろう。しかも異世界転生！

気が付いた時はテンションが上がった。マンガやアニメの中の存在だった魔法やモンスターが存在していて、興奮しないわけがない。

せっかくの魔法の世界だもの、満喫しなければもったいない——と思った僕だけれど、残念ながら魔法の才能はゼロに等しかった。唯一使える治癒魔法は父に使うことを禁止されている。ファンタジーな雰囲気を楽しむことしかできないが、『ぼく』の環境を思えば十分満足だ。

「ポチ、クッキーが食べたいわ」

「ちょうど、西方から取り寄せたクッキーがあるんだ」

「そう。もちろん紅茶はティアラティア堂の物よね？」

「うん。新発売のブロッサムティーと、ベティが好きなダージリンも用意しているよ」

ご機嫌に頬を緩ませたお嬢様が「うふふ。いい子ね」と片手を持ち上げた。少し背を丸めて屈めば、白金髪（プラチナブロンド）をさらさらと撫でてくれる。

幼馴染みのベアトリーチェ——ベティは薔薇薫るような美少女だ。

太陽の輝きを映した金髪（ブロンド）に、澄み渡る空色の瞳。目尻のつり上がった瞳は、勝ち気で高慢な御令嬢と印象付ける。彼女の人となりを知っていれば、ただプライドの高いお嬢様とは判断しないだろう。

王族の血縁親族であるローザクロス家の直系息女で、第二王子の婚約者。

魔力を四属性扱える天才で、僕の大好きな幼馴染み。『ポチ』と呼ばれると、彼女の特別になれた気がしてとても嬉しくなる。犬につけることが多い呼び名ではあるけど、そこに蔑みがないことを知っているから。

前の『ぼく』がとても辛い人生だったから、今の『僕』は何があっても耐えられる自信があった。

それに、大好きなベティがいるんだもの。毎日が楽しくないはずがない。ベティのお世話をして、僕だけの特別な愛称で呼ばれて、頭を撫でられる。たったそれだけで、僕は幸せになれる。

「次代の聖女様が選ばれたらしいわね」

「聖女……あぁ、三学年に編入するって噂の」

「マリベル様にはわたくしもお世話になったわ。次期聖女様もきっと素晴らしい御方に違いないわね」

お会いするのが楽しみね、と笑みをこぼしたベティに頷いた。

穏やかな日常。幸せな毎日。僕はそれがずっと続くのだと信じて疑わなかった。

＊＊＊

世界各国から子息令嬢が通う全寮制マンモス校――セントラル魔法騎士学校。

四寮に組み分けられた生徒たちは、総勢五百名を超える。いくつも存在するスクールカーストに僕も所属していた。

カーストトップグループの『フルール』は、花の名と家紋を持つ生徒たちで構成されている。幼馴染みのベティもフルール所属で、それも最上級の『赤薔薇』の称号を得ていた。

フルールの少女たちが集まるサロンは、常であれば花の咲う空間である。ここ最近は、まるで葬式のように、暗い雰囲気に包まれていた。

ベティもカウチソファに上半身を預け、美しい顔を涙で濡らしている。

ボロボロと涙をこぼして茫然自失とするベティに、『ママ』の姿が重なって見えた。手の震えを、強く握りしめてごまかした。

ハッとして、ポケットから取り出した絹のハンカチを彼女の目の下に優しく押し当てる。

泣き崩れているのはベティだけではない。先輩も後輩も泣いている。みんな、婚約者に手酷く追い払われ、そしてその側には次期聖女がいたという。

季節外れの編入生である次期聖女様は、とても親しみやすく可愛らしい少女――らしい。寮も学年も違えば早々出会うこともなく、僕は未だにご尊顔を拝見できていないが、誰もが「可愛い人」と次期聖女様のことを評価した。

閉鎖的な学園では噂が出回るのも早い。興味はなくとも自然と『次期聖女様のお噂』は耳に入ってくる。

市井育ちの次期聖女様は、亜麻色の髪に緑の瞳をした可愛らしい少女だそうだ。

よく言えば親しみやすく、悪く言えば貴族の子供が通うこの学校には相応(ふさわ)しくない。しかし、お坊ちゃんたちは毛色の違う市井育ちの娘が気になるらしい。

「僕が、レオナルド様に物申してこようか?」

ベティにだけ聞こえる声音で囁く。

レオナルド第二王子。ベティという素晴らしい婚約者がいながら、女遊びの噂が絶えない男だ。

兄君の第一王子が「白百合の君」と呼ばれる一方、第二王子は「獅子の君」と呼ばれていた。

男前で精悍な顔立ちは、同性の僕から見ても魅力的な青年だ。女遊びが激しいのですべてが台無しだけれど。あの容姿で、誠実な性格だったならベティの婚約も諸手を上げて喜べたのに。

「……ダメよ。ポチじゃあの方に敵いっこないわ」

覇気のない声音に胸が痛む。ベティが悲しいと、僕も悲しい。うっすらと目の下に浮かぶ隈は、夜も眠れていない証拠だった。

「でも、ベティを無下にするなんて許せない」

「いいの。レオナルド様が、彼女を選んだのよ。……ねぇ、ポチ。わたくし、自分に自信があったわ。頭も悪くないし、スタイルだって維持するように努めていたの。ローザクロス家の娘として、レオナルド様の妻として相応しくなるために。なのに、レオナルド様は礼儀もマナーも知らない娘がいいんですって。わたくし、これ以上どうしたらいいのかしら」

とうとう泣き崩れてしまったベティに、常日頃から穏やかな微笑を意識している顔をつい歪めてしまう。

「……ハーブティーを淹れてくるよ」

緩やかなウェーブを描く金髪を撫でた。

サロンを出て、右側に給湯室がある。気落ちした少女たちだけにしてしまうのは心配だけれど、今動けるのは僕しかいない。

溜め息を吐いて給湯室で茶葉やティーポットの用意をする。――不意に、背後からシンクに手をついた人影に覆いかぶさられた。

「ッ、」

「お、っと。すまない。驚かせてしまったかな」

「……王子、殿下?」

咄嗟に人影を振り払おうとして、驚きに目を見開く。

振り向いたそこにいたのは、この国で三番目に貴い御方――エドワード第一王子殿下だった。

白く輝く繊細な白百合のような顔（かんばせ）。蒼みがかった白銀髪（ホワイトシルバー）は艶やかで、緩やかにうなじでまとめられている。すらりとした長身に、次期剣聖と名高い彼の肉体は、細く見えるがしっかりと鍛えられていた。

「あ、ご、御無礼をお許しください！」

いくらベアトリーチェ一筋な僕でも、喧嘩を売る相手は選んでいる。王子殿下なんて雲のさらに上の天上の人。もし僕が彼の機嫌を損ねてしまえば、損を被るのは飼い主のベティだった。

すぐさま膝をつき、頭を垂れる。さらりと、白金が頬をくすぐり、カーテンとなって表情（かお）を隠した。

「そんなに畏まらないで。顔を上げて、ヴィンセント」

王子殿下が気に留めるほどの家柄でもない僕の名前を、なぜ知っているんだ？

訝しげに、そっと視線を持ち上げる。つい上目遣いになる僕に、殿下は笑みを緩めた。

灰蒼の瞳が緩やかに弧を描く。どこまでも綺麗で美しい完璧な微笑を、僕は恐ろしいと感じた。

ベティも人形（ドール）のように整った美貌だが、彼女は生命力にあふれている。同じ人形じみた美貌の殿下は人間らしさが薄く、壁を一枚挟んで対峙しているようだった。

「フルールの御令嬢たちはどんな様子？」

「……皆様、婚約者の方から手酷い言葉と仕打ちを受けたようで、意気消沈しております。特にベティ――ベアトリーチェ様は夜も眠れていないご様子。他の御令嬢も、憔悴していらっしゃいます」

「そうか。ローザクロス嬢に関しては私の愚弟が申し訳ない」

「謝罪をするなら、僕ではなくベアトリーチェ様に直接お願い申し上げます。……いえ、王子殿下が謝る必要はございません。貴方様は何も悪くないのだから」

感情のままに言葉を吐き出してから、ハッとする。そうだ、王太子殿下は何も悪くない。このサロンへ足を向けたのだって、婚約者から手酷く扱われた御令嬢たちの様子を見に来ただけ。ベティのことしか考えていない僕は自分が恥ずかしくなった。

「私に、何かできることはない？」

「王子殿下……？」

「学園の、今の状況は非常に良くない。雰囲気も悪く、下手をすれば大きな問題に発展しかねない。お前もそう思うだろう？」

確かに、殿下の仰る通り。

そもそも、ベティに、否、ローザクロス家に婚約を申し込んだのは王家からだ。

ベティは家族から愛されて育った。彼女の父がこの現状を知ったなら烈火の如く怒り、殿下の言う通り間違いなく大問題に発展するだろう。ついでに、ローザクロス家の分家である僕の生家・ロズリア家も巻き込まれる。

ベティが第二王子のことを、なんとも思っていなかったらよかったのに。女遊びの激しい王子なんて、ベティには相応しくないと何度も物申したのに、「彼の方には自由に生きて欲しいのよ」と淑やかに笑むベティはまるで聖女のように美しかった。

「――なんでも、よろしいのですか？」

「私にできることならね」

「それなら、噂の次期聖女様の行動を窘めてはくださいませんか。聞くところによると、婚約者がいる相手にも関係なく度を越えて親しげに接しているとか。いくら次期聖女様とは言え、はしたない行動ではありませんか？」

「ふ、ふふっ」

「……僕、何かおかしいことでも言いました？」

「いいや。思っていたより、随分とはっきり喋るんだね」

クスクスと喉を転がして笑う殿下に眉根が寄る。

ベティの腰巾着。取り巻き。下僕。周囲の僕へのレッテルだ。

ベティの側に侍り、一も二もなく彼女の言うことを聞く便利な下僕。にこにこと、彼女の側に相応しい綺麗な笑みを心掛けているから、余計そう思われるのだと理解している。

周りが何を思おうと、僕はベティがいればそれでいい。彼女が幸せで、笑っていてくれるなら、なんだってよかった。

「僕は、ベティが悲しむのが許せない。彼女には笑顔が似合う。あんな女誑しのために流す涙なんてもったいない」

「……ふふ、一応私の弟なのだけれど、随分な言われようだ」

「ベティを泣かせるのなら、初めから姿なんて見せないでほしかった。そうすれば、彼女は恋なんてしなかったのに……」

ずっと、僕のベティでいてくれたのに。

俯いて、昏く影を落とした僕は、殿下がどんな表情（かお）で僕を見ているのか気づかなかった。

「私が、お前の大好きなローザクロス嬢を救ってあげようか？」

「……できるん、ですか？」

「婚約をなかったことにしてしまえばいいのさ。今のままなら、愚弟は婚約破棄だとか言い出すだろう。そうなれば、高潔なローザクロス嬢の経歴に傷がついてしまう。けれど、もともと婚約などなかったことにしてしまえば、君の大好きな彼女は傷つかない。美しく聡明なローザクロス嬢であれば次の婚約者もすぐに見つかるだろう」

王家との婚約をなかったことにするなんて、無茶にもほどがある。

ベアトリーチェ嬢をぜひ婚約者に、と願ったのは現王妃様だ。ベティの母とは遠縁の親戚にあたり姉妹同然に育った。国王陛下よりも王妃様を説得するほうが大変だろうに、いとも簡単に「白紙に戻す」と殿下は仰る。

本当にそんなことができるのだろうか。つい、胡乱（うろん）な目で見てしまう。

「――その代わりとは言ってなんだけど、ヴィンセントにもお願いがあるんだ」

「殿下が、僕に？」

「そう。君にしかできないことだよ」

一貴族の次男坊に、王族が何を望むのか。

僕のステータスは『ベアトリーチェ・ローザクロスの犬』くらいだ。

魔法の才能は無いに等しく、剣の腕だってまぁまぁ。唯一の取り柄である治癒魔法も使用を禁止されている。座学は一通り『最優』の判定を戴いているけれど、それだけ。――それだけ、なんだ。

「一体、殿下は僕に何を望まれるのでしょうか？」

殿下は美しい顔を一層笑みに深め、唾を呑んで跪(ひざまず)いた僕の頬に手のひらを滑らせる。

「私の物におなりよ」

一瞬、呼吸の仕方を忘れてしまった。

「――殿下も、お戯れを仰るんですね」

王族ジョークと思いたい。そうでなければ、彼の高貴な方が仰っている意味がわからない。

苦笑して、弧を描く瞳から目を逸らそうとした。

「冗談じゃあないよ。私はずっと、お前が欲しかった」

「なに、を？」

添えられていた手が、頬をガツリと掴んで目を逸らすことを許してくれない。

「私はローザクロス嬢が羨ましかった。一目見たとき、こんなにも美しい人がいるのかと驚いた。月の輝きを秘めた白金髪(プラチナブロンド)に、アメシストをはめ込んだ紫玉の瞳は、まるでエデンに植えられたブドウのように甘そうで美味しそうだった。ローザクロス嬢の完璧な美貌に隠れているけれど、私にはヴィンセントが一番美しく光り輝いて見えたのさ。お前を見つけた時、心の奥底から湧き上がる歓喜と、私の手中に収めたいという渇望に駆られたね。御令嬢はよく上手に隠していたものだよ。時折、お前を見つめていると鋭い眼差しで牽制されていたんだ」

長身を折り曲げて、顔を近づけられる。拒否することも、逃げることも許されない。

ベティは華やかな薔薇の香りをまとっていた。匂いが混ざるのを嫌がるから、僕はパーティーや式典以外では香り物を付けないようにしていた。だからか、殿下の、爽やかな柑橘の中に隠れる甘やかな香りに気づいてしまい、ぐらり、と頭の奥が揺れる酩酊感に襲われる。

いつだって僕は『おまけ』だった。

ベアトリーチェの下僕。ロズリア家の次男。天才の兄と、落ちこぼれの僕。

ベティに気に入られたのが僕だったから、僕はロズリアを名乗れている。

ベティがいてくれたから、僕は僕でいられる。

真っすぐに、熱に浮かされた瞳から熱が移って、全身が沸騰する。白い顔が真っ赤に染まった。

言葉を紡げなかった唇を、かぱり、と開いた口に塞がれてしまう。

アメシストの瞳を見開いて、糸の切れた人形のように体が固まる。

見開いた目と殿下の瞳が交わって、与えられる口付けを享受することしかできなかった。

「――――ん、」

「ッぁ、は、は、は、」

呼吸の仕方なんてわからない。しっとりと濡れた唇が離れて、ぷつりと透明な糸が途切れる。酸素が足りず、顔が真っ赤になる。足から力が抜けて、すっかり尻餅をついてしまった僕に、殿下は舌なめずりをした。

嗚呼、今までで一番、殿下に人間らしさを感じている。

「やっぱり、いつもの澄ました笑顔より、ずぅっと可愛らしいよ。私のヴィンセント」

どうやら僕は、とんでもない御方に目を付けられてしまったらしい。

「……僕が、貴方のものになったら、ベティのことを救ってくださるんですね。本当に、婚約を白紙にできるんですね？」

「嗚呼、約束しよう。――なんだったら、契約でもかまわないよ。ローザクロス嬢のことを決して傷つけさせない。ローザクロス嬢にとっての最良の結果をもたらそう。そしてローザクロス嬢を傷つけずに救えた時、お前は私のものになる。そういう契約だよ」

僕はベアトリーチェの犬だ。犬なら、飼い主のために忠実でなくてはいけない。忠実な犬は、飼い主がサインを出さずとも自分で思考できるくらい賢いのだ。

『契約』は、口約束よりも書類での締結よりも信用できる。お互いの魔力を元に、魔法を使って『契約』が行われる。魔法による『契約』は絶対。破ったり不履行だったりすると、それ相応の罰が下る。

ここで契約の提案を僕が受け入れたら、ベアトリーチェは婚約を白紙に戻せて、婚約破棄という社交界での致命的な傷もつかず、次の婚約者を探せる。ベティのためなら、ベアトリーチェが傷つかないためなら僕はなんだってやってやろう。

「エドワード・ジュエラ・レギュラスはヴィンセント・ロズリアに白百合を捧げよう」

「ヴィンセント・ロズリアは、エドワード・ジュエラ・レギュラスに白薔薇を捧げます」

契約に形も儀式も存在しない。そこに魔力と、契約を結ぶふたりがいれば行える。

学園の給湯室で、ムードもなにもないけれど、この人との間にそんなもの必要ないだろう。

体の中に入ってきた殿下の魔力はとても冷たくて、いつまで経っても慣れることなく背筋が粟立っていた。

「――契約は結ばれた。これで、お前と私は一心同体、運命共同体だ。私が呼んだらすぐ来るように。約束だよ?」

「………………」

「ほら、いつものお返事はどうしたの? 大好きなローザクロス嬢にするみたいに、〝ワン〟と鳴いてごらんよ」

「………かしこまりました。第一王子殿下」

あまりにも人間らしい意地悪な微笑を浮かべる殿下に、これが本性だったのかと思う。口先まで出かかった溜め息を無理やり飲み込んだ。

＊＊＊

「迎えに来たよ、ヴィンセント」

フルール・サロンにて、いまだ活気の戻らぬ静かなお茶会を開いていたところ、招かれざる客人の訪れにざわめきが広がった。

突然やって来た客人に、フルールの御令嬢たちは驚き、黄色い声を上げながら手櫛で髪を整え、手鏡でリップを直した。

同じ制服を身にまとっているのに、どうしてこうも煌びやかさが違うのだろうか。やはり、顔が良いと煌めきもより一層増すのだろうか。

「ベティ、紅茶のおかわりはどう?」

「けっこうよ」

「ベティ、フルーツでも持ってこようか」

「まだおやつの時間には早いでしょう」

「それもそうだね。じゃあ、ベティ、」

「ポチ。あの御方は、貴方を呼んでいるようだわ」

僕のささやかな現実逃避は、ほかならぬベティによって阻止された。細い眉根を寄せ合わせ、不機嫌をあらわにした表情を扇子で隠してしまう。

「彼の貴い御人をお待たせしてはいけないわ。ポチ、早くお行きなさい」

「……うん。ごめんね、ベティ。なるべく、すぐに戻るから」

柔らかな金髪を一房掬い、口付けを落とす。

ほんの少しだけベティの機嫌が上を向いたのと同時に、貴い御人の機嫌が地の底まで落ちるのを感じた。海の中を飛びたいなぁ、とファンタジックなことに想いを馳せて現実逃避する。

お嬢様たちの視線を受けながら、高貴な御方に恭しく(うやうや)お辞儀をしてサロンをあとにする。

パタン、と背中でガラス扉が閉じた瞬間、腕を引かれて給湯室へ連れ込まれた。

「――いけない子だね。ヴィンスは、こんなにも私のことを惑わせるのが上手なのだから。褒めてあげよう」

「いい子」と艶やかに耳元で囁かれる声音は言葉とは裏腹に非常に冷ややかで、迸る(ほとばし)嫉妬が滲んでいた。

「お前は誰のモノ？」

「僕は、ベティの」

「違うだろう。まったく、何度言ったらわかるんだい。ヴィンスは、もう私のモノなんだよ。そういう約束をしたじゃないか。それとも、ヴィンスは約束も守れない悪い子なのかな？」

うっとりと、独占欲と執着心を隠すことなく甘ったるい吐息とともに言葉を吐き出す。それが堪らなく恐ろしかった。ベティだけで構築されていたはずの僕の世界に、無遠慮に土足で踏み込んでくる。

色褪せた世界にぽつりとひとり。

僕の世界はいつも冷え切っていた。それでも立っていられたのは、『ベアトリーチェ』という華が咲いているから。その華だって僕のものではないどころか、いつまでも一緒にいられる相手ですらない。

『ぼく』は冷たく、狭い世界で息をしていた。それに比べたら、『僕』は衣食住が保証されている。これ以上何を望めと言うのだろう。

あれも、これも、欲しいものすべてに手を伸ばしても、全部は手に入らない。だから、初めから望まなければいい。ベティの気まぐれで側に侍(はべ)ることを許されているけれど、それもいつまでかわからない。

ベティが結婚してしまえば、僕は当然、今までのようについていてはいけない。また、ひとりぼっちになってしまうのが嫌だった。

ひとりぼっちは、寒くて冷たくて、息ができなくなる。

「私を、君の世界に入れておくれよ」

熱烈な、身も心も燃えてしまうほど情熱的な言葉に揺さぶられる。

——僕は、溺れるほど深い愛を求めていた。

頭の中がぐちゃぐちゃにかき混ぜられる。求めているものを理解していながらも、認めたくなかった。だって、僕はこんなにも恵まれている。幸せなんだ。

綺麗なお洋服に温かい食事。夜は柔らかなベッドでぐっすりと眠れる。これのどこに不満があるというの。

太陽に近づきすぎたイカロスは、蜜蝋で固めた翼が溶けて墜ちてしまった。

傲慢が導く先には破滅しかない。花も折らず、実も取らず。欲張れば何一つとして手に入れられない。

「私なら、お前をひとりにしない。名を呼んで、手を引いて、抱きしめてあげられる。——お前のベティは、名前を呼んで、抱きしめてくれた？」

「っ、べてぃ、ベティは……あ、頭を撫でてくれるし、褒めてくれる、から」

「ヴィンスはそれだけでいいの？」

息が、止まった。

本当は、名前で呼んでほしかった。もっと、たくさん褒めてほしかった。

ベティの側にいると、息をすることができた。だけどそれは、ベティに常に側にいることを望まれているわけではなかった。

さながら、僕は孤高の薔薇へ水をやる特別な庭師。

ベティが喜ぶからネイルケアやヘアケアの仕方を覚えたし、紅茶を淹れるのにも自信がある。けれど、ベティのメイドたちはもっと完璧に丁寧に、要望に応えられる。僕はいてもいなくても変わらない。独りよがりの渇望だった。

「ヴィンスはよく頑張っているね。座学も学年では上位の成績を維持しているんだろう？」

「でも、それは、僕は魔法も、剣術もイマイチだから」

「そんなの、人それぞれだろう。魔力はあっても、魔法を使える方が稀なんだよ。——私の秘密を、お前だけに、特別に教えてあげる」

ぎゅうぎゅうと、痛いくらいに抱きしめられて、耳元で囁かれる声が一層潜められる。

殿下の、秘密？

訝しげに首を傾げ、ソッと顔色を窺う。目が合うと穏やかに微笑まれて、彼が怒っていないことにホッと安堵してしまう。

「ひみつ、ですか」

「そう。私と、ヴィンスだけの秘密」

ゆるりと、唇が美しい三日月を描く。

つるりと柔らかな唇だった。薄紅に色付いた唇が、想像よりも冷たかったのを思い出し、喉奥がおかしな音を鳴らした。

「私はね、じつは魔力をうまく循環させられないんだ」

魔力を保有する人間にとって、それは致命的な欠陥だった。

血液に含有される魔力は体内で精製されない。大地、自然、大気から魔力素（マナ）を体内に吸収して、魔力に変換して、魔法として発散・放出する。

魔法は使えなくとも、ただ魔力を放出するだけなら誰でもできる。それこそ、赤ん坊ですら。魔力保有者にとって、魔力素（マナ）の循環は呼吸と同義であった。

文字通り、呼吸なのだ。人は呼吸ができなければ死んでしまう。

国内でたびたび話題に上がる社会問題がある。

干からびた死体が見つかっただとか、人の身体が内部から膨張して破裂しただとか。これらはすべて、魔力の循環ができなくなった魔力保有者の行く末だ。

『魔力低換気症候群（まりょくていかんきしょうこうぐん）』と呼ばれ、難病指定されている。今現在、原因も治療法もわかっていない。

次期剣聖と名高く、魔法コントロールも学園随一の実力者で、次代の国を担う王子殿下がまさか疾患患者だとは思いもしなかった。

けれどある意味、納得した。

剣術に優れていれば、騎士王として国を治められる。魔力のコントロールが優れているのも、体内の魔力を一ミリも無駄遣いできないからだ。無意識下で魔力を循環出来ないから、意識して魔力をコントロールするしかないのだ。

「これを知っているのは、両親と私の主治医だけ。だからもし、ヴィンスがこの秘密を誰かに、」

「言うわけがありません！　こんなの、もし、もしどこかに漏れたら国勢が一気に傾いて、下手をすれば国落としをしようとする輩まで現れかねません。……本当に、どうして、なんで僕にこの秘密を明かしたんですか……」

脱力して、殿下の肩に額を押し付けた。

キャパオーバーだ。考えるのも面倒臭くなってきた。

「誰もが私のことを完璧だ、天才だ、と褒め称えるけれど、本当の私は魔法使いになり得ない欠陥品で、どこへ行っても、私は息苦しかった」

「精神的にでしょうか。それとも、物理的にでしょうか」

「どちらも、だね。私の努力も知らずに上辺だけを褒め称える周囲に息が詰まったし、常に私の周りだけ酸素が薄くて、ちょっと走れば息切れてしまうような感覚に呼吸もままならなかった。けれど、ヴィンスの側にいるととても息がしやすくなるんだよ。流れの悪い管の中を、さらさらの水が流れていく清涼感と、モヤがかかっていた頭の中がさっぱりしていくんだ」

思い当たる節はある。僕の、唯一の取り柄でもある治癒魔法だ。

魔力属性は、魔力素の割合によって決まり、海や川など水辺から取り入れた魔力素が多ければ水の属性。他にも火の属性、風の属性、大地の属性、ごく稀に光や闇の属性を持つ者もいるが、本当にごくわずかだ。広大な砂漠から一粒のダイヤモンドを見つけるようなもの。

殿下は光の属性持ちだ。

僕の治癒魔法は、どれにも属していない。怪我した箇所を再生・治療できる治癒魔法はかつて失われた古代魔法のひとつだった。あえて振り分けるなら光の属性だが、無属性というのが正しい。

現在治癒魔法を使える魔法使いは僕以外では国内に二人しかいない。ひとりは王族専任治癒師で、もうひとりは国で一番の医療機関に勤めている。

「きっと、同じ光の属性なので循環がうまくいっているんじゃないでしょうか」

「……ふぅん。そうなのかな」

あぁ、疑われている。

同属性だから魔力循環を補助するなんて聞いたこともなければあるわけがない。そんなことが実際に可能であったなら、難病指定なんてされていない。

「はぁ……ほんとうに、ヴィンスの側は心地よい。私はお前がいないと生きていけないよ」

僕がいないと、生きていけない。

腹の奥がぎゅるりと疼いて、つい手を伸ばしてしまいそうになる。

「……ねぇ、ヴィンス。私の背に手を回して」

「え」

「そうしてくれたら、私はもっと息がしやすくなれると思うんだ」

ほら、と促されて、重たい腕を、広い背中へと伸ばす。薄いように見えて、がっしりと厚みのある体だ。背中は広くて逞しい。ぎゅっと腕を伸ばして抱え込んだ。

「は、ぁ」

首筋に、熱い吐息がかかる。

「お前から離れられなくなってしまいそうだ」

「………それは、困ります。あの、誰か、入ってきたら」

「施錠魔法をかけている。誰も入ってこないから安心して」

外の助けは求められない。つまり、詰みだった。

誰の助けも望めないのなら、諦めてしまえば楽なのを知っている。だって、ずっとそうやって生きて来たから、諦めることしか僕にはできなかった。

抱きしめられると、殿下のまとう香りが余計に頭の中をかき乱してくる。柔らかな軽いテノールは鼓膜をしっとりと揺らして、艶のある声で囁かれると腰の奥が痺れてしまう。剣ダコのある、厚くて大きな手のひらに頬をくすぐられ、撫でられると安心感を抱いた。

冬の空を映した瞳が、熱に浮かされてとろりと溶けていく。麗しい顔(かんばせ)が近づいて、僕の唇を奪った。

瞳はあんなにも熱っぽいのに、柔らかな唇は妙に冷たい。ちゅ、ちゅ、と鳴るリップ音に羞恥心を掻き立てられる。ファーストキスもセカンドキスも殿下だなんて、世の乙女たちに知られたら背中を刺されてしまうだろう。……あれ、キス、といえば昔何か……駄目だ、ベティ以外のことは自分自身のことであってもどうでもよすぎて、覚えてない。

薄く開いた唇を舌先が割って口内を荒らす。歯列をなぞり、奥へ縮こまった舌を絡め取られて、水音を立てながらぢゅうぢゅうと吸われる。上顎の窪みを舌先になぞられると、耐えられないくすぐったさと背筋の甘い痺れに鼻から声が抜けて行った。

膝が震えて立っていられない。ぐずぐずと腹の奥で燻ぶる感覚をごまかして、背中に回していた腕を幾分か高い位置にある首へと回した。縋り付く体勢に嬉しそうに目を細めるものだから、きっとこの人は僕が何をしても喜ぶのだろう。

息ができなくて、頭がふわふわする。熱くて、あったかくて、気持ちが良い。

まるで羊水に包まれているみたい。こんなの、ベティは与えてくれない。心の奥底から湧き上がる歓喜に、目尻から雫が零れた。

数秒、数分、どれくらい経っただろう。ようやく離れた唇を透明な糸が繋ぎ、ぷつりとそれは途切れてしまう。名残惜しくて、血色の良くなった唇をぼんやりと見つめた。

「……あまり、物欲しそうな顔をしないでもらいたいのだけれど」

「もの、ほしそうなかお」

「とっても綺麗で、可愛くって、扇情的な表情(かお)だよ。はぁ……もう、ずっと私と一緒にいて欲しい。

どうして君はこんなにも愛らしいのだろう。他の人間になんて見せたくない……。いっそ、囲って閉じ込めてしまえばいいのかな」

人ひとり監禁するくらい、王子殿下なら簡単だろうな。

細腰に回った腕に力が入る。

僕にとって殿下は、遅効性の甘い毒の蜜だった。僕が欲している言葉を、求めているものを与えてくれる。声に、仕草に、記憶に、『エドワード』という男を刻みつけられる。

ベティを救ってもらう約束をしてから、殿下と会うのはこれが初めてなはずなのに。学年が違えば行動範囲も違う。無駄に広い校舎内ですれ違うこともない。

流れる水のように、揺蕩う花びらのようにするりと心の内側に入り込んできた殿下を、僕は追い出せなかった。

鼻先を擦り合わせて、戯れに触れ合うだけの口付けを繰り返す。厭らしい行為ではなく、ネコとイヌが毛づくろいをし合っているようだ。

「ふふ、こんな状態じゃあ、愛しいお嬢様の元へは戻れないね」

「ぁ、ん、ん、で、殿下、」

「名前で、呼んで」

息も絶え絶えで、真っ赤に蕩けた顔をしながら、この行為は不敬ではないのだろうか、と今更すぎることを思う。

「他ならぬ私が呼んでと言っているんだから、不敬でもなんでもないよ。さぁ、その可愛らしい声で囀（さえず）ってごらん」

煌々と光を湛える瞳に抗えず、彼の人の御名前を舌先で転がした。

「エドワード、さま」

「エディ、と呼んで。ヴィンスには、ただの『エディ』と呼ばれたいんだ」

「……エ、ディ」

「なぁに、ヴィンス。可愛い可愛い、私のヴィンス」

赤くなった目尻に唇が寄せられる。リップ音を立てる殿下――エディに再び羞恥が湧いてくる。

この人、いつまで抱きしめて「ちゅっちゅ、ちゅっちゅ」とキスをしているんだ。なんだ、『私のヴィンス』って。男に向かって可愛いなんて形容詞は正しくないだろ。

どろどろに頭も体も溶かされてしまった僕は、その後ベティの元へ結局戻ることはできなかった。

＊　＊　＊

フルール・サロン――ではなく、エディが個人で所有するサロンにてお茶の用意をしている僕。

フルール・サロン風にいうなれば、ロイヤル・サロンだろうか。王子だけに。

「うん。美味しいね。ヴィンスの淹れる紅茶が一番美味しいよ」

「御冗談を。殿下の、」

「名前」

「…………え、エディに仕える方々が淹れるほうがずっと本格的で丁寧な風味を感じられるでしょう」

三日に一度の頻度でエディがフルール・サロン、あるいは教室まで迎えに来るようになった。

ベティは心の底から不機嫌を隠さず、「行きなさい」と扇子を振って、一瞥もくれなくなってしまった。

フルール・サロンに所属する生徒のほとんどが上流階級の中でも更に上流に属するご令嬢だ。内装は華やかで繊細な拵えの調度品が多く、広い部屋を与えられている。それに比べると、王族が所有するにしては、この部屋はこぢんまりとしていた。

大きな窓からは季節の花々が美しく彩る花園が望める。白と青を基調とした、落ち着いた雰囲気の室内にはカウチソファとローテーブルがひとつずつだけ。部屋の入り口には特殊な魔法陣が張られている。エディが許可した者でなければ、足を踏み入れることすらできない仕様だ。

透き通るガラス窓は光が当たると、きらきらと輝きを放つ透かし細工が彫られている。置かれている調度品のひとつひとつが、一級品以上の価値があった。

花瓶に生けられた白雪の花から香る甘い匂いは、どこかエディのまとう香りと似ている。僕の心をざわめき立てて、落ち着かなくさせた。

大きなソファにひとりゆったりと腰かけるエディをこっそりと盗み見る。僕の視線に気が付いてにっこりと微笑んだ。

「そんなに見つめられると穴が空いてしまうな」

「見ていません」

「ふふ、こっちにおいで。一緒にお茶をしようと誘ったのに、どうしてお前だけ立っているの」

座ろうと言われても、椅子はエディが腰かけているソファしかない。まさか隣に座れと仰っている？

なぜか気に入られている（で済ませていいほど気軽な感情ではないが）僕だけれど、エディは王子で、僕は伯爵家の次男坊。昼と夜、光と闇、チョークとチーズと言っていいほどの身分差だ。

唾液を交換し合う口付けまでしておいて、「不敬ですから」と言って断ろうものなら、何を今更、と鼻で笑われるだろう。

隣の空いたスペースを叩くエディにむぎゅっと口を噤んで、おそるおそる近づいた。そっと、指先で触れたソファはやっぱり柔らかくて、腰を痛めない程度に反発がある。

「ヴィンス？」

冬の瞳が丸められる。

跪くことはわりとよくあった。ベティと同じソファに腰かけることは僕自身が許せなくって、背後で佇み控えるか、ソファの足元で跪くかのどちらかだった。

足元にも配慮されたこのサロンはフローリング全体にベルベットの絨毯が敷かれていて、膝をついても痛くない。

ソファに腰かけるエディの足元に片膝をついて、許しを請う。

「殿下と、同じソファに腰かけるわけにはいきません」

「……ふ、ふふっ、ははは、こ、これじゃあ、本当に〝待て〟をするワンコじゃないか」

ぱち、ぱち、と冬の瞳が瞬き、目尻に浮かんだ涙を指先が拭う。年相応な笑みに、こんな表情も できるのかと驚いた。

どうやらこの体勢がお気に召したらしい。ご機嫌に頬を緩ませ、伸ばした手のひらで、さらさらと僕の髪を梳いていく。

魔力の循環が滞っている彼の体は、健常者よりも随分と平熱が低く、まるで雪の精霊のように冷たい。

触れるたび熱と氷が溶け合って、混じり合っていくような感覚にふわふわしてしまう。混じり合う体温が、独りじゃないことを教えてくれて、もっと撫でて欲しい、もっと触れて欲しい、と無意識に頭を手のひらに押し付けていた。

しゃらりしゃらりと指の隙間からこぼれていく感触を楽しみながら、エディは心を満たす充足感に、柔らかい顔をしていた。

手のひらが滑り、指先が耳の形を確かめるようになぞっていく。

くすぐったくて身を捩れば、「こら」と窘められてしまった。耳の裏を爪先がひっかき、柔らかくて薄っぺらい耳垂をコリコリとこねくり回される。

耳輪の窪みを触れるか触れないかの曖昧な感覚でなぞられて、つい体が跳ねてしまう。

「あっ、も、申し訳ありません」

「んーん。かまわないよ。くすぐったい？」

「は、い」

「そっか」

耳を弄っていた手は首筋を辿り、今度は顎下に触れた。顎関節から咽喉の上らへん、皮膚が薄く柔らかいところに指が押し付けられて、圧迫感と息苦しさに顎先が上を向く。

急所である喉元を曝け出す姿は、御主人様から与えられるご褒美を待つ、従順な飼い犬のよう。そんな自分を想像して、苦虫を噛み潰したような顔になってしまう。

する、するり、と顎下からワイシャツの合わせ目までを手のひらが行ったり来たりする。何かを確かめるように、細く白い首を軽く握ってみたり、撫でてみたりを繰り返した。

ただ、撫でられているだけなのに、僕の体は触れられることに喜び、勝手に熱くなっていく。きっと、顔ももう真っ赤になっている。

この行為は一体いつまで続くのだろう。このままだと、逆上(のぼ)せてしまいそうだ。ただでさえ、このサロンにいると緊張して、深く息も吸えないのに。

上目に窺ったエディは、にこにこと上機嫌で、相変わらず何を考えているのかわからない。

ベティのことが羨ましかったと言ったが、つまり、僕のような下僕が欲しかった、ということだろうか。殿下なら、より取り見取りだろう。僕よりも美しい見目の女性から男性まで、侍(はべ)らせることなんて簡単だ。殿下が自ら選ばなくとも、下僕のほうから寄ってくる。

隣の芝生は青く見える、というやつかもしれない。このまま、エディに付き合っていたら、ベティは僕に愛想を尽かして、僕のことを捨ててしまうかも。でも、殿下のこのお戯れも一体いつまで続くのかわからない。

捨てられて、お役ごめんになってしまったら、僕はどうしたらいい。

誰にも求められず、透明人間のように扱われ、忘れ去られてしまう。あるかもしれない未来を考えると、胸が張り裂けそうになった。

「ヴィンス、口を開けて」

楽しげなエディは、拒否されるなんて思ってもいない声音で僕に命令する。

小さく、ほんの少しだけ開いた唇に指先が押し付けられた。角のない、まぁるく均一に整えられた爪が歯に当たる。

「舐めて」

僕の熱が移って、溶けた指先に舌を伸ばす。おそるおそる、ちょん、と舌先が触れると、より一層笑みを深めたエディに、無意識に強張っていた肩から力が抜けた。

揃えられた人差し指と中指を唇で食む。口内に侵入してきた異物に唾液があふれ、それをこぼさないように飲み込みながら丸い指の腹を濡らす。爪と皮膚の隙間をなぞり、指を伝っていく唾液が彼の人の袖を濡らす前に、舌を伸ばしてぺろぺろと掬った。

気が付くと指は好き勝手に口内を動き回り、厭らしい水音がサロン内に響いた。

舌の中央を押されると、ぐぷり、と唾液が増える。それを巻き込みながら内頬を掻いて、舌の裏側に潜り込ませたり、上顎のでこぼこをなぞられたりすると背筋が震えた。

くすぐったさともどかしさに飲み込みきれなかった唾液がこぼれて、袖口を汚してしまう。

噛まないようにと開けていた口元がテラテラと濡れる。肩で息をする姿はさぞ滑稽だろう。

「うぇ、」と喘ぐ音とともに、指先につままれた舌を引っ張り出される。

「短くって薄いなぁ」

人差し指と親指でつままれた舌は、散々いじくりまわされて感覚が過敏になっていた。平べったいところを親指の腹が撫でると、もどかしさに頭がふわふわした。

「いい子だね、ヴィンス。私の言うことをよく聞く、とってもいい子だ」

すっかり気が抜けて、ぺたんと尻を落としている僕を叱ることもなく、エディは手放しに褒めてくれる。いい子、イイ子、と頭を撫でて、頬を撫でて、言葉で褒めてくれる。

麻薬みたいな甘い施しに、頭も体も溶けてしまう。与えられる甘美な施しを覚えてしまった身体は、すっかり言うことを聞かなくなってしまった。

ベティの、ベアトリーチェのところへ戻らなくてはいけないのに。与えられる喜びを手放したくなかった。

「ヴィンスはとっても良い子だからね、今度、ご褒美をあげるよ」

嗚呼、今まさに、この甘い行為こそご褒美だというのに。これ以上何を与えられるのだろう。

糖蜜にズブズブと浸かった果実のように、這い出られなくなってしまう。

パッと指を放したエディは、濡れた手を差し出してくる。懐から取り出したハンカチを水差しで濡らし、手首から指先までを丁寧に拭いていく。

端麗な容姿に似合わず、ごつごつした手は騎士の形をしていた。

「――今月末にでも、君のだぁいすきなお嬢様と、愚弟の婚約は白紙になる」

待ち望んでいた言葉に、勢いよく顔を上げる。

エディは、とても不思議な表情をしていた。口元は緩やかに弧を描いているのに、灰蒼の眼はまるでガラス玉のようにつるりとしている。

「そうしたら、お前はもう、私から逃げられないね」

手先を拭っていたハンカチごと手を強く握られて、腕を引かれる。

「ぁ」

力の入らない体は簡単に引き寄せられて、ソファに手をつき、エディの膝に乗り上げてしまう。無理やり腕を引いた強引さはどこへやら、簡単に振りほどけてしまうほど、柔らかな力で抱きしめられた。

まるで、僕が逃げて行かないことを確かめているようで、腕を伸ばして抱きしめ返すことも、拒否して逃げ出すこともできなかった。

「やっぱり、お前は良い子だね」

いい子、いい子、私の可愛い子。

子守唄を紡ぐように、砂糖菓子が蕩けた甘い声が流し込まれる。どろりと重たくまとわりつくそれは、冷えて固まり僕の身動きを取れなくしていく。

「大丈夫、ヴィンセントの望むように、ローザクロス嬢には傷ひとつつけないで解決してあげるよ。だから、私との約束を覚えているね」

「……はい」

ヴィンセント・ロズリアは、エドワード・ジュエラ・レギュラス第一王子殿下の所有物となる。契約はすでに結ばれている。違えることも、拒否することも、逃げ出すことも僕はできない。心臓の真上に現れた契約紋は、エディが約束を果たすと同時に華を開かせ、決して断ち切ることのできない所有の証しとなる。それが咲いてしまえば、僕はエディの物となり、エディが僕を手放さない限り、契約紋が消えることはない。

「ヴィンス、口付けをして？」

願われるがままに、柔らかな唇に触れるだけのキスをする。何度も何度も角度を変えて啄(ついば)み、冷たい唇を温めるように食(は)んだ。

エディとの戯れは、僕がどこかに忘れてきてしまった熱を思い出させる。中毒性があって、ついこの先を期待して、はしたなく強請(ねだ)ってしまいそうになる。

ふとももを跨いで落とした腰に、時折膝が揺さぶられ、悪戯な快楽が体中を走った。

口吸いとは、こんなにも甘いものなのか。それとも、エディが甘いからそう感じるのだろうか。

逞しい腕がかき乱すように白金髪(プラチナブロンド)の頭を抱いて、さらに深くなる口付けに息ができなくなる。

キスをしているときは鼻で呼吸をするんだよ、と教えてくれたけれど、まだ実践できなかった。

だって、そんな余裕もない。

「きゃぁッ！」

バチンッ、と入り口にかけられた魔法陣が侵入者を弾く音と、甲高い悲鳴が響いた。

「ッ⁉」

見られたんじゃ、と顔を蒼くする。体を離そうとする僕に「認識阻害の魔法もかけてる」と険を滲ませたエディは、抱きしめる腕に力を込めた。

騎士見習いとしてエリート街道を突き進むエディの力に貧弱な僕が敵(かな)うはずもない。誰も入ってこられないし、見えもしないのならいいか、と大人しく腕の中に収まった。

巣の外を警戒する僕に、エディは嗤いを噛み殺す。

だぁいすきなお嬢様(ベアトリーチェ)しか見えていなかった盲目の子犬(ぼく)は、放し飼いにされていた。美しくて綺麗で、とっても可愛い子犬を欲しがる者は大勢いるだろう。だから、どこの馬の骨ともわからぬ輩に手垢をつけられる前に、エディは首輪をつけることにした。

ベアトリーチェがこの変わり様を見たなら、怒り狂って卒倒してしまうかもしれない。それも面白い余興だな、とこぼしたエディの胸元を叩きつければ、エドワードは『とっても優しいエディ』の仮面をかぶりなおした。

「せんぱぁい！　いないんですかぁ？」

間延びした少女の声に、全身の毛が逆立った。

「お知り合いですか？」

「こんな不作法な知り合いはいない。ヴィンスも、名前だけなら耳にしているはずだ。お前のだぁいすきなお嬢様を悲しませる原因となった、噂の次期聖女様だよ」

愉悦と悪辣を内包した声に、息を潜めていた憎悪が再び芽を出す。

「親しいのですか？」

「愚弟に紹介だけされたな。向こうは私のことを気に入ったようだけれど、私は特になんとも」

「次期聖女様なら、王子殿下は親交を深めたほうがよろしいのでは？」

「君は、アレが本当に聖女に選ばれるとでも？」

柔和で穏やかさが売りの王子殿下にしては珍しく、嘲りと嫌悪をあらわにしている。

聖女とは、神の恩寵を受け、国を暗闇の侵略から守護する高潔で神聖な乙女のことを呼ぶ。聖女になるには第一に光の属性のみを持ち、純潔でなければならない。そのために聖女を志す少女たちは、数えで七歳になると、大聖教会へ赴き修行と勉学に努めるのだ。

国を守護する聖女は国民にとって偶像的存在（アイドル）である。

聖女第一候補であったとある公爵令嬢は、美しい容姿に慈愛に満ちた気質で、候補でありながらすでに国民から高い支持を受けていた。――にも関わらず、『次期聖女』としてポッと現れたのは市井育ちの、マナーも教養もなっていない芋臭い町娘。

大聖教会は大混乱に陥っていたよ、と当時の様子を思い返しながらエディが教えてくれる。

聖女とか偶像的存在（アイドル）だとか、興味のない僕には真新しい情報だ。

継承の儀式を行っていないのに、次期聖女――サロンの入り口を塞いでいる少女に、聖女の『証し』が表れたのだとか。

「見目は良いと聞きましたが」

「市井育ちにしては整っているほうなんじゃないかな。ブロッコリーかカリフラワーかの違いだよ。

「それよりも、私のヴィンスの方がずっとずっと美しいよ」

「……まだ、貴方の物ではありません」

「ふふっ、まだ、ね。それで、どうする？　私が許可しない限り、彼女はこの中には入ってこられないけれど」

入れても入れなくても、どっちでもいいよ、と選択がゆだねられる。

「――会うつもりはありません」

「そう。じゃあ居留守でもしようか。防音の魔法を張れば外の音も気にならない」

口の中で呪文を紡ぎ、手をひらりと振った。とたん、キンキン響く黄色い声は聞こえなくなる。

「便利ですね」

「君が側にいてくれるから私は魔法を使えるのさ。これで外も気にならない。……続き、するかい？」

言葉を探しあぐねる僕が紡いだ音は、悪戯に笑んだエディによってかき消されてしまった。

＊　＊　＊

言葉の通じない宇宙人と会話をしている気分だ。

「ポチだなんて！　犬猫じゃないんだから、そんな名前で呼ぶなんて可哀そうよ!!」

僕って可哀そうだったんだ。

かろうじて、僕は微笑を保っている。けれど、足を止めさせられたベティは、堪忍袋の緒がそろそろ限界を迎えそうだ。

不機嫌を全面に表し、顔の前で開いた扇子を握る手はギリギリと震えている。

プライドが高く、性格のキツいベティだけれど、苛烈なように見えて意外と冷静。僕の方が直情的なところがあったりする。ベティのことに関すると、どうしても爆弾に直接着火してしまうからしかたない。

「わたくしとポチの問題に、なぜ貴女が口を挟んでくるの？」

「あたしが聖女だからよ！　ねぇ、貴方もポチだなんて呼ばれて嫌でしょう？」

「僕は別に。強いて言うなら、ベティが特別につけてくれた愛称だから嬉しいよ」

「無理やり言わせられているのね!?　なんて酷いのかしら！　大丈夫よ、きっとあたしが救ってあげるからね！」

わぁ、本当に話が通じない。

ベティの細く美しい柳眉が寄せ合わされて、眉間に深いシワが刻まれている。白い眉間に型がついたらどうしてくれるんだ。むしろどうしてやろう。

眉尻を下げ、困り笑顔を浮かべながら、脳裏のイメージにモザイク処理をかけた。聖女ならやっぱり磔（はりつけ）とかかな。いっそ火炙りか。骨も残さず焼いてしまえば証拠隠滅も完璧だ。

――事の発端は三十分ほど前。

たまには大食堂（リストランテ）でランチにしましょう、と言うベティのお誘いを断るわけがない僕は、二つ返事で大食堂までエスコートした。

「パスタが食べたいわ。ポチも好きなものを選んできなさい」と寛大なお言葉に、ルンルンでオーダーしに行こうとした僕を、品性の「ひ」の字もない声が引き留めた。

「ポチだなんて!! 人につけるあだ名じゃないわ！」

すぐさま引き返した僕が目にしたのは、まるで小さな女の子がそのまま成長したような女子生徒——すなわち、次期聖女様ことセレーネ・ロスティー嬢だった。

次期聖女様の背後には、腕組み後方彼氏面をする騎士団長令息様と宰相閣下の愛弟子様がいらっしゃる。いきり立つ彼女を落ち着かせるわけでもなく、「さすがは慈悲深いセレーネだ！」とでも言うかのようなドヤ顔を披露している。

僕とベティの関係に、赤の他人が口を挟んでくるな、と声を大にして言いたい。こちら、と扇子の上から覗く瞳が僕に向けられる。なるほど、僕が手を出さないか見張っているのですねお嬢様。

今のところ手は出すつもりないので安心していただきたい。僕はベティに忠実な忠犬であって、飼い主の許可なく誰かの手を噛む狂犬ではない。

「貴女と僕たちは初対面のはずだけれど。どうして赤の他人にそこまで余計な口を……ではなく、お節介を焼けるのかな？」

一歩、前へ踏み出す。この次期聖女様は、ベティに手を上げると確信があった。野生の勘である。

会敵して五分足らずだが、十分に、『次期聖女様』がどういう人物かわかった。ベティとは根本的に反りが合わない人間だ。それだけ判明すれば、どう対処すればいいかわかる。

自身が正義だと、正論だと信じて疑わない愚直すぎるほど真っすぐで、折れることのない芯。心底、腹が立つ。綺麗ごとだけで生きて来たことを窺わせる、穢れない純真さ。横っ面をぶっ叩きたい衝動に駆られる。

震えるほど強く拳を握りしめる。そうでもしていないと『ついうっかり』お化粧した顔に拳を叩きこんでしまいそうだった。

「あたしが、聖女だからよ！」

ドドンッ、と効果音が聴こえそう、否、見えそうなほど堂々としたドヤ顔を披露されてしまった。

ゆっくり、じっくり、三拍、間を置いて首を傾げる。

「それで？」

「えっ」

鳩が豆鉄砲を食ったような顔で素っ頓狂な声を上げた彼女は、次第に困った表情になった。

『次期聖女』というだけで、セレーネ・ロスティーはまだ聖女ではない。

現聖女のマリベル様に大変失礼だと思わないのだろうか。

自分が聖女なのだと豪語する傲慢な態度も、ベティは気に入らないのだ。僕は直接お会いしたことはないが、ベティは正式な式典で何度かマリベル様とお会いしたことがある。素晴らしい方よ、とそのたびに笑みを浮かべていうのだからきっとそうに違いない。

「次期聖女様は、随分と、広い御心をお持ちなのだね。僕とベティ――ベアトリーチェ様の信頼関係が成り立ったうえでの愛称だと言うのに、赤の他人で無関係の貴女はそれすらも心に引っかかるわけだ。僕はベティの唯一のポチだ。彼女に傅き、褒められることに喜びを感じる。ポチ、と呼ばれると嬉しいんだよ。なのに、君は僕からその喜びを奪おうと言うんだね」

「え、え、だって、ポチって、犬とか猫とか、ペットにつける名前なのよ」

「慈愛あふれる次期聖女様は、呼称たったひとつで差別するんだね」

「さ、差別……!? あたし、そんな、」

「だって、そうだろう？　貴方は僕の愛称がおかしいと言う。ところで話は変わるけれど、そちらにいらっしゃいます宰相閣下の愛弟子殿は、大層愛らしい猫を飼っていらっしゃるとか」

「え？　まぁ、ぼくのアレクサンドラはこの国一番の美人さんだけれど」

「おや、美人猫に相応しい、立派な名前だ」

僕の言わんとしていることを理解した愛弟子殿。愛猫が褒められて、嬉しさを隠しきれない表情から一転、苦虫を噛み潰したような顔になって口を噤んだ。

「まるで人間のような名前だね」

次期聖女様に向かって、ゆるやかに微笑む。サッと顔色を蒼褪めさせる彼女は、僕と背後の彼らを交互に見やり、やがて顔を俯けた。

「はぁ」と、背後から小さな溜め息が聴こえる。ハッとしてベティを振り返れば、呆れた表情で扇子をあおいでいた。

「ご、ごめん、ベティ。出過ぎた真似をしてしまったかな」

「……いいわよ、別に。ねぇ、わたくしお腹が空いてしまったの。早く取って来いをしてらっしゃい」

「！　うん、」

まぁ、これで丸く収まるならよかったのだけれど、そうも簡単にはいかないようだ。

「――何よ、あたしが助けてあげると言っているのだから、素直に喜べばいいじゃない！」

なんとも押し付けがましいお節介だこと。差し伸べた手を振り払われたことがないのだろう。これまで、随分と甘やかされてきたんだなぁ。

一周回って呆れてしまう。ベティなんて言葉も出ない様子だ。

まん丸い飴玉みたいな目に涙を溜め、堪える姿は憐憫を誘うが、それだけだ。

僕にとってはベティが睫毛を震わせるほうが一大事だし、彼女がお腹を空かせているという現状のほうが第一優先事項である。

「ポチ、というあだ名は、まぁ、納得、したけれど……！　貴女の、彼に対する態度は傲慢だわ！　まるで召し使いじゃない！　この学園に通っている間は、どんなに身分が高くても、低くても、みんな平等なのでしょう？　取って来いだなんて、本当に犬だわ！」

げんなりする。結局話が振り出しに戻った。

手を出したらダメかな。ダメだろうなぁ。ベティが目で窘めてくる。

もはや傲慢にしか聞こえない救いの言葉もどきに、彼女のどこがお坊ちゃんたちの琴線に引っかかったのか、心底不思議だ。目が節穴なんじゃないかな。

「わたくしとポチの信頼の上に成り立っている関係だと、聞いていなかったのかしら？」

「そんなの信頼関係じゃないわ！」

「――そもそも、その言葉遣い、この学園に通うのなら直したらいかがかしら。食事処で大声を出してはしたない。スカートも規定より短いように見えるわ。膝頭が見えてしまっているわよ。人に注意するなら、自分自身を見直してからになさい」

感情的な次期聖女様と、努めて冷静なベティ。この様子だけを見れば、次期聖女様がイチャモンをつけているようにしか見えなかった。

昼時の大食堂なだけあり、人の目は多く、あからさまに様子を窺う生徒は居らずとも、耳の大きな彼らは一部始終を見聞きしている。ゴシップに飢えた学園内に、この衝突は瞬く間に広がっていくだろう。

この学園に通う者なら、僕とベティの関係性に手出し口出し無用だと理解している。

貴族とは、柔軟な思考を持たなくてはならない。背後に控える召し使いが元奴隷だなんて、よくある話だ。僕は奴隷ではなくて伯爵家の次男だけれど。

一向に話が進まないことに痺れを切らしたベティが、カツンとヒールを鳴らし、広げていた扇子をパチンと閉じた。僕とは対照的に、にこりともしない冷ややかで華やかな美貌に、周囲は圧倒され、シン、と静まり返る。

ベティには、自然と人の目を惹きつけるカリスマ性がある。

公爵家の御令嬢として、第二王子の婚約者として、しかるべき教育を怠けることなくしっかりと受けて来たベアトリーチェには、人の上に立つ才能があるのだ。それこそ、ポッと出の次期聖女様よりもずっと、憧憬と人望を抱かれている。

ベティの正論に、大勢の前で辱められた次期聖女様はついに涙をこぼした。泣けばいいと思っている典型的な例だ。

「レオン……！　あたし、あたし……！」

「嗚呼、セレーネ……！　可哀そうに、こんなに涙をこぼして……。君はついこないだまで庶民で、貴族社会のことなんてわからないだけなんだよな。どこの御令嬢かは知らないが、随分と酷いんじゃないか？」

全肯定する機械となっていた騎士団長令息様は、眦(まなじり)を吊り上げてベティを睨む。

……えっ、ベアトリーチェ・ローザクロスお嬢様を知らないなんて、どこのモグリですか？

周囲にもどよめきが走り、愛弟子殿が珍生物を見る目で彼を見ていた。

「――あら、そう。わたくしをご存じないのね」

艶(あで)やかに、艶(つや)やかに。美しい黄金の大輪の華は、口の端を吊り上げて悪辣に微笑(わら)う。

ベティは、自分自身の存在を知らしめるように恭(うやうや)しく、最上級のカーテシーを披露する。豊かな胸に手のひらを当て、襞の多いスカートを指先で摘まみ、滑らかに片足を引く。蝶が羽ばたくように、音もなくふわりと頭を垂れた。

「ご挨拶が申し遅れました。お初にお目にかかりますわ、次期聖女様。サミュエル・ディエ・ローザクロス公爵が第一子、ベアトリーチェ。いずれ、わたくしが北の領地を治めた暁には貴女と顔を合わせることも多くなるでしょう。貴女の御名前をお伺いしてもよろしいでしょうか？」

「ぁ、あっ、えっ、あ、あの、あたし、は」

その場に居合わせた御令嬢たちは、お手本となる最上級のカーテシーに感嘆の声を漏らす。

片足を引き、胸元に手を当てるだけの仕草ですら美しい。しなやかな指先に、ぶれることのない体幹。一朝一夕でできる仕草ではない。学園に通う御令嬢なら誰もが憧れるお嬢様が、ベアトリーチェ・ローザクロスなのだ。

それはベティからの挑戦状だった。

ローザクロス公爵——すなわち、この国の宰相閣下であらせられるベティの父君の名を聞いて、さすがに彼らも顔色を悪くする。というよりも、愛弟子殿は師事している方の愛娘だと知っているだろう。次期聖女様の暴走を窘めなければいけない立場のはずだ。

見よう見まねでカーテシーをする次期聖女様に、落胆の声があちこちから聞こえる。

足は引きすぎて不格好だし、スカートは握りしめすぎてシワになっている。体幹はブレブレで、振り子時計みたいだ。国民の偶像的存在にしては随分とお粗末な動作だった。

「わたくしのポチへの扱いは、わたくしなりの愛情表現よ。貴族社会に足を踏み入れて間もないバンビちゃんは、相手を選んでその小さなお手てを差し伸べるべきね。シオン、今回の件、お父様に報告するわ」

僕が手出し口出ししなくても、さすが、ベティの手腕でこの場を無事に収められる。

「行くわよ、ポチ。気が削がれてしまったわ」

色を失くした顔でベティを呼び止める愛弟子殿だけれど、その優秀な頭で考えれば、すぐに導き出せたはずだ。

僕には、次期聖女様に侍(はべ)り尽くすほどの魅力が感じられなかった。

マナーも教養も、一年生たちの方がよほど上手(うわて)だ。曲がりなりにもエリート学校のひとつに数えられているこの学園に編入できたのが心底不思議だ。

淑女(レディ)とも呼べない少女に、第二王子は首ったけだというのだから、よほど女性を見る目がないのだろう。そうでなければ、完璧な淑女であるベティを袖にできるわけがない。

「……よ、」

「セレーネ？」

「……皆、騙されているんだわ！　ヴィンセント君、あたしが、魅了(チャーム)から救ってあげるからね！　――《光よ》！」

スカートを翻し、背中を向けたベアトリーチェに、光弾が迫る。

いくらベティが四大属性を扱える、類い稀なる魔法の才能にあふれていたとしても、その道を目指しているわけではない。魔法使いを目指す生徒たちに比べれば、魔力を込めるスピードも、反射神経も劣ってしまう。

目前に迫る光弾に瞳を丸くして、濡れた唇が防衛の魔法呪文を唄うよりも速く、彼女の細い腕を引いてとっさに場所を入れ替わった。

運動能力は良くも悪くもないけれど、反射神経には自信があったからできた業だ。あとは火事場の馬鹿力のようなもの。

顔に当たるのだけは避けなければ、と無意識に空いている方の腕を頭の前に翳した瞬間、真っ白い光と焼けるような熱が弾けた。

通常の属性魔法よりも勢いのある光の魔法に吹き飛ばされ、床を滑り転がり、背中と頭を強く打ち付ける。

初めて聞くベティの悲鳴を最後に、僕の意識はぷっつりと途切れた。

また、泣いていないだろうか。その涙を拭ってやれない自分が情けなかった。

＊＊＊

薬臭さと、見覚えのない真っ白な天井だ。四方はこれまた真っ白いカーテンで仕切られており、学園のざわめきがどこか遠くに聞こえる。

白衣をまとった保健医がカーテンの隙間から顔を覗かせた。ここが医務室であると気が付いた。

「具合はどうですか？　頭を打ち付けたと聞きました。眩暈や、視界がちらつくとかはありませんか？　痛むところなどは？」

「……だいじょうぶ、です」

「そうですか。今は平気でもあとから痛み出すこともあります。二、三日は安静にしてください。

クラス担任には授業を休ませるように連絡をしていますので、安心して体を休めてください。ここにいてもよろしいですが、どうしますか？　寮に戻るなら、誰か迎えを呼びますが」

熱を持った体を悟られないように、常日頃から癖になっている緩やかな笑みを浮かべて首を振る。

「いえ、お手数はおかけしません。寮へは戻りますが、ひとりで大丈夫です」

頭はガンガンと金槌で打ち付けられているように痛みが走っている。背中から広がる熱は全身を苛む。

なによりも、三角に吊された右腕は切り落としてしまいたいほどに、ジクジクと痛みを孕んでいた。

それらをすべて覆い隠してしまえる僕は、「ぼく」に感謝した。暴力が日常的だったあの頃のおかげで、我慢することには慣れている。むしろこの痛みに懐かしさすら感じた。

打ち付けた頭と背中への処置と、一番酷い怪我をした腕の状態を説明してくれた先生は、冷たく見える表情を心配に歪める。

氷の美人保健医、なんて言われている先生に頭を下げてお礼を言う。

「……本当に平気ですか？」

「はい。先生のおかげです」

正直なところ、さっさと寮に帰ってこの痛みから解放されたかった。――父が禁じたのは、他者に治癒魔法を施すことだ。自分自身にかけることは禁止していない。

痛む体を無理やり起こして、再度お礼を言って保健室をあとにする。

ふらつく頭を支えながら、いつもよりゆっくり歩を進めた。

手っ取り早く治してしまいたいが、どこで誰が見ているかわからない。治癒魔法が使えることが露見してしまえば、今度こそ、父によって屋敷の地下に監禁されてしまう。

校舎を出ると、夏の終わりを感じさせる生ぬるい風が吹き抜けた。

「う、わ」

ふわり、風に背中を押されてたたらを踏む。

目の前には下りの石階段があり、手すりを掴もうと伸ばした手は空を切った。

どうせ寮へ帰れば治せるのだから、と衝撃と痛みを享受しようと目を瞑る。

「――ッ、馬鹿だろ……！」

けれど、痛みはいつまでもやってこなくて、その代わりにすっかり嗅ぎ慣れてしまった匂いに包まれた。

「エ、ディ……？」

「なぜ目を閉じた!!　なぜ諦めた!?　お前はッ……いや、そうだった、怪我を、していたんだったね。……すまない、痛むんだろう」

背後から回る腕にこもっていた力が緩められる。

腕は痛いし、背中も痛い。頭も頭痛なのか鈍痛なのかよくわからない痛みが響いている。そっと、エディにばれない程度に魔力を全身に回した。詰まっていた息がすぅっと通り、喋れるくらいには痛みがごまかされた。

抱き寄せる腕に手を添えて体を離し、不自然にならない程度に笑みを浮かべてエディを見る。

「えぇっと……ここまで怪我をしていたなら、階段を落ちても落ちなくても一緒かと」

「一緒なわけがあるか。お前、馬鹿だったか？　最優秀成績者のはずだろう……はぁ……本当に、肝が冷えた。医務室へ向かえばひとりで帰ったというし、どうしてお前は……いや、ひとまず、話は寮で聞く」

肩で息をするエディの額には汗が滲んでいて、相当急いで来たのが窺える。余裕にあふれた殿下はどこへやら、息を乱して声を荒らげる様子は、まるで僕のことを心配しているようだった。

珍しいエディに目を丸くして、まじまじと見つめる。

穏やかな印象を抱かせる垂れ眉は、眉間にギュッと寄ってシワを作り、呆れや嫌悪ではなく、怒りが感じ取れた。

「エディ、って、う、わぁ……!?」

僕に怒っているのか、そう尋ねようとした矢先、視界がグンと持ち上がった。不安定さに、目の前にあった首に抱き着いてしまう。目を白黒させていると、やがてバランスが安定して、エディの足音とともに体が揺れた。

男として非常に情けない体勢になってしまった。

確かに、エディのほうが頭ひとつ分背が高く、騎士を専攻しているだけあって筋肉量の差もある。しかし、僕だって平均身長より背丈はあるのだ。

まさか、まさか同年代の同性に横抱きにされることになるなんて。男として屈辱である。

僕だってまだベティのことをお姫様抱っこしたことがないのに……！　以前しようとしたら「ポチが折れてしまいそうだから嫌よ」と拒否されたことを思い出した。

「あ、あの⁉　エディ、降ろしてくださいっ！　歩けますから‼」

「ダメだよ。またふらついて、倒れて頭を打ち付けたらどうするんだ？　まぁ、率先して怪我をしたいマゾヒストだというのなら私にも考えようがあるけれど」

誰がマゾヒスト⁉

何を言ってもこの人は聞かないのだろう。短く息を吐き出して、強張る体から力を抜いた。

エディが意外と頑固だと気が付いたのは、サロンを訪れた幾度目かの時。

ベティは僕が傅こうと背後に控えようと何も言わない。それなのにエディは、僕がすることなすこと愛しげに見つめて、何をしても褒めてくださる。愛しげ、というのも僕の思い違いではない。穏やかだとか、優しげだとか、そんなものには収まらないほどの熱情を感じるのだ。

面と向かって「君とともに過ごせる時間すらも愛しいのだよ」なんて言われては、何も言い返せず、口を噤むことしかできなかった。

恥ずかしいのでやめてください、と何度も何度も何度も！　言っているのに「愛しい人に愛を告げることの何がダメなんだい？」と物理的に黙らせられてしまう。

エディは、初めから最後まで僕の言うことなんて聞きゃしないのだ。それに気づいてからは、諦めて彼からの愛を享受することにした。

真っすぐな、燃えるほどの盲愛を向けられて悪い気はしない。

せめて誰にも見られないことを祈り、胸に頭を預ける。頭上で短く息を吐く音が聞こえた。ほんの少し、彼から聞こえる心臓の音が早まった。

ドク、ドク、と脈打つ音。触れ合ったところから混じり合う熱。ほのかに香る甘い匂い。

エディが僕に抱く感情が、いまだによく理解できない。愛なのか、恋なのか、独占欲なのか。

涼風が通り過ぎていく。夏が終われば、秋が来る。

その頃には、ベティの新しい婚約者が決まっているだろう。

目を瞑ると、余計なことばかり考えてしまう。眠ると、思い出したくもないことを夢に見てしまう。

「ヴィンス。私の心臓の音を聞いて」

「……エディ？　それは、なぜ？」

「私のことだけを考えてほしいからだよ」

喉から笑いがこぼれた。

殿下はなんでも見通す慧眼をお持ちだ。僕が何を考え、何を思っているのかも、きっとわかっているのだろう。

「私の部屋に真っすぐ向かうけれど、何か持っていきたいものとかはある？　あ、ちなみに、先生には許可を取っているし、着替えなどは用意させるから安心して」

至極当たり前のように、エディの部屋でお世話になることが決まっていた。もはや逆らう気もおきない僕は首を横に振る。

「……ところで、エディが所属する寮って」

「嘘だろう……？　酷い。ひどすぎる。同じイヴェール寮だというのに、わからなかったの？」

「あ、あはは……その、他人がどこに所属していようと、さして興味がなかったものですから」

さすがに罪悪感を抱いた。

エディと僕、もちろんベティも所属するイヴェール寮は、学園の北側にある。一年中溶けない氷の湖の中、透き通った氷水に囲まれた寮はとても美しい景観だ。

僕も、イヴェール寮の景観は気に入っていた。白く透き通り、理智的な青さ。ツンと肌を突き刺す冷たさと静謐な空気は、不思議と心を落ち着かせてくれる。

氷の湖の中――文字通り、凍った湖の中に寮が存在しているのだ。

「六学年。エドワード・ジュエラ・レギュラス」

「四学年、ヴィンセント・ロズリアです」

――只今、帰寮いたしました。

つるりと、堅氷（けんぴょう）に閉ざされた白い湖面がほのかに光り、下り階段が現れる。

「安心して。人払いは済ませている」

「……至れり尽くせり。感謝してもしきれません」

「うん。お礼は元気になってからしてもらうよ」

恐ろしい宣言をされた。エディのことだから、無理難題を言わないのはわかっている。僕ができる、了承するギリギリを見極めたお礼を求めてくるに違いない。

気が重くなる。今頭を悩ませてもしかたない。一体、何を求められるのやら。

氷の湖の中にあり、寮内は冷えた空気が漂っている。氷の階段は、やがて石畳の階段へと変わり、その先には扉がいくつも並んだ居住区がある。

螺旋状に階段が続き、ネームプレートがかかった扉を通り過ぎる。途中、僕の名前が書かれたネームプレートがぶら下がった扉もあった。

「――着いた。どうぞ、くつろいでくれてかまわないよ」

寮の最奥、最も安全な場所に位置したエディの私室。

五学年になると、二人部屋からひとり部屋になり、部屋を魔法でカスタマイズすることが許可される。僕も来年からひとり部屋だ。魔法が使えないのでそのままの部屋を使うつもりだ。

音も立てずに扉が開き、中へと招かれる。貴族の屋敷のような内装が広がっていた。

白と青を基調としたインテリアに、壁は一面のガラス窓で透明な水の中を泳ぐ魚たちが見えた。天然のアクアリウムだ。

ロイヤルブルーの絨毯に、白いソファ、白いテーブル。その中で唯一、幾重にも重なった紗（うすぎぬ）の向こうに鎮座する、真っ黒な寝台が異彩を放っている。

「ちょっと待っていて」

サロンに置かれているソファと同じだろう。柔らかな白いソファに降ろされて、エディは紗（うすぎぬ）の向こうに消えていった。

無意識に、詰まっていた息を長く吐き出す。魂も一緒に抜け出してしまいそうだ。

エディと二人きりのサロンも緊張するけれど、このプライベートルームはもっと緊張してしまう。エディが生活をする空間だ。ここで、彼の殿下は寝起きして、日常を過ごしている。脳裏に思い浮かんだ、プライベート姿のエディにそわそわした。

居心地の悪さを無理やり飲み込んで、ひとまず、体に魔力を巡らせることにした。

治癒魔法を使うのに、特に意識することはない。呪文もなにも必要ない。ただ、魔力を少しばかり体に巡らせるだけ。

息を整え、深呼吸する。

この部屋が、氷湖の最も深いところにあるからだろう。澄んで冷たい魔力素(マナ)が体内に取り入れられる。

患部が熱を持ち、皮膚の下で細胞が蠢くのが感じられる。

冷気を吸い込み、ゆっくり吐き出す。乱れた体内の魔力を正して、巡らせ、循環させる。

「ヴィンセント?」

「ひッ!?」

鼓膜に、一段低い艶声が流し込まれる。

ぶわり、と全身に熱が広がり、耳元を抑えて飛び退った。ドッドッドッ、と口から心臓がまろび出るかと思った。

真っ赤な顔で振り返れば、制服から着替えたエディが、不思議な笑みを湛えてこちらを覗き込んでいた。

「魔力を感じた。何をしていたの？」

「エッ、え、いや、えーっと」

「ヴィンセント？」

ずい、と秀麗な美貌がさらに距離を詰めてくる。

﨟（ろう）たけた美貌はベティで慣れているとはいえ、彼の人の麗しい相貌にはいつまでたっても慣れそうにない。

「答えて、ヴィンセント」

鼻先がかすめ、吐息が感じられるほど近い顔（かんばせ）に、目の奥がぐるぐると回った。

「まっ、魔力を！　魔力を循環させていたんです！」

「なぜ？」

「怪我をしたことによって、体内を巡る魔力が乱れていたので、それを、正していたんです」

「ふぅん。そうなんだ」

パッと離れたエディに安堵する。

「さて、それじゃあヴィンスも着替えて。ついでに、怪我の具合も見せておくれ」

「……え゙っ」

今度こそ、僕は固まった。

驚いた勢いでついうっかり、怪我の内側だけを治すつもりが、きれいさっぱりすべて治してしまったのだ。だからもう痛みはないし、痕だってない。

「さ、脱いで？」

もしかして、殿下は気づいている？

ワイシャツの襟元を握りしめ、だらだらと冷や汗をかく僕。

きらきらと眩いロイヤルスマイルを向けてくる。眩しすぎて目を背けてしまう。いや、決して気まずくて目を逸らしているわけじゃない。

「ヴィンス、こちらを見て」

「うっ……あの、殿下、僕の傷は別に見なくてもいいんじゃないでしょうか」

「どうして？　お前は私のモノだ。私のモノが傷ついたのなら、所有者である私は確認しないといけないだろう」

さぁ、と再度促す殿下を、ごまかせるような良い案は思い浮かばない。

学年では最優の成績を修め、むしろこの頭しか取り柄がないというのに。こういう時に限って、動いてくれない頭は役立たずも同然だ。

「脱げない？　私が手伝ってあげようか」

「け、けっこうです……」

「じゃあ、ほら、早く脱いで」

うぐ、と唾を飲み込む。退く気はなさそうだ。

視線をうろつかせるが、右も左も、エディが腕で塞いでいる。足だって彼のほうが速いし、なにより、扉は施錠されている。逃げられるわけがなかった。

「殿下、あの、さすがに僕も、恥ずかしいので、」

「ねぇ、ヴィンセント」

にこにこという擬音がぴったりな彼の笑みが、ひやりと失われる。

「お前、焦ったり隠し事があったりすると、私のことを〝殿下〟と呼ぶね。──それは、私には、言えないこと？」

冬の空のように煌めいていた瞳から、急速に熱が失われていく。さらさらと、白銀髪（ホワイトシルバー）は落ちて白い顔（かんばせ）を翳らせる。

触れ合っているはずなのに、瞳からも、吐息からも彼の人の熱を感じられない。するりと、指の隙間からすり抜けていってしまう。失うことへの恐怖に、気が付いたら僕はエディに縋り付いていた。

「そんなことッ、そんなことありません。むしろ、殿下にしか──エディにしか、言えないことです」

「……それじゃあ、教えてくれる？」

「──……はい」

震える指先が、リボンタイの先を摘まんで解いていった。

シャツのボタンを外し、保健医が施してくれた湿布や包帯を解き、患部に当てられていたガーゼが足元に落ちていく。

「ヴィンス、お前──怪我をしていたんじゃ」

「殿下、僕は、治癒魔法が使えるんです」

はらり、と肩から落ちたシャツ。薄暗い、青さの光る室内に、白い上半身を晒す。

怪我をしていた腕を抱いて、背を丸めた。できるかぎり、彼の視界に映る自分を小さくしようと努める。

そろり、と伸ばされた指先が、腕に巻いていた包帯を摘まんで引っ張る。

光魔法によって傷つけられた腕は、酷い有様だったと先生が教えてくれた。高温の光熱により血肉が焼け溶け、骨が見えてしまっていた。

は、と短い吐息とともに手のひらが掬われて、血肉が抉れていただろう箇所に唇を寄せられた。

「――……よかった」

痕もなく、白く滑らかな肌を吸い、赤い華が残される。

「お前に怪我がなくて、ほんとうによかった」

ふ、とこぼれたのは静かで穏やかな、幸せにあふれた囁きだった。

「怪我がないなら湯浴みもできそうだね。この部屋は拡張魔法で広げていて、あの扉の向こうに浴室があるんだ。氷湖の中にあるこの寮はよく冷える。私もよく湯船に浸かるんだよ。用意をしてくるから。その間に着替えておいて」

泣くのかと思った。

唖然と、瞬く間にエディは扉の向こう側へ姿を隠してしまう。

扉の向こうから水の流れる音が聞こえてくる。しばらく待ったが、エディは戻ってこなかった。

なぜ、治癒魔法が使えることを言ってはいけないのか。それは、父が僕のことを利用するためだ。失われた魔法のひとつである治癒魔法が使えるとわかれば、今すぐにでも王宮か、魔法協会、あるいは大聖教会に保護されるだろう。

その場しのぎの回復魔法とは違う。血肉を治癒し、死んでさえいなければ、あらゆる怪我や病を治せてしまえるのだ。

ちゃぷん、と湯船に張られた湯が波打つ。白濁の湯は美容と美白の効果があるらしく、しっとりと重たく体にまとわりついた。

温かいのか、熱いのかわからない。

足を悠々と伸ばせる広い湯舟で、僕は抱えた膝を一身に見つめた。

「あったかいねぇ」

「そ、ですねぇ……」

背後にはなぜかエディがいる。どうして一緒に入っているんだっけ。確か、待っている間暇だからとか、ふたりで入ったほうが温かいだとか。なんだかいろいろエディが言っていて、気が付いたら体を洗われて、気が付いたらこの体勢だった。……なんで?

無防備に背中を晒しているけれど、向かい合うよりマシだ。出来心で振り返ったら、水も滴るイイ男すぎて直視できなかった。

白濁の湯で見えないとはいえ、逞しい胸板とか、くっきりとした鎖骨に筋肉質な二の腕とか。滴る水を払い、濡れた前髪をかき上げる仕草とか。

色艶をまとった、夜の行為を匂わせる濡れた仕草に逆上せてしまいそうだった。

「こっちを向いてはくれないの？」

「直視できないのでムリです」

「私がかっこよすぎて？」

「………ええ、まぁ、はい、そうですよ、イイ男すぎて、僕は恥ずかしいんです。なので、この体勢で許してください」

顔が熱くなる。やけっぱちで早口に紡げば、弾けるような笑い声が浴室に響いた。

「ふ、ふふっ、ヴィンスは、私のことをイイ男だって思うんだ」

「……むしろ、エディがイイ男じゃなかったらほかの男なんてジャガイモになってしまいますが」

「あははっ、そうだね、確かにそうだ。でも、ヴィンスは違うよ」

「なんですか、もやしだとでも言いたいんですか」

「違うってば。ふふっ、ヴィンスは、一等美しい宝石だよ」

また、だ。何を考えているのかわからない声音。

僕を美しいと彼は言う。綺麗で、可愛くて、愛おしい。大事に大事にしまって、囲って、誰にも見せたくない宝物。

ツゥ、と浮き出た背骨を指先がなぞる。

いくら食べても肉が付かず、鍛えても筋肉が付きづらい体質だった。背骨もあばらもごつごつと浮いた体は貧相に見え、あまり好きじゃない。

男として憧れるのは、やっぱりエディみたいな体型だ。細すぎず太すぎず、きゅっと引き締まって張りがある。腹筋だって綺麗に六つに割れていて、顔だけでなく肉体美まで素晴らしい。羨ましいにもほどがあった。

濁り湯の中で、エディの腕が腹に回ってくる。「あ、」と言葉がこぼれた頃には、できるかぎり距離をとって座っていた体が引き寄せられていた。

「!?」

「ふふ、細くて薄いし、折れてしまいそうだなぁ」

「お、折らないでください」

「私がお前を傷つけるわけないだろう」

何を言っているんだか、と呆れた笑い声なのに、それは嬉しそうに聞こえた。

背中に、エディの素肌が密着している。ドクドクと心臓は早鐘を打ち、一生分の鼓動を使い果たしてしまいそうだ。

嗚呼、どうしてこんなにも、彼のそばにいると心が浮ついてしまうのか。

与えられるぬるま湯のような感覚が心地よい。いっそそのぬるま湯に溺れて、死んでしまえたなら幸せなのに。

「ヴィンセント」

「つな、なに、」

「私はどこへも行かないよ」

腹に回る腕に力がこもり、肩に額が乗せられる。すっぽりと、包み込まれてしまった、僕は息ができなくなる。

絶対なんてない。口ではどうとでも言えるのだから。

――だって、約束をしたのにお母様はいなくなってしまった。

「だから、お前も私から離れないで」

「……エディ」

「お願いだよ。もう、私の知らないところで傷つかないで。……本当に、心配したんだ」

いつもの余裕にあふれた殿下とは違う。酷く弱弱しい、喪失を恐れている声だった。かすかに音は震えて、僕が頷くのを待っていた。

「……約束しかねます」

「いやだ」

間髪入れずに拒否されてしまった。ぐりぐりと額を押し付けられる肩が痛い。まるで駄々をこねる子供ではないか。

契約は絶対だけど、約束は絶対じゃない。

「もし、約束して、それを守れなかったら殿下がもっと傷ついてしまうでしょう。だから、僕はできない約束はしません」

「じゃあ、私にお前のことを守らせてくれ」

護られるのは王子殿下である貴方なのに。

いずれ、彼の両手はこの国でいっぱいになってしまう。それなのに、僕ひとりのために殿下の手を煩わせてしまうなんて、できるわけがなかった。

「嬉しい申し出ですけど、僕は自分のことくらい自分でできます」

「いいや。お前は意外と、甘えたで寂しがりやで、かまってちゃんだろう」

「……………エディは、僕のことを五歳児か何かかと思ってます？」

「まさか。大人ぶって、大好きなお嬢様に見合う男であろうと努力する、とっても可愛い良い子さ」

皮肉に聞こえるのは気のせいか。

エディはすっかり拗ねてしまった。浴槽の中で胡坐をかいた上に僕を座らせて、右手を僕の腹に回し、左手は手の甲の上から重ねられる。

大きな手のひらだ。ごつごつしていて、筋張っていてかっこいい男の人の手。よく見ると、薄くなった小さい傷跡がいくつもあった。

剣の訓練中にできたものなのだろう。僕の手は、傷ひとつもなく真っ白で薄っぺらくて柔らかい。体を巡らせる魔力があるかぎり、小さな傷なら一日もしないで消え去ってしまうから、ベティよりも綺麗な手をしている。

「お前は私のモノになるのに、そばにもいてくれないし、守らせてもくれないのか」

「そういうのは、好い人に向かって言うべきですよ」

「じゃあ、合っているよ」

「……好い人というのは、お気に入りとかそういう意味ではなく、」

「もちろんわかっているさ。一国の王子が色恋沙汰に鈍くては話にならないだろう？」

「では、」

「だから、私が好いているのはお前だと言っているんだよ、ヴィンセント」

藪蛇を、突いてしまったかもしれない。

気のせいじゃなかった。勘違いじゃなかった。友愛だとか、そういうのじゃない。こうして言葉で示されてしまえば、僕はどうしたらいいんだ。どうするのが正解なんだ。

「あ、あー……僕も、……僕もエディのことを好いていますよ！　一等、仲の良い友人ですからね」

だから、気が付かなかったことにした。

「――うん」

あ、僕、間違えてしまった。

「うん、今は、まだそれでいいよ。一番仲の良いお友達だものね。いいよ、いいさ、まだこの関係で我慢してあげる」

声が冷たい。

ぴったりとくっついて、湯に浸かっているのに、エディの体が冷たく感じられる。自分で言ったことだけれど、今すぐにでも撤回してしまいたかった。

けれど、でも、だって、僕は、恋というものがわからない。エディの気持ちが、本物なのか、わからない。信じられない。信じたら、だって、信じたら最後、苦しいじゃないか。

「まぁつまり、私の愛が伝わっていなかった、ということだよね」

「え」

「安心して、仲の良い友達だものね、性急に事を進めるつもりはないよ。何事も順序は大事だもの」

無理に明るく振る舞っている声に、喉奥が引き絞られる。振り返って、彼の顔を見たいのに、体は凍り付いたかのように動かない。

逃げ出せない僕をいいことに、うなじから背骨の頂点、耳の裏側に口付けを落とされる。

首筋から唇が下りて行って、肩口の皮膚を突き破る痛みに呻き声をあげた。悲鳴を我慢してしまうのは前世からの癖で、ろくな抵抗もままならない僕を、好き勝手にエディは啄(ついば)んだ。

濁り湯に赤色が垂れて混じり、僕の胸中を表しているみたいだった。

「な、にを」

「この傷も、治せてしまうんだろうね。いくら痕をつけたって、治癒魔法の使い手なら意味はない。――ねぇ、私が一等仲良しなお友達なら、この怪我を治してしまわないで。私のささやかなお願いを聞いてくれる？」

「……それくらいなら、別に、かまいません」

やったぁ、とエディは嬉しそうに破顔するけれど、僕の情緒が追い付かない。

「君の真っ白な体に傷がつくのなら、私が最初に痕をつけたいんだ」

ささやか、なんてものじゃない。滲み出る執着に、一等仲の良いお友達、というのは無理があった。

そもそも、普通のお友達は同じバスタブでこんなに密着はしない。矛盾だらけの言い訳だ。エディといると、僕の頭はポンコツになってしまう。

「あの、さっき、エディが僕を傷つけるわけがない、と仰っていた気がするんですが、聞き間違いでしたか？」

「もちろん、言ったね。君を傷つける輩がいるなら、即刻切り捨ててやろう」

つまり、他者に傷つけられるのは許さないが、自分が傷つけるのは良い、という独占欲と執着と王族らしい傲慢だった。

「ヴィンセントの初めては、ぜぇんぶ私にちょうだいね」

「……善処します」

まるで真綿で首を絞められていくような独占欲。

それを、心地よいと感じてしまった。

結局逆上せた僕は、殿下に体を拭いてもらい、服まで着せてもらった。至れり尽くせりである。お姫様よりも丁寧な扱いだった。彼の親衛隊に知られたら、夜道を歩けなくなってしまう。

冷たい水を飲んで、意識がさっぱりと冴えてくる。

「申し訳ありません。お手数をおかけしてしまいました」

「いいんだよ。役得だったし、私のせいでもあるからね」

「………そうですか。ところでこの料理は、大食堂からテイクアウトしてきたんですか？」

お偉い上の方との上手な付き合い方。それは適度に聞き流すこと。

テーブルの上には料理が並んでいる。サラダとスープ、パン、肉と野菜を炒めたもの。保温魔法がかけられているのか、出来立てのように熱を保っている。

「あぁ、リリディアとアルティナに用意してもらったんだ」

聞きなれない名前に首を傾げる。「私の従者だよ」と教えてくれた。

リリディア・アンヘルとアルティナ・アンヘル。五学年生で、エディの側近候補である双子のきょうだい。姉のリリディアは魔法使い専攻で、弟のアルティナは騎士専攻。攻守共にバランスが良く、双子揃って側近に推挙されている。

側近なら、一度くらい顔を合わせていてもおかしくない。僕は彼らの顔どころか、姿形も見かけたことがなかった。

「私が離れているようにと指示しているからだね」

「側近として、それはいいんですか？」

「あまり良くないよ。リリディアなんて怒り心頭だったし、アルティナも元から少ない口数がさらに少なくなっていたから、きっと怒ってるね」

側近とは、なによりも仕える主人を守り慈しむことが使命だと聞く。それなのに、守るべき主人から近寄るなと言われたら、自分たちを軽く見られていると思うに違いない。

「だって、せっかくお前とふたりきりの時間を邪魔されたくなかったんだよ」

許しておくれ、と眉を下げるエディはご自身のご尊顔をよくよく理解していらっしゃる。垂れ眉がきゅぅんと下がって、眦が笑みとは違う緩め方をする。ウッ顔が良い。

「ま、まぁ……僕も、貴方の従者がいらっしゃったら、きっとここまで仲良くなることはできなかったでしょうから」

そして簡単に絆されてしまう。とっても意志が弱い。こんなんで「一番仲良しなお友達です！」とか言って大丈夫だったんだろうか。自分で自分の首を絞めている気がしてならない。

ポンコツな自分が心配になってきた。次の試験が不安である。しっかり予習復習しなくては。

そこからエディが続けた話によると、流石に何の対策も取らずに離れるわけにはいかない、と言われたようだ。

自分の都合と、僕に配慮した結果、守護と追跡魔法(GPS)をつけることで納得させたとか。従者の方たちは、守るべき主人と僕みたいなのが親交を重ねていることに、なんとも思っていないのだろうか。僕の知らないところで、何か言われていたりするのかもしれない。

最近、教室にいてもその手の話題を振られることが多かった。僕も僕なりに対策を立てる必要がある。僕個人のことで、エディの手を煩わせたくない。

「さぁ、せっかくふたりが冷めないようにと魔法をかけてくれたんだ。食べながら、話をしよう」

用意されていた銀製のカトラリーに、そっと目を伏せた。

まだ見ぬ従者の方たちが、手ずから作ってくださった料理はとても美味しい。

特にパンはもっちもっちのふわふわ。咀嚼を重ねると甘味が滲んできて、ついもう一個と手を伸ばしてしまう。食べられればいい、という食への興味が薄い僕でも、もっと食べたいと思うほど美味しかった。

あまりの美味しさにどこで売っているのか聞いたところ、リリディア嬢の手作りだと教えられて、まさか生徒の手で作られたものとは思わず驚いた。

パン作りが趣味で、よく粉塗れになっている、とエディが笑っていた。

「――それで、セレーネ・ロスティーについてだけれど」

カチャン、とスプーンを置いて、エディは水を一口飲んだ。

色の無い瞳で僕の腕を、正確には傷のあった腕を見ている。

「次期聖女、という肩書きはよほど大きいらしい」

「……でしょうね」

肩を竦める。わかっていたことだ。

国を導く次期偶像(アイドル)的存在に対して、僕は伯爵家の次男坊。

更に、セレーネ・ロスティー嬢に心酔している人間の肩書も、ご立派なものばかりだ。

第二王子、騎士団長令息、宰相閣下の愛弟子。

それだけではない。聞くところによると、稀代の魔法使いと呼ばれる六学年の先輩とか、魔族との混血である後輩とか、東洋の王族と噂のある同級生とか。何かと話題性のある生徒ばかりが、彼女の虜となっているのだ。

いくら次期聖女様とは言えど、彼らの親衛隊たちは阿鼻叫喚らしい。毎日何かしらの問題がどこかしらで起こっている。まさしく、台風の目だった。

きっと、これから一波乱ある。

「面倒なのが、理事長が彼女の後ろ盾になっているんだよ」

「大聖教会ではなく、ですか？」

「そう。次期聖女サマなら、当然教会側が後見人についていると思っていた。調べてみれば、理事長先生が彼女の援助をしているじゃないか。それも、目に入れても痛くないほど可愛がっている」

「つまり、彼女はこの学園で何をしても許されてしまうわけですか」

そーいうこと、と疲れた溜め息を吐き出すエディに同情した。

この学園で学ぶ者たちは等しく平等である。王族だろうと、庶民だろうと関係ない。実力のみが己を示す価値となる。

魔法使いを目指す者。

騎士を目指す者。

文官を目指す者。

それぞれが己の将来のために切磋琢磨し合うのだが、どうやら理事長自ら、学園の平和を、平等を崩しているようだ。次期聖女様はそれを知っているのか、自分の思ったままに正義を振りかざし、傲慢を押し付けている。

ベティはどれだけ疲れていても、病んでいても、それを表に出さず己の責務を全うする。

今回の騒動をローザクロス家へ報告し、そこからロズリアの家に伝わるだろう。僕はローザクロス家当主様から愛娘を守ったことを感謝され、実の父からは叱責をされるのだ。

ほんの少し、憂鬱になった。

しかし、名の知れた生徒ばかりが、彼女の取り巻きになっていることが問題だった。

階級、爵位が高ければ高いほど、婚約者はいるものだ。

ベティに手酷い仕打ちをした第二王子はもちろん、僕の記憶が正しければ、騎士団長令息殿には幼馴染みのご令嬢が婚約者としていたはずだし、愛弟子殿にも年上の病弱な婚約者がいた。

自分の婚約者ではない女性を優先するなんて、貴族として最も恥ずかしい行いだ。紳士の風上にもおけない。

婚約者がいる相手を侍(はべ)らせている次期聖女様に倫理観を問いたい。いくら庶民とはいえど、これまでどのようにして育てられてきたのか。

「ちやほやされるのが好きなんだろうね。自分が世界の中心でお姫様、とか思っていそうなオツムだよ」

「は、ははは……否定できませんね」

「まるで魅了(チャーム)でもかけられているような心酔の仕方だったね」

言葉に詰まった。

魅了(チャーム)とは、魔族が持つ魅惑特攻だ。

この世界は現界、天上界、魔界と三界に分かれている。人間は現界、魔族は魔界、神族は天上界、それぞれがそれぞれの領分の中で暮らしている。

大昔、神代と呼ばれる時代に、魔族が現界へ侵攻してきただとか。女神の神託を受けた勇者だとか、光の聖女だとかがいくつも伝承を残しているが、今現在はいたって均衡を保った平和そのものだ。

稀に異種族同士の混血児がいたりもするが、千人にひとりだ。

魔族と人間が番(つが)い、その子供――ここで言うセレーネ・ロスティーが生まれたとして、魔族の血が流れているなら、聖女の大前提である光の魔力を持っているわけがない。

光と相反する闇の魔力なら納得できるが、あの光の魔法は本物だった。焼けるどころじゃない、融解するほどの光熱の弾。すっかり怪我は治っているのに、あの瞬間の痛みを思い出して眉を顰めた。

「……僕は、ベティに被害が及ばなければそれでいいんです」

「ヴィンス……」

「次期聖女様がなにをしようと、僕には関係ありません。ベティに、危害を加えなければ」

「その愛しのお嬢様が、怒り心頭なんだよねぇ……お前、騒動のあとに何があったか知らないだろう。泣き叫ぶローザクロス嬢に、現場は阿鼻叫喚。次期聖女サマを刺し殺す勢いだったらしいよ。その場にいた生徒たちがローザクロス嬢を押し留めて、なんとか次期聖女サマは生きているけど」

「……そう、なんですね」

嬉しい、ベティは、そこまで僕のことを想ってくれているんだ。

あわやひとりの死体が出る惨事だったにも関わらず、僕の頬は緩んでしまう。反対に、エディはつまらなさそうに唇を尖らせた。

次期聖女様が死のうと生きようとひとかけらも興味はないが、彼女を殺したせいでベティが罪人となるのは許せない。僕を想っての行動ならなおさらだ。

ベティの激情を押し留めてくれた生徒には、感謝してもしきれない。後日、個人的にお礼をしにいこう。

「明日、ローザクロス嬢を連れてくるから、なんとかなだめてくれるかな」

「それなら僕の十八番です」

「ついでに、私のこのやるせない感情も慰めてほしいのだけど」

「…………え、っと」

「お礼、元気になったらと言ったけれど、すっかりヴィンスは元気だものね？」

「お、お話がまだ済んでいません!!」

ふいに、表情が艶めいて夜の匂いが濃くなる。

嗚呼、心臓がいくつあっても足りない。

「じゃ、さっさと話を済ませてしまおうね」

「……あぁ、はい、そうでございますね……」

一生、終わらないでほしいと願ってしまった。

「ヴィンスには三日間、私の部屋で過ごしてもらうよ」

「どうせ、帰すつもりなんてなかったんでしょう」

にっこり、と笑顔で黙殺された。

「この寮に彼女の信者はいないから害をなされる心配もない。寮生たちにも気をつけなさいと言い含めたし、しばらくは大丈夫だろう」

「彼女ってどこの寮生なんでしょうか」

「ウェール寮だよ。頭がお花畑な彼女にはぴったりだね」

学園の西の花園の中にある、なんともメルヘンチックでロマンチックな寮だ。夢見がちな女の子が好きそうな外観をしている寮、といえばわかりやすいだろうか。

「あの、まさか、寮内に入ってくる、とかはないですよね」

「……否定しきれない。理事長におねだりをして、他寮に出入りしているとの噂もある。とにかく、彼女をこのまま野放しにしては、学園中が混乱するだろう。私がなんとかするから、もし声をかけられても無視するように。お菓子をあげると言われてもついていったらダメだからね」

本当に、僕のことを五歳児か何かかと思っているのだろうか。

あまりにも真剣な眼差しで見てくるものだから、僕も茶化すに茶化せない。砂を噛みながら頷いた。

エディはそのまま、次期聖女様について知っておくべきことを教えてくれる。

僕が興味がない（知らない）だけで、彼女はけっこうな問題児だった。

授業をサボって取り巻きとお茶会をしたり、町へ無断外出したり。試験は理事長特権で免除され、親衛隊（ファン）にイチャモンをつける。取り巻きの婚約者たちへは、心優しい次期聖女様とは思えない心無い言葉を投げる。

思ったよりも、事件を巻き起こしていた。

とても、聖女になるお方とは思えない行動だ。

「親衛隊まで敵に回してるんですか……」

「本当に、頭が痛いよ。私の親衛隊にも何度かイチャモンをつけに来ているみたいでね。なんでも、『エドワード様があたしと会ってくれないのはあなたたちがいるからよ』みたいな。馬鹿馬鹿しい。どうして私が、アレに時間を割かなければいけないんだ」

「そ、それで、親衛隊の方たちは……？」

「あらかじめ、絡まれても無視しなさい、と言っておいたからね。さすが優秀な子たちだよ。暖簾に腕押しな状況に、ひとりで怒って、好き勝手に暴言を吐いていなくなったって。アレが次期聖女だなんて、世も末だ」

さすが、殿下の親衛隊の方たち。

親衛隊とは、いわばひとりの生徒に対するファンクラブである。

特に人気のある生徒に設立されるサロンの一種。恋情、親愛、尊敬、憧憬、抱く感情はそれぞれだ。

親衛対象の生徒が恙無く、学園生活を送れるようにサポートする団体で、ベティにも存在する。

僕はベティの親衛隊に所属してはいないが、聞いたところによると名誉隊員に勝手になっていた。

「大事件でも起こしてくれたら、理事長でも大聖教会にでもクレームを入れられるんだけど……まぁ、何事もないのが一番さ」

諦念を浮かべて微笑うエディに、そっとお茶を差し出す。

ありがとう、とお礼のキスをされた。

僕には見せないようにしているけれど、王子殿下としての責務や業務は、学生であれど山積みなはずだ。くだらないことでエディに心労を重ねる原因が恨めしい。

「僕が、お手伝いできることなら、なんでもいたします。遠慮せずに言ってくださいね」

あ、もちろん、今の第一優先はベティですけれど！　と付け加えるのも忘れない。

約束が果たされるまで、あと少し。

そうなれば、自ずと僕はエディの所有物となるのだから、これくらいの我が儘を許してほしい。

「――ありがとう。ヴィンスは優しい良い子だね」

微笑む貴方が好きだ。沈んだ表情なんて似合わない。

口は禍の元、なんて言う。まさか本当に大事件が起こるなんて、この時の僕は思わなかった。

事件は、すぐそこまで迫っていた。

「ベティ？」

ぽかん、と間抜けにも僕は、それを理解できなかった。

エディが部屋まで連れてきてくれた、ベアトリーチェの頬が赤く腫れている。まるで、平手打ちでもされたみたい。

キリリと切れ長で流麗な目尻はお化粧が滲み、まるで、泣いたあとだ。

「……ベティ、どうしたの、」

ふらり、体が揺らぐ。頭が、脳みそが、気持ちが揺らぐ。

大切で大好きで、命も捧げられる宝物が傷つけられた。

「ポチ、わたくしは、」

「わかった、あの女でしょ？　だいじょうぶ、僕がすぐに」

目の奥が赤くなる。全身の血が沸騰して、憎悪が湧き上がってくる。

なによりも耐え難い。大切に大切に慈しんできた感情を踏みにじられた。健気に咲く白い花を、泥のついた靴底で踏み潰された。

赤く腫れる頬が痛々しい。

高潔なベアトリーチェが、涙を流すほどの屈辱を与えられたのか。そう思うと、胸が張り裂けてしまうほどの悲痛と憤怒に襲われた。

指先に、ほんの少しだけ魔力を込める。いけないことだと、父に禁じられている事だとわかっていたけれど、我慢できなかった。

ベティの頬に触れて、一時だけでも痛みが和らぐように、祈りを込める。

「ポチ!! 落ち着きなさい!!」

そのままふらりと、横を通り過ぎようとした僕をベアトリーチェが引き止める。

「わたくしは平気よ」

「……どうして？ 君を傷つけるなんて許せるわけがないだろ。こんなに……！ こんなに腫れてる、泣いたんだよね？ 目元が滲んでるもの。君が、泣くなんて、よっぽどのことがあったんだろう？ どうか、許可を出して。僕に『取ってこい』を命じて、」

「っおすわりなさい!!」

ぱちん、と白魚の手が両頬を挟んだ。

「王子殿下。お部屋に入らせていただいてもよろしいでしょうか」

「どうぞ。ソファを使って」

ズンズンと、まるで勝手知ったる自室のように、僕の顔を挟んだまま足を進める。

白いソファに僕を無理やり座らせて、隣に自分も腰かけた。

「よろしいこと、ポチ。わたくしは大丈夫なの。涙だって生理現象で出たものだわ。頬を張られたからわたくしもしっかりと張り返したわ」

「……手、痛かっただろう」

「えぇ、そうね。どうしてわたくしがこんな目に遭わなければいけないのか。理不尽に怒りが湧いてきたわ」

それから何があったのか、ベアトリーチェはいつになくゆっくりとした口調で語り始めた。

ベティは今日もいつものように登校して、昼時まで真面目に授業を受けていた。昨日の騒動はすっかり学園中に広まっており、向けられる視線が鬱陶しかったそうだ。僕がいないかわりは、クラスメイトの親衛隊が担ってくれたらしい。僕までとは言わずとも、それなりに快適に過ごせたわ、と笑みを浮かべられて歯噛みした。

昨日のうちに、殿下の従者だという女子生徒――リリディア・アンヘル嬢が僕の無事と容態について話し、それから明日の放課後にでも会わせると伝えてくれていたから、落ち着いて過ごせたとも教えてくれた。

エディが、手を回してくれていたんだ。僕のお世話から、ベアトリーチェの精神的なケアまで。本当に、感謝してもしきれなかった。

好奇の目に晒されながら、親衛隊と食事をしていたところ――静寂をぶち壊して現れたのは、渦中の人物であるセレーネ・ロスティー。

どうして僕（ポチ）に怪我を負わせておきながら悠々と出歩いているのか。そも、魔法を使ってもいいとされている場所は規則で定められている。父が国の行く末を定める一部分を担う宰相閣下であり、分厚い法律書などを読み込んでいるベアトリーチェは、それに比べると少ない生徒規則を読み込んで、すべて暗記していた。

廊下での魔法行使を禁ず。

定められた場所（教室、実験室、訓練場等）以外での魔法行使を禁ず。

公共の場で、害のある魔法（※攻撃魔法など）行使を禁ず。

見習い魔法使いが授業外での生物への魔法行使を禁ず。


僕が覚えているかぎりで、ロスティー嬢は四か条もの校則を違反している。

この四か条とは魔法使い見習いの規則であり、女子生徒・男子生徒でまた別の淑女・紳士規則があるわけだが、ベティいわく淑女規則の大半を破っているとか。

なんで編入できたんだ――そうだった、理事長先生による裏口コネ編入だった。

教職とは、教え導く者。古来より聖職のひとつとしてあげられる。

国立のほかに、大聖堂教会によって運営される聖立学校がある。僕たちが通うこのセントラル魔法騎士学校も聖立だ。

清く、正しく、美しく。

国生みの母マリアの導き、守護の中で品性と知性を身に着ける。

本当にどうして編入できたんだ？　堂々巡りの疑問にぶち当たってしまった。

「――信じられないわ。ほんとうに、彼女、このわたくしに向かってなんて仰ったと思う？『レオ様の婚約者なんでしょ？　でも、レオ様はあたしの方が好きみたい！　あなた、それに嫉妬してるんだわ！　だからヴィンセント君を独り占めして、あたしが近づけないようにしているのね！』……ですって!!　嫉妬？　そんなのするわけがないわ!!　嫉妬は人を醜悪にする。母マリアの導きのもと、光の道しるべを辿り歩けば、嫉妬なんて抱かないわ！　そもそもポチ！　貴方、どうして君付けで呼ばれているの!?　その流れでどうして頬を打たれると思う!?　お、お、思わずわたくしったらお父様のやられたら倍にしてやり返す精神で、グラスの水をぶっかけて思いっきり頬を張り返してしまったのよ!?　もうっ、ほんっとうに最悪だわ!!」

気を使ってエディが差し出した水を、ベティは一気に飲み干した。

ここが殿下の私室だとかなんだかんだを宇宙の彼方へほっぽってしまう勢いだった。

肩を怒らせ、もはや何に憤っているのかわからないけど、こうして感情を発散できることは良いことだ。

「……はぁ、思い出したら、また涙が」

なるほど、頂点に達した怒りの涙だったらしい。

涙を拭うために、懐からハンカチを取り出そうとした手が空を切る。エディが用意してくれたシャツだから、ハンカチは持っていないんだった。

「ローザクロス嬢、どうぞ、よければお使いください」

「感謝しますわ、殿下」

そ、っとハンカチを差し出したエディ。

役割を奪われた僕はなんとなく気まずい。今まで、こんなことなかったのに。

「……ベアトリーチェ、やっぱり僕、」

「ダメよ。貴方は大人しくおすわりしてなさい」

「だって、」

「だってもでもないの。聞き分けなさい。貴方はわたくしのポチでしょう」

歯を噛み、口を噤む。

相手にするには分が悪い。わかっているけれど、頭で理解しようと、どうにもならないもどかしさが心の和を乱すのだ。

「ポチ、貴方の言うことは正しかったわ。レオナルド様との婚約を、わたくしは受けるべきではなかった。お父様に、手紙を出すわ。婚約を破棄しましょう。——あの方に、わたくしはもったいない」

嗚呼、なんて、なんて高貴で美しいのだろう。

薔薇色に上気した頬に白い肌が映え、薔薇輝石（ロードナイト）の瞳がより一層、強い煌めきを放つ。秘められた情熱が熱を持ち、純度の高い真紅は、光の吸収によって輝きを増す。

やっぱり、ベティに泣き顔なんて、涙なんて似合わない。

彼女の瞳が精彩を放つ瞬間が、僕は一等好き——

——だった。

「ちょっと待った」

「…………エディ、ベティの言葉を遮るなんて」

「ヴィンス、お前、僕との約束を忘れたのかい？」

うぐ、と口を噤む。

約束？　と何も知らないベティが小首を傾げる。

「まったく、本当に私のヴィンスはローザクロス嬢のことになると前しか見えないんだから」

「ポチはわたくしのポチですけれど、第一王子殿下」

「宰相閣下への手紙、もう少し待っていただきたいんだよ、ローザクロス嬢」

「ねぇ、ポチ、貴方何を約束したの？　わたくしの許可も仰がず、一体この方と何を約束したの⁉」

「え、えっと、ベアトリーチェ、落ち着いて、」

「――ヴィンセントは、私に、君とレオナルドの婚約を白紙に戻すように乞い願ったんだよ」

――嗚呼、言っちゃった、バレてしまった、ベティには言わないつもりだったのに。

目を見開き、声を呑むベティに驚きの目を向けられて口を噤む。二の句が継げない。居心地悪く、気まずげに顔を俯けた僕の頭を、エディが慰めるように撫でてくれる。

「あぁ、怒らないであげて。ヴィンスは、君のためを思って私にお願いをしたんだ」

「……ええ、怒っていないわ。呆れているのよ。それで、そこのお馬鹿さんは貴方にわたくしの将来を願い、その代わりに何かを差し出す約束――いいえ、契約だわ。契約をしたのね。ええ、ええ、なんてことでしょう、呆れて声も出ないわ！」

柳眉を顰めたベティは、眦を決してエディに向き直る。

「そういうことですのね、殿下。最近、貴方がわたくしのポチを呼び立てていたわけ」

「ふむ、どういうことなのかな？」

「――貴方が、わたくしのポチを欲していたことなどわかっていましてよ。どうせ、わたくしとレオナルド様の婚約を白紙に戻すかわりに、自分のモノになりなさいとでも仰ったのでしょうね」

目を眇め、鼻頭にシワを作って、ベティは殿下を威嚇する。

「わたくしはそんなこと望んでいない、と言ったところで、その約束は覆せないのでしょう」

「――さすが、千里を見通す慧眼をお持ちになる宰相閣下のお嬢様だ。素晴らしい目をお持ちだ。そう、私とヴィンセントは魂の契約で結ばれている」

「魂の、契約……？　――このっ、お馬鹿さん‼　魂の契約なんて、貴方、ポチ、一生自由になれないのよ⁉」

ぐわ、と怒髪冠を衝く。

怒りに髪の毛を逆立てるベアトリーチェをなだめるよりも、聞き捨てならない言葉にこめかみを抑えた。

「ちょ……っと、待ってください、え、僕、これ、魂の契約なんですか？　聞いてないんですけど？　せめて主従とか、隷属とか、そういう契約かと、思っていたんですが」

「何の契約を結ぶかは私に任せられていたし、言わなかったからね」

その直後、ベアトリーチェの怒鳴り声が空気を震わせた。

ごめんなさい、申し訳ありません、もういくら謝ったところでベティの怒りは収まらない。

魂の契約――その名の通り、魂と魂を結ぶ契約だ。魂、それすなわち命である。死してなお、契約した相手に縛られる永遠の楔。

契約には種類がある。主従、兄弟、親子、夫婦、隷属、そして魂。魂の契約は最も重く、破ることも、破棄することもできない、まさしく絶対の契約だ。


かつて、魂の契りを結んだふたりがいた。神代の時代に生きた王子と、敵対していた魔族の王女だった。

戦場で顔を合わせ、剣を交わすうち、ふたりは儚い情を抱いてしまう。

血と肉が飛び交い、骨を削る戦いの中、剣とともに愛を紡ぐ王子。言葉を交わす術を持たない王女は、どちらかが死なないかぎり、戦が終わらないことも理解していた。

だからどうか、来世では一緒になれるように、お互いの胸を刺し貫き、魂の契約を結んで相手を自分自身に縛った――戦場でお互いを抱きしめ合い事切れた王子と王女に、涙を流した人々が和平交渉へ動き出した、とも言われている。

一蓮托生。運命共同体。有体に言ってしまえば片方が死ねば、もう片方も死ぬ。魂の契約とは、そういうモノだった。


エディひとりで、密かに行った秘密の契約だった。

きちんと何の契約を結ぶか指定しなかった、確認を怠った僕も悪い。それにしたって、神代の遺産と言っても過言ではない、魂の契約を結ぶなんて思わないじゃないか！

「ほんとに、このっ、……っ、はぁ、もう、わたくしのことでポンコツになるの、やめなさいよ……」

額に手を当ててベティがソファに崩れ落ちる。

茫然と膝をついてしまった。僕だって今すぐ泣き叫びたい。

だって、つまり、殿下の命は僕が握っているも同然ってことだろう。

「わたくしのせいで……！」と泣き出してしまったベティをなんとかなだめる。

名目上、療養していることになっている僕が出歩くわけにはいかない。部屋の外で控えていた側近候補のアンヘル嬢に、ベティの見送りをお願いしたのが十分前。

「……どうして、教えてくれなかったんですか」

「教えたところでどうするの？」

「う、ぐぅ……魂の契約って、どちらかが死んだら、もうひとりも死んでしまうんですよ」

エディが死んだら、僕も死ぬ。

僕が死んだら、エディも死ぬ。

伯爵家の次男坊の僕は、死んだっていなくなったって何をしたって、何一つこの世界に影響を与えない。

——けれど、エディは、エドワードは、この国の第一王子で、王位継承者だ。

僕が死んで、殿下も死んだら？

この国にとって、最も大きな損失となる。

契約相手の僕が死んだから、殿下を失った。そうなればロズリアの家はもちろん、本家のローザクロス家まで罪に問われることになるだろう。

そんなの許されない。あっていいわけがない。「わたくしのせいで」とベティは言うけれど、元を辿ればすべて僕の我が儘から始まったこと。——僕のせいなんだ。

「お前が死ななければいいだけさ、ヴィンセント」

「……そう、簡単に仰いますけどね」

いくら考えたって解決策は出てこない。

魂の契約の解除方法なんて、どんな古い書物を漁ったところで出てこない。

神代の言い伝えでは王女と王子がなんかいい感じになって、三界が和平することになったとか言われている。

現在、魂の契約を結ぶ馬鹿はいない。

最も重たい契約だぞ、殿下は何をトチ狂ってしまったんだ。

契約は反故にできない。すでに結ばれてしまっている。では、約束は果たさなければ？——ダメだ。殿下に罰が落ちてしまう。

うぎぃ、と歯を噛む。殿下が手入れしてくださったおかげで、無駄に艶やかでさらさらな髪をかき乱す。

「いいじゃないか、別に」

「っあのですねぇ！　殿下はよろしいかもしれないですけど！　僕のせいで殿下が死んだら、その罪はきっとベアトリーチェに向かうんですよ‼」

「そうだろうね。だからこそ、お前は死ねない」
ス、と瞳が細くなる。
「好いている子を、みすみす死なせるほど私も馬鹿じゃあないよ」

「どう、いう……」

「いざとなったらお前、死ねるだろう？」

夕食は何が食べたい？　と尋ねるかのような気軽さに、一瞬何を言われたのかわからなかった。

「ま、さか、そんなわけないじゃありませんか！」

「じゃあなぜ、魂の契約と聞いて真っ先に心配するのが私が死んだら自分も死んでしまう、ではなく、死後、ローザクロス嬢が罪に問われることなんだ？」

「僕のことで、本家にご迷惑をおかけするわけには、」

「明日突然死んでしまうかもしれない人間が、他人の心配なんてできるわけがないだろう」

声が震える。

喉は、かすれた音しか吐き出さず、図星を突かれた僕に反論する余地はない。

「私は死なないよ」

「嘘。死ぬかもしれないじゃありませんか」

「私は死なない」

「……絶対は、ありえないんですよ」

「お前を残して、死んだりしないよ」

は、と息が止まる。

腕が伸びて、胸の中に閉じ込められる。冷たい、エディの温度だ。

お母様は「また明日、遊びましょうね」と約束をして、その明日は永遠に来ることはなかった。

広い屋敷に、父と、腹違いの兄と、兄の母。

どこか寒かった。冷えて冷えて、凍えてしまいそうだった。

「ひとり残して逝かないよ。逝くときは一緒に逝こう。ひとりは寂しいから」

「ほんとうですか」

「本当だとも。私たちが交わした魂の契約は、絶対だ。それに、ローザクロス嬢のことは心配しなくてもいい。手は打ってある」

冷たい口付けが瞼に落ちる。

「私も、寒いのは嫌いだ」

殿下も？　と紡いだ音は彼の唇に飲み込まれてしまう。

「ん、……そう。だから、ずっとふたりでいれば寒くない。私の体温はちょっと冷たいけど、その分、お前が温めておくれよ」

氷の指先が、シャツの裾から入ってくる。脇腹を撫でて、腰骨に指が引っかかった。

「口、開けて」

「ふ、あ、ぁ、」

逃げてしまう腰に片腕が回り、空いている手が首の後ろに回されて、僕は一ミリだって身動きが取れない。

優しく啄むつい ば口付けなのに、このまま食べられてしまいそうだった。

ちゅ、ちゅ、とかわいらしいリップ音がやがて、ぐちゅち、と粘度の高い液体をかき混ぜるような音に変わる。荒い息遣いと、深まる口付けの音だけが部屋に響いた。

縺れ合い、紗うすぎぬをかき分けて漆黒の寝台に押し倒される。

ぎゅうぎゅうと抱きしめ合い、また口付けを交わした。

唇を食み、舌を絡めて、唾液を交換する。とろりと、甘さを含んだそれを嚥下すると、頭を撫でられた。

エディの手のひらは、魔法の手だ。

「いい子、良い子」と撫でられると頭がふわふわして、胸がぽかぽかする。

「は、は、ふっ」

「顔、真っ赤だね。――ね、ヴィンセント、触れてもいい？」

どこに、と殿下は言わない。

ズルい人だ。僕が拒まず、この先を求めているのに気づいていながら、僕の許可を求めてくる。

「……エディ、僕に、触れてください」

エディの口付けは甘ったるくて、何も考えられなくなってしまうんだもの。

ふわふわして、幸せになってしまう。体は蕩けて力は入らなくて、柔らかいベッドに沈み込んだ。

「可愛い、可愛い私のヴィンセント。お前は、私の宝物だよ」

ずっと一緒だ。離したりなんてしない。お前はもう、私から離れたらいけないんだよ。愛してる、
私だけがお前を、ヴィンセントを愛しているんだ。

ぽやぽやと熱に浮かされた頭に囁かれる愛の言葉(のろい)に心が侵食されていく。

低く艶めいた声は鼓膜に、頭によく響いた。

どぷんっ、と。

糖蜜の瓶の中に放り込まれる。膜を一枚隔てた向こう側で、エディが睦言を囁いている。

僕はそれを享受するしかなくて——囁かれるたび、愛を注がれるたび、ベアトリーチェのことを
忘れてしまいそうになる。それが、どうしようもなく怖くて恐ろしい。

エディはそんなの関係なくって、怖くて恐ろしいなら私が一緒にいてあげるよ、とドロドロに溶
かした砂糖を空いた穴に注いでくる。

本当に、酷い男(ひと)。

欲しいもののためなら、権力でもなんでも惜しみなく使う。

悪態を吐きたいけれど、エディが本当の意味で欲しいモノが、僕ひとりなのかと思うと、嬉しく
て嬉しくてたまらなかった。

研ぎ澄まされた美貌の人が、なりふり構わず僕を求めている、なんて。

酷い、ズルい、そう思うのに、僕はもうエディを拒めない。彼の愛熱でドロドロに溶かされてし

まった。

ベティ、ベアトリーチェ、僕の宝物(ベアトリーチェ)。

世界の中心に咲く、たった一輪の花が彼女なら、エディは僕の周りを包み込む空気で、揺蕩(たゆた)う水で、骨まで溶かす毒だった。

ぼんやりと鼻にかかった、甘い声をこぼす。

意識を揺らし起こすように、まぁるく整えられた爪先が胸の頂を弾く。親指と人差し指で捏ね繰り回したり、押しつぶしたりされる。胸なんて感じるはずがないのに、十分に性感を高められた肢体は、胸の頂点を弄られるたびに、腰骨のあたりがもどかしく痺れた。

切ない、物足りない、下穿きの中で兆しを見せているそれを、直接触れてほしいと唇を噛む。

「見て、すごく綺麗な色だね。ちっちゃくて可愛い乳首だなぁ」

はふはふと熱い息を吐き、促されて視線を下へ向ける。ぷっくりとピンクに色づいて、一回りほど膨れた芽に、羞恥が沸き上がった。

男なのにこんな胸なんて、恥ずかしくて腕で隠そうとする。それをわかっていたように手を絡め取られて、エディは見せつけるように、ゆっくりと口元を胸に近づけた。

「や、いやだっ、そんなっ、んんンぅ」

ぬるぬると滑る弾力のある舌に、腫れた頂を包まれる。

指と違って柔らかい。唾液を潤滑油代わりにして芽を濡らし、吸って、突かれて、歯で甘噛みをされると、どうしようもなく下腹部が切なかった。

「ろこがきもひい？」

「ん、んぁ、ぁっ、や、そこで、しゃべんな、」

唇が震えて、いろんなところが充血していく。涙が滲んで、膝を擦り合わせた。

寝間着代わりに着せられたエディのルームウェアは、体格差もあってウエスト部分がとても緩い。指を引っ掻けられただけでズルズルと脱げてしまう。

ムワリ、とこもっていた熱気が解放されて、息をする間もなく大きな手のひらに包まれた。輪っかにした手のひら全体を使い、根本から先端に向かって扱かれる。親指の腹が鈴口をよしよしと撫でると、すぐにでも達してしまいそうになる。

「私のも、触って」

手首を掴まれ、導かれたソコに触れる。

太くて、大きくて熱い。おそるおそる触れるたび、裏筋がドクドクと脈打って、僕のほうが恥ずかしくなる。

つぷ、つぷ、と先っぽから垂れる雫を掬って、窪みをなぞる。柔らかな玉を、手のひらを使って揉んだ。

「……そう、んっ、んン、上手だネ、気持ちいいよ」

カッと顔が熱くなる。

眉を顰め、白い肌を赤く染めるエディは、目を背けたくなるほどの色香をまとっていた。

彼はまだまだ余裕があるのに、僕の息は不揃いで、汗が滲み、全身赤く染まって力も入らない。

与えられる快楽と、砂糖菓子みたいな愛慕。夢心地な多幸感に、ぽわぽわと意識を沈める。

陽物を扱く僕の手の上から、エディの大きな手のひらが重ねられる。僕のそれも一緒に、ぴとりとまとめられた。熱い。脈打っていて、火傷してしまいそうだ。

自然と荒くなる息に、ふと顔を上げる。エディも乱れた吐息を喉奥で飲み込んでいるのがわかった。ごくん、と目の前で上下する喉仏につい目が奪われる。筋張っていて、硬そうで、汗が滲んでいるから、噛んだらしょっぱそう。

エディの手に動かされて、僕とエディのモノが手の中で擦れて、先走りでぐちゅぐちゅとはしたない音を立てた。

「うう、ぅ、ンあ、も、もうダメ……！　エディ、エディっ！」

「いいよ、一緒にイこう、ヴィンセント」

唇を合わせて、汗ばんだ体を密着させる。手の中でお互いが擦り合わされ、ぐちゅぐちゅ、ずちゅ、と粘着質な水音が一層激しくなる。

ぱちゅ、ぱちゅんっ、と手のひらに打ち付けられて、自然と動いてしまう腰にまるで本当にそういうことをしているみたいだった。

荒々しく、口内を蹂躙される。嗚呼、食べられてしまう。でも、エディにならば食べられてもよかった。血肉となり、一心同体となり、僕はエディの中で生き続ける。

「あ――――ッ!!」

「ん、くっ……！」

熱が弾ける。

目の前が白く明滅して、あばらの浮いた腹部に温かい液体が広がる。

体が脱力して、ぽたり、と細い顎先から汗が垂れる。

荒い息遣いが紗の中を満たした。

快楽から解き放たれ、気怠い体に目を瞑り、ゆっくりと深い呼吸を繰り返した。

「……大切にする、って、決めてたのに」

ぽたり、と小さな呟きとともに透明の雫があふれては落ちてくる。

「え、エディ⁉　どうしたの、なぜ、泣いているの」

「お前を汚してしまった」

「腹は濡れたけど、別に汚れては、」

いない、そう続けようとした言葉は、あまりにも綺麗な涙に見とれて、口内に溶けて消えていった。

「〝待て〟ができなかった。これじゃあ私こそ、躾のなっていない犬だ」

エディは、僕のことを聖者か何かかと思っているのだろうか。エディが思っているほど綺麗じゃないし、天使でも神に仕える使徒でもない。

くふっ、ふふっ、ははっ、とコロコロ笑って、汚しちゃった、と泣きべそをかく可愛い殿下。

力の入らない腕を持ち上げて抱き着いた。

「ヴィンス……⁉」

吐き出した精で濡れた腹をエディに押し付ける。べっとりと、圧迫されて広がる不快感に顔を顰めた。

「これで、僕もエディを汚してしまいましたね」

ぱち、と瞬く冬から雫が落ちた。

「汚れたなら、綺麗にすればいいんです。ね、殿下、せっかく広い湯船があるんですから湯に浸かりましょう？」

「…………ウン、お風呂、入ろうか」

氷が溶けて、花が綻ぶ。いつもの完璧な微笑みとは違う、あどけない、目尻を下げた緩やかな微笑。どこか幼くて、胸がきゅっと締め付けられた。

僕の中（こころ）が確実に作り替えられていく。

一等大切な、触れることも躊躇う宝物はベアトリーチェだ。けれど、手放したくない、誰にも取られたくない僕だけの宝物が、ポツンと現れてしまった。ふたつの宝物は、どちらか片方しか選べない。

もし、選択を迫られたとき、僕は選べるんだろうか。

タオルを腰に巻いたエディに抱き上げられる。この部屋の中では、もうすっかり慣れた移動方法だった。

エディは僕に関することをなんでもやりたがる。ベティに尽くしていた僕を見ている気持ちで、やるせなさが募った。ベティも、こんな気持ちだったのかな。

――僕がいないと、生きていけなくなってしまえばいいのに。

僕がそう思っていたように、きっと、エディもそう思っているんだろう。

＊＊＊

一時療養を終えて、今日から学業復帰だ。

朝早くに自分の部屋に戻るつもりだったのだが、いつの間にかクリーニング済みの制服やら、教科書やらなにやらがエディの部屋に用意されていた。

「せっかくだから、一緒に登校しよう」

「ベティを迎えに行きますが」

「ローザクロス嬢ならリリディアに送迎を任せているよ。おそらく、もう寮を出ているんじゃないかな」

また、アンヘル嬢である。

この三日間でアンヘル嬢と顔を合わせる機会は多かった。そのちょっとした時間で、彼女の有能さはまざまざと見せつけられた。

従者としても、側近としても、魔法使いとしても、彼女はとても優秀な人だった。

お茶の入れ方やおかわりを勧めるタイミング、スケジュールなどの時間把握能力は羨ましいくらい。

魔法使いとしては風と炎、光の三属性持ちという類い稀なる逸材。四大属性や派生属性で複数の属性を持つことはあれど、光の属性を併せ持つなんて聞いたことがなかった。

「アンヘル嬢は、エディの従者でしょう」

「まだ側近候補だけれどね」

「……何を、考えてらっしゃるんですか」

思わず、声が低くなる。

僕の代わりに、僕よりも優秀な彼女をベティの側につけた。人は誰だって、優れているモノを好む。アンヘル嬢のほうがいい、とベティが言ったら？

噛みしめた唇を、親指がなぞる。

「赤くなってしまうよ」

「誰のせいだと、ん、ぅっ……！　っ殿下!!　ぼ、僕が、口付けでごまかされると思ったら大間違いですからね！」

「でも、私との口付けは好きだろう？」

ぐぅの音も出なかった。

眦を吊り上げているのに、エディは嬉しそうにふわふわ笑んでいる。これ以上怒るに怒れなくなってしまう。

この療養期間、つまり僕がエディの私室で寝起きをしていた間、ずっとこんな感じだった。

地に足がついておらず、僕が存在していることを何度も確かめるように触れて、何度も口付けを交わす。——お互いに触れ合ったのは、ベティが訪れて来た日だけだったけれど。

僕も、エディとのキスが心地よくて際限なく唇を合わせていた。鏡に映った唇がぽってりして見えた。色も、以前より鮮やかで血色が良く、蜂蜜のリップクリームをエディが塗ってくれるおかげで、艶めいてぷるぷるしている。

東の国から取り寄せた花蜜油(かみつゆ)のヘアオイルを、風呂上りに絹織物でも機織るかの如く丁寧な手つきで髪に塗り込まれるのだ。自然乾燥派だから、と言えば有無を言わさず足の間に座らせられて、低温ドライヤーでゆっくりと乾かされるまでがルーティンになっていた。その際の手つきに、そわそわしたのは僕だけの秘密。

それが毎日続けば、櫛を通さずともふわふわさらさらの髪質になっている。この部屋に備え付けてあるシャンプーやコンディショナーのおかげでもある。

ここのボディソープを使ってから肌が柔らかくなった気がするし、すごく、すごく殿下に磨かれている気分だ。

口付けをするたび、ふわり、と鼻先を掠めるにおいが自分からもする。ひとりで顔を赤らめてしまうときすらあった。

「とにかく、早く行きましょう。遅刻してしまいますから」

「うん、そうだね」

——と言いながらも、エディは玄関扉を開ける様子はない。扉の前に立って、こちらを振り返っている。

「忘れ物ですか？」

「うん」

冬の瞳がス、と僕の後ろにずれる。

視線の先を追いかける僕の頬に手が添えられて、ちゅ、と短いリップ音。また、キスされた。

「行ってきますのキス」

「……僕も一緒に行くんですけど」

「いいじゃないか。新婚みたいだろう？」

「いろいろ段階をすっ飛ばしすぎでしょうに」

溜め息を吐いた僕は、軽口が返ってくると思っていた。

奇妙な静寂が続いて、首を傾げた。

「段階を踏んだら、結婚してくれるんだね！」

にっこり。花が飛ぶとかじゃない。比喩でもなんでもなく背後で太陽が輝いている。それはもう神々しいほどに輝く笑みに目が潰れてしまいそうだ。

ウキウキルンルン、ピクニック前の少女のようにぽこぽこと花を飛ばして、抱きしめられる。

「僕たちは、お友達！　お友達ですからね！」

「大丈夫さ。昨今は同性愛にも寛容になってきている。それに、我が国でも同性婚は認められているよ」

「あぁ、もう、そうですか、わかりましたから、ちょっと、ほら、早く行きますよ！　遅刻しちゃうってば!!」

どうして復帰初日の朝からこんなに疲れないといけないんだ!!


教室まで送るよ、と言うエディを、無理やり自分のクラスに向かわせる。すっかり草臥れた僕を出迎えてくれたベティからは、呆れた眼差しをいただいてしまった。とても辛い。

三日ぶりのクラスは、思っていたよりもずっといつも通りだ。

カースト上位者であるベティの一番近い位置にいる僕に、詳細を聞きに来る生徒はいなかった。ひとりくらい、お喋り好きなご令嬢が声をかけてくるかと思っていた。時折、視線を向けられるが、あからさまにひそひそする様子はなかった。

「たった三日で、随分と飼い慣らされたのね」

「ゑッ」

三時間目が休講となり、ベティと、フルール・サロンに所属する数人でお茶をしていた。

当たり前にお茶をいれる僕に、ベティはすげない言葉を投げかける。手持ち無沙汰に扇子をあおぐ姿は優雅で可憐だけれど、機嫌は決してよろしくない。

「朝から一緒に登校してくるなんて、とっても仲睦まじいのね。ねぇ、皆さんもそう思うわよね」

「えぇ！　白百合の君と白薔薇の貴公子――朝からお二人の並んだ姿を見られるなんて、今日は幸せな一日になりそうですわ！」

「やっぱり、殿下のお部屋にいらっしゃったんですか……!?」

「もしかしてっ、こ、恋仲――」

「わたくしが言いたいのはそんな浮ついたことじゃなくってよ」

ぴしゃり、と言葉の鞭が打たれる。

一斉に口を噤んだお嬢様たちに苦笑いをこぼした。窘められてなお、向けられる目には期待が込められていて、目は口ほどに物を言うとはまさにこのことだ。

『白百合の君』とはエディのこと。

ベティはフルール・サロンで『赤薔薇』の称号をいただいていることから『赤薔薇の乙女』。

僕は『赤薔薇の乙女』にちなんで『白薔薇の貴公子』と呼ばれていた。

噂話やゴシップが大好きな生徒たちは、話題性のある生徒に二つ名やら通り名やらを付けたがる。

ベティに通り名がついたと知ったときは眉を顰めたが、『レディ・ローズ』とはなかなかセンスがあるじゃないか。

僕の二つ名だとかはどうでもいい。ベティの通り名の副産物と思っていたが、そういえば、エディも同じく『白い花』を冠しているのかと思うと『白薔薇』と名づけた者に称賛を送りたくなる。

ベティと同じ『薔薇』で、エディと同じ『白い花』。

「顔が緩んでいるわよ」

「あっ、いや、僕は別にエディのことを考えていたわけではなくってね……!」

「〝エディ〟!?」

「殿下のことを愛称でお呼びしているのですか⁉」

「え、エディが、そう呼んでと言ったから……」

頬を紅潮させて、飴玉みたいに目をキラキラ輝かせるお嬢様たちに一歩退いてしまう。

「ッ……はぁ～～～～～～～～～。ほんっと、おバカなワンちゃんだこと」

もはやベティは何も言ってくれなくなってしまった。

戸惑う僕を手招きをして、空いている椅子に座らせると「他には⁉」「どこまで進んでいるんですの⁉」と矢継ぎ早に、お嬢様たちは質問を繰り返した。

あ、これ、恋バナの餌食にされてる、僕。

気づいた頃にはお嬢様たちに包囲されていて、ベティに助けを求めるが一瞥すらしてくれない。とても悲しい。

聞かれたからと言って、殿下のプライベートを好き勝手に話すわけがないし、僕も教えたくない。

曖昧に言葉を濁しながら返事（もはや相槌のみ）をする。そこらへんの事情はお嬢様たちもしっかりと理解しているので、僕がどんなに曖昧な答えをしても、彼女たちは勝手に妄想して勝手に盛り上がっていた。

短いようで僕にとっては長い問答は、扉を叩く来訪者によって終わりを告げた。

「あの……ロズリア先輩は、いらっしゃいますか……？」

扉を開け、ひょっこりと顔を覗かせたのは幼さの残る顔立ちの下級生。

ぴたり、と会話を止めたお嬢様たちが幼く高い声音がしたほうを見る。

「すっ、すみませんっ、あの、ロズリア先輩を呼んできてほしいって、ぼく、頼まれて……」

親を求めて鳴く小鳥のような少年生徒に、「まぁ」とひとりが頬を赤らめる。口元を手のひらで隠した。あのお嬢様は、可愛らしい年下の少年少女が大好きだった気がする。

彼女の目は少年をロックオンしている。

このまま餌食になっても可哀そうだ。ス、と立ち上がって出入り口まで向かった。決して、お嬢様たちの問答から逃げたかったわけではない。

「僕がロズリアだけど」

「あ、あのっ、ぼく、先生が探してるから呼んできてほしいって言われて……」

「先生？　……何の用だろ」

「ぼ、ぼくも、わからないですけど……怪我の具合が、なんとかって言ってました」

「あぁ、なるほど。うん。わかったよ。それで、その先生ってどこにいるの？」


西棟三階。

体調不良の生徒たちを寝かせるための医務室は、喧騒から離れた校舎の奥にある。僕がお世話になった医務室よりもずっと静かで、人気がない。

白いカーテンが揺れる間で、女子生徒と対面している。

華奢な両手を胸の前で組み、頬を染める。恋する乙女のように、夢見がちな少女のように、とろりと笑みを綻ばせる。亜麻色の髪の少女――セレーネ・ロスティーが佇んでいた。

「来てくれて嬉しいわ！　ヴィンセント君！」

下級生に嘘を吐かせてまで呼び出したくせに、白々しい。

「何の用？　まさか、僕の怪我に対して謝ってでもくれるの？」

鏡に映る僕は、表情をこそぎ落とした能面みたいな顔をしていた。

僕は魔法使いを専攻していないから杖を持っていないし、騎士を専攻しているわけでもないから剣もない。

「怪我？」

きょと、と緑の目を丸くする彼女にこめかみが引き攣る。

校則を破って、光弾なんてものを放出してくれたおかげで、いろいろな意味で大変だったんだからな。主にベティとエディの怒りを静めたりとか！

「あ、そうだったわ！　ヴィンセント君が、あの傲慢な女を庇うなんて思わなかったから、あたし思いっきり打っちゃったの……ごめんなさい、ヴィンセント君」

ツッコみどころは多々あるが、彼女、謝れたんだ。素直に驚いた。

僕が治癒魔法を使えたからドロドロに溶けた血肉を再生させることができた。下手をしたら、ショック死していた可能性だってある。

端からベアトリーチェに当てる気だった。なおさら許せない。今、ここにひとりでよかった。人気もなく、誰にも僕を止めることはできない。

「だからね、あたし、責任を取るわ」

パッと下げた眉を上げて、一歩、こちらに近づいてくる。

近づかれた分だけ、僕は後ろへと退がった。

「怪我させちゃったんだもの、責任は取らないといけないわ。だから、だからね、ヴィンセント君、あたしと結婚を前提にお付き合いをしましょう！」

名案でしょう、と笑むセレーネ・ロスティー嬢が理解できない。

にこにこにこにこ。邪気の無い笑顔が心底気持ち悪かった。

「あっ、怪我をさせてしまった責任だけじゃないのよ！　あたし、ヴィンセント君のことが一番好きなの。レオンよりも、シオンよりも、レオ様よりも！　ヴィンセント君のことが好きなの！　なのに……なのに、あの女のせいで、ヴィンセント君は囚われているのよね……？　大丈夫よ、あたしが助けてあげるから！　ヴィンセント君を、もうひとりぼっちにはしないわ！」

緑の瞳が、妖しく輝くのを見た。まるで蛇のような目に僕が映り込み、ぐわん、と耳元で鐘が鳴る音がして、たたらを踏んだ。キィン、と頭の奥で金属同士がぶつかる音がする。

どろり、と果実が熟し腐り落ちた甘いにおいに包まれた。甘いにおいが頭にモヤをかけて、思考能力を奪っていく。警笛が耳の奥で鳴り響き、危険信号を点滅させる。

体が勝手に魔力を循環させ始める。きゅるきゅると、ぎゅるぎゅると、回る視界が次第に落ち着き、やがて眩暈は治まって、止めていた呼吸を深く吐き出した。

「――魅了能力(チャーム)か」

「あ、れ……おかしい、なんで？　こうすれば、皆、あたしのことを好きになってくれたのに」

きょとん、と緑の目を丸くする。

——仮説はあっていた。

彼女は、取り巻きの生徒たちに魅了(チャーム)をかけている。しかしそうなれば、魅了(チャーム)は魔族の固有能力であるはずなのに、反魔法属性の光魔法を使っている疑問が残る。

光と闇は相反するもの。常に対角線上に位置して、決して交わらない。

「なんで、どうして……⁉　いままでこんなことなかったのに！　どうしてあたしのことを好きにならないの、ヴィンセント君！」

「なるわけないだろう。頭の中お花畑なのかな？　散々僕の大切な宝物(ベアトリーチェ)をコケにして、どうして僕が君のことを好きになると言うの？　そもそも、僕はファーストネームで呼ばれるほど、君と親交はないはずだけれど。ベティの言葉を借りるわけではないけれど——少々、はしたないのではないかな？」

嘲りを浮かべて唇を吊り上げる。

「……ッ‼　なん、で、どぉしてそんなこと言うの……？　あたし、聖女なのよ？　あたしはセレーネ・ロスティーで、皆に愛されるヒロインなのに……！」

ぎゅ、と唇を噛みしめて、泣くのを耐える。

もう用はないだろう。言いたい事はまだまだあるが、これ以上、彼女と対面していたら本当に刺し殺してしまいそうだ。

人を殺したらベティと一緒にいられない。エディと一緒にいられない。だから、ほんの少しだけ我慢する。こんな脳みそお花畑女のせいで、手を汚すのがもったいなかった。

「…………よ、」

「まだ、なにか？」

「ダメよ、そんなの許さないわ、だって、あたしはヴィンセント君に会うために、愛されるために
セレーネになったんだもの……！」

意味の分からないことを呟くロスティー嬢を、突如突風が包み込む。

鋭い風の刃は白いカーテンを切り裂き、柔らかな枕の羽根を散らす。目も開けていられないほど
の強風が止むと、ロスティー嬢の制服や肌は切り刻まれ、赤い線をいくつも滲ませていた。

「なに、して」

「うふっ、うふふっ、ヴィンセント君は、だれにもあげないんだから」

狂気の渦を滲ませた、嫉妬の緑がほの暗く光る。

彼女の奇異な行動に反応できなかった。すぐに、その場をあとにすればよかったと後悔する。

白い羽根が舞う室内に、愉悦と享楽を含んだ笑みを浮かべたロスティー嬢は、絹を切り裂く悲鳴
を上げた。


——結果だけを述べよう。

「助けてほしかったら、あたしのことを愛して」って、頭が沸いているのだ。

自傷行為をしてまでお付き合いをしたいとか、僕には怖すぎて無理。断固遠慮申し上げる。箱に

詰めてラッピングしてぜひ贈り返したい。

ロスティー嬢の存在は、ベティに悪い影響を与える。断言できた。

甲高い悲鳴に駆けつけた（多分すぐ近くの教室で待機していた）彼女の騎士様たちは、僕が「セレーネを襲った！」と決めつけて糾弾した。

涙をあふれさせて騎士のひとりに泣きつく彼女に、つい白けた目を向けてしまった。それが気に入らなかったようで、胸倉を掴まれ、あわや殴られそうになったところを——駆けつけたエディが割って入ってくれた。

一足遅れてやって来た先生たちによって、別室で事情聴取が行われ、僕はそのまま寮で待機と言う名の謹慎処分。何も悪いことをしていないのに、酷くないか。

まったく酷い目にあった。ただでは転ばない精神に、いっそのこと感服してしまう。

告白？　プロポーズ？　何にしろ断られたからって、まさか脅しをかけてくるとは思わないだろ。

もっと酷いのは、さらにその後。

半日謹慎して、翌日の朝に登校すると、動物園のパンダ気分を味わえた。決して嬉しくない心地だ。どちらかと言えばとても不快。

『ヴィンセント・ロズリアが次期聖女のセレーネ・ロスティーを襲った』

いっそ頭を打ち付けて死んでしまいたいほどの屈辱である。

どうして！　僕が!!　アレを襲わなくちゃいけないんだ!!

今なら憤怒と憎悪で人ひとりくらい呪い殺せそう。余談ではあるが、この国に呪術の概念は無い。

そういうのは海を越えた向こうの御国の神秘である。

世界一美しくて綺麗で可愛い女の子に傅いておきながら、その他大勢の、それも毒と分かり切っている少女に靡くわけがない。僕がベティ以外の人間に興味がないことなんて、周知の事実のはずなのに、一体どこの阿呆が噂をしているのやら。

光り輝く宝石の美貌が基準となってしまっている僕は、その他大勢の女の子たちに好き嫌い以前に関心が無い。

磨かれてすらいない道端の石ころに、どうして欲情する？

僕の名誉のために公言するが、物心ついた頃からベティの後ろをついて回っていた僕に、理想が高すぎる自覚のある僕に、女の子とお付き合いした経験があるとお思いか⁉

閑話休題。

登校したら、まず机の落書きを綺麗にするところから始まる。

読むに堪えない罵詈雑言が書かれた机を、洗浄液で綺麗にしていく。仮にも貴族学園の生徒なら、もう少し語彙力を身に着けた方が良いのではなかろうか。傷つく以前に、語彙の無さにドン引きだ。市井の子供たちのほうが、もっと豊かな語彙力を持っている。

生徒の大半が貴族の子のはずなのに、やることがいちいち幼稚だった。

僕が『ロズリア家の次男』で『ベティのワンちゃん』だから、嫌がらせをエスカレートさせられないのだろう。それに加えて、最近だと『殿下のお気に入り』だもの。言ってしまえば、僕自身は脅威でなくとも、僕の後ろに控えている厄介な御方たちを敵に回したくないのだ。

机に落書きをされる程度で済んでいるものの、エスカレートする前にどうにか対処しなければならない。ベティに迷惑をかけたくない。それに、エディに知られたくなかった。

――多分、二人とも気が付いているんだろうけど。

ウンザリする。どうして、僕がその他大勢(二人以外)に気を配らなくちゃいけない。

あれもこれもそれも、全部に気を回せるほど器用じゃない。ベティと――エディ。僕の腕は二本しかないから、ふたりでいっぱいになってしまう。

こういうとき、魔法を使えたら便利なのに。何度願っても、僕は魔法が使えない。

いつもの登校時間よりもずっと早い時間。

僕しかいない教室に、悪意ある声が響いた。

「あれぇ？　誰かと思ったらお嬢様の犬っころじゃん」

「こぉんな朝早くになにしてんだよ」

パッと振り返る。教室の入り口を、男子生徒たちが塞いでいた。

僕がいつまで経っても呼び出しに応じないから、向こうからわざわざ出向いてきたらしい。こんな朝早くにご苦労なことだ。

身軽な訓練着に、腰に下げた剣。そこらへんのお坊ちゃんたちよりも鍛えられた体。

彼らはロスティー嬢の取り巻き、の取り巻きである。おそらく、騎士団長令息殿の取り巻きだ。

だって騎士訓練生の格好をしているし。もしそうでなければ、紛らわしい格好をするなと物申したい。

手持ち無沙汰なのか手慰みなのか、剣の柄を握ったり触れたりする彼ら。ニタニタと下品な笑みで顔を歪めている。

何が面白いんだ。僕はまったく面白くないんだが。思考を放棄して、無心で机を拭く。

「ローザクロスの腰巾着風情が、無視してんじゃねぇよ！」

肩を掴まれ、無理やり振り向かせられる。

とっさに、洗浄液の入った瓶を手に取った。僕の肩を掴む男の顔に、振り向かされた勢いで中身がかかってしまった。

「うぁっああァッ！　いてぇっ、いてぇよ!!」

「アンドレ!?　てめぇ何しやがる!?」

「ア、スミマセン。驚いて、中身がかかっちゃいました。大丈夫ですか？　医務室に行った方がいいですよ。これ、けっこう強い洗剤なので」

顔を抑えて蹲る彼の肩に触れる。

「く、そがぁっ！　おいっ、こいつ連れてけ!!」

手を振り払われ、激昂する彼らを眺めた。ひとつしかない出入り口は、塞がれている。

連れていけ、ってどこにだろうか。暴力を振るわれるのかな。怪我をしたって治せばいいけれど、服の損傷は直せない。それに、もし万が一、命の危機に瀕したら、殿下にご迷惑をかけてしまう。

死なない、と約束した。――ひとりで死ぬのは寂しい。エディは、一緒に死んでくれるって言ったんだもの。

僕の机から、真っすぐ真横にある窓は半分開いている。広い教室と言えど、洗剤を使うのだから換気は必須だった。

普段、授業が行われる教室棟はドーナツ型の四階建てだ。僕が所属する星組は、三階の東側に位置している。窓の外を覗けば噴水やベンチが置かれた中庭があり、天気の良い日なんかはお嬢様たちがランチしているのも見かける。

鍛え上げた体を教室の中に滑り込ませる。彼らは怒りだったり、下卑た笑みだったり、それぞれ別の感情を浮かべた。

「オレ、ずぅっと白薔薇ちゃんのこと気になってたんだよなァ」

「はは、お前も？　俺もだわ。あのお澄まし顔をぐちゃぐちゃに、啼いて善がらせてぇよなぁ！」

歪んだ瞳の奥に燻ぶる劣情を見つけてしまった瞬間、言いようのない気持ち悪さに全身に鳥肌が立った。

不快感と嫌悪感を我慢できず、机を引き倒し、椅子をぶん投げ、開いている窓へ一直線に走った。

「待ちやがれ!!」

伸ばされる手を、腕をかわして、窓枠に足をかける。肩越しに振り返った彼らは、目がこぼれ落ちそうなほど見開いて、何か喚きたてていた。

生憎と、僕は人間の言葉しか理解できない。彼らが何を言っているのかわからなかった。

躊躇いはない。大丈夫。僕は死んじゃいけない。生きなくちゃ、いけない。

思い浮かぶのは、エディの困った微笑みだった。

ふ、と息を止めて、体を放り投げる。髪が巻き上がり、放出される魔力を体内に留め、さらに吸収する。

「――バッカじゃねぇの!?」

内臓が浮かび上がる浮遊感は、一瞬だった。手首が痛いくらい握りしめられて、ガクンッと落下が止まる。

「……レオナルド、第二王子？」

「くそっ、こんなことなら早く来るんじゃなかった……！　重てぇんだよお前!!　もう片方の手も伸ばせ！」

相変わらず失礼だな、この御方。

殿下と似た面立ちの、僕のお眼鏡に適うご尊顔をした男が――第二王子様が、焦燥を滲ませている。伸ばされたもう片方の腕を掴んで、引きずり上げられた。

文句を吐き出しながら第二王子は、『獅子の君』の名に相応しい鋭い眼光で、あほ面を晒している輩を睨みつけた。

「テメェら……顔覚えたからな。レオンとこの奴だろう。俺の手を煩わせやがって」

「ヒッ……!!」

「さっさとこの場から消えやがれ！」

本物の獅子の咆哮のようにグワリと空気が揺れる。蜘蛛の子を散らして無様に逃げて行った。

ぱち、ぱち、と瞬きをする僕を、王子は気まずげに窺っている。

「思い悩んでることでもあんのか？」

「へっ」

「それか、自殺願望か？　どっちにしろ、カウンセリングをオススメする」

たてがみを逆立て、威嚇していた先ほどの様子は鳴りを潜める。生命力にあふれた新緑の瞳が、僕を気づかわしげに見つめていた。

嫌がらせを受けてはいるがこれといって悩んでいることはない。死ぬときはエディと一緒なので、今現在自殺願望も抱いてもいない。

なにか勘違いをしていらっしゃるが、それよりも僕は、彼に一言物申さなければ気が済まなかった。

「ベティに、何を言ったんですか」

転がった机を避けて、出ていこうとする王子を引き留める。

「……何のことだ？」

怪訝そうに顔を顰めた。

しらばっくれるつもりなのか、それとも本当に理解していないのか。

「ベティに手酷い言葉をかけたでしょう。それに、あの女っ、ごほんっ……次期聖女の側に侍って
いるとか」

「侍るぅ？　俺が？」

「貴方以外に誰がいらっしゃると」

話を聞いてくださるようだ。こちらを向き直った王子は、片眉を跳ねさせて顎に手を当てる。記憶を思い出している様子だが、思い出さなければいけないほど前の出来事ではない。それとも、王子にとってベティはその程度の存在ということだろうか。

腹立たしい。ベアトリーチェは軽んじられていい存在ではない。そも、自身の婚約者ならばもっと頻繁に会いにくるべきだ。女性に優しく、甘やかに接するフェミニストな王子だけれど、ベティに対してほかのお嬢様たちを口説くような態度を取っているのを見たことがなかった。

親が決めた婚約に、納得していないのはわかるが歩み寄らないのは違う。決められた結婚であれ、良き関係を築く努力をすべきだ。

「いや、そんなわけは……あぁ、たまに王族として交流の一環で昼を一緒に食べてはいるが、って、待て、ベアトが泣いたのか⁉」

「えぇ。貴方のお言葉のせいで」

「……俺？」

「だから、貴方以外に誰が、」

「……謝らねぇと」

「は？」

「ベアトは今、どこに？　って、あぁ、ここで待っていれば来るか」

「…………本当に、謝るんですか？　レオナルド様が？　正気？」

厚顔不遜で女誑し。俺様なところが素敵、と目をハートにする女性や少女たちをたくさん見て来た。そんな第二王子が、ベティを泣かせたと知って、顔を蒼くしている様はとても新鮮だ。

王族らしいレオナルド様はいたって正気で、乱れた机やらを魔法でパッと戻してくれる。ベティの席に腰かけて、白い机を指先でなぞる。

その横顔が、瞳が——僕を見つめるエディを彷彿とさせた。

「けれど、もうレオナルド様には関係ないことでしょう」

「……どういうことだ。ベアトは、俺の婚約者だぞ。関係ないわけがない」

「エ、殿下からお聞きになっていないのですか？」

じとり、と蒼褪めた額に冷や汗が滲んでいる。

「ベティとレオナルド様の婚約を白紙に戻す、と」

蒼い顔から色が失われて、呆然とする。銅像のように息を止め、動きを止めた王子。

何をそんなに驚いていらっしゃるのか。むしろここは、両手を上げて喜ぶところじゃないのか？

いやでも、もしそんなことしたら、何が何でもぶっすり行かせてもらう。

セレーネ・ロスティーが魅了（チャーム）能力で取り巻きたちを魅惑状態にしているのは容易に想像できる。

王子も、魅惑状態だったのだろうけど、僕にとっては、都合がいい。ベティとの婚約を白紙に戻せるんだもの！

望まない婚約なら、なかったほうが良い。ベティにはもっと、素晴らしい相手がいる。

「ポチ、おやめなさい」

張り詰めた糸をぷつんと断ち切る声だった。

ベティだ。ツンと、澄ましたベティが、入り口に立っていた。

「まだ正式に決まっていないことを、レオナルド第二王子様の耳に入れるわけにはいかないでしょう。第二王子様、わたくしのペットが過ぎたことを申しましたわ。来週にでも正式な場でご報告できるでしょう。それまで、」

「本当なのか」

「……何がでございましょうか？」

「俺と、君の、婚約が白紙になる、と」

かすかに、声が震えていた。まだ衝撃から戻ってこられずにいる第二王子は、くしゃり、とエディとよく似た相貌を歪めて、さらに言葉を続ける。

嗚呼、やめてほしい。その顔で、そんな表情(かお)をしないでほしい。僕まで居心地が悪くなる。

雰囲気を壊そうと、口を開きかけたらベティに目で叱られた。大人しくおすわりしていなさい、と目が語っている。

「えぇ。エドワード殿下が取り計らってくださいますの。レオナルド第二王子様も、わたくしとの婚約を望んではいないのでしょう？」

「なっ、だ、誰がそんなことを!?」

「貴方が言ったことじゃありませんか。覚えていらっしゃいませんの？」

紙よりも白い顔で「記憶にない」と消えそうなほど小さな声で呟くレオナルドに、ベティは眉を寄せる。

自分の発言に責任を持てない人が、ベティは大嫌いだった。

「……そうですか。王子にとって、わたくしは取るに足らない存在だと。記憶に残す価値もないと仰るのですね」

ぱらり、と扇子を開いたベティは、僕を一瞥して「行くわよ」と告げる。

「ッ待ってくれベアト！　本当にっ、記憶にないんだッ！」

空気を震わす大きな声は、さきほどの咆哮と違って悲哀に満ちていた。ベティが足を止めるのには十分すぎる声音だった。

「それ以外のことなら、全部覚えてる。君のことなら、何でも。君と、君と初めて会ったのは、十二年前の王宮の花園だ。七年前の、婚約の顔合わせなんかじゃない。フリルと、リボンのたくさんついた淡いピンクのドレスを着ていた。俺は、花の妖精が姿を現したのかと驚いて——君の、ベアトの可憐さに見とれてしまった」

「レオ様……覚えて、いらして……」

「ビーと名乗った君を探したけれど、ビーなんて名前の御令嬢はいなかった。だから、本当に妖精だったんだと納得しようとしたところに、七年前のデビュタントで、君を見つけた」

常日頃、御令嬢たちに甘い言葉を囁いている人物と同一とは思えないほど、第二王子は真っ赤で情けない顔をしていた。目尻も眉尻も下げて、肌が白いから余計に赤が強調され、声は震えている。

けれど、その新緑の眼差しは、強い光と生命力を湛えて熱を放っていた。

ちら、と横目に見たベティは——……まんざらでもない顔をしている。扇子の内側で口元は緩く笑みを描いて、目元はかすかに赤らんでいた。

乙女小説のような展開に、溜め息を飲み込む。

ベティはきちんと、婚約者(レオナルド)のことを愛していた。だって、あのベティが、婚約者の、第二王子のためにさらに自分磨きを重ね、レッスンをして、最高で最上のレディとなるために努力していたのだ。

ベティからは、絶対に婚約破棄するなんて言い出さないと思っていたから、今回のことは袂(たもと)を分かつチャンスだと思ったのに。

そのままの勢いでレオナルド様が色々話したものだから、様々な誤解が解けた。

まず、レオナルド第二王子は性に奔放である、という噂は「女性に優しく」をモットーにしていた第二王子に、優しくされて勝手に舞い上がったレディたちの見栄だった。

女遊びなんてしていないどころか、むしろ王子は貞淑で厳格(ベアトリーチェ)な女性が好みである。女性に優しくありたい、ということから女性が好む言葉をかけるようになった結果、女誑(たら)しな第二王子の噂が出来上がったとか。

頑張る方向性が違うのじゃないかと、首を傾げたのはベティも同じだった。

次に、ベティだけ口説かなかった理由だが、ここまでくるともう犬も食わない話だ。

ベティが可愛すぎて愛おしすぎて、彼女の魅力を的確に表す言葉が見つからず、膨らみすぎた恋情は、もはや言葉で言い表せる範疇を超えてしまっていた。どんな美辞麗句も、ベティの美貌の前では霞んでしまうのは分かる。分かるが、だからと言って賛美のひとつも言わないのは違うだろう。

本当にこんな男でいいの。ベティに聞きたいが、全て白状した第二王子を見つめる熱い眼差しが、全ての答えだった。

甘い空気が漂い始めたふたりと、同じ室内にいるのが耐えられない。廊下へとひとり出る。今度こそ、深く溜め息を吐いて、頭を抱えて蹲った。

大好きで大切な女の子の恋が実ったことを喜べばいいのか、レオナルド様とくっついてしまったことを嘆けばいいのかわからない。

——でも、やっぱり、嬉しそうなベティを見ていると、僕も嬉しくなってしまう。

エディは、すごいなぁ。きっと、丸く収まることをわかっていた。

さらり、と耳にかけていた白金髪が流れる。

僕も、いい加減はっきりさせないといけない。

その後しばらくして、腕を組み、甘い空気をまとって歩くベティと第二王子が教室から出てきた。仲睦まじくてなによりである。

そこから連れて行かれたのは、レオナルド様のサロンだった。

緑と白と、深い赤。扉には細やかな茨が彫られており、ところどころに薔薇のモチーフが飾られている。……ベティのことを意識しすぎだろう。

深い赤色や薔薇はベアトリーチェ、緑と白はレオナルド様。僕が気づいて、ベティが気づかないわけがなく、一輪挿しの赤い薔薇に指先で触れた。

「素敵なサロンですわね。わたくし、レオ様のサロンに招かれるのは初めてですわ」

「俺も、ここに誰かを招くのは初めてだ。……君を招くために作ったのに、今日この日まで君を招く勇気のなかった、愚かな俺を笑うか？」

「いいえ。わたくしがレオ様の初めてで、とても、嬉しゅうございます」

恋する乙女は無敵、と言ったのは、たぶん、フルール・サロンの誰かだった。

嗚呼、ベティは世界一綺麗で美しくて高潔なお嬢様だけれど、王子の隣に並んでいるベティは世界一可愛くて可憐で幸福なお嬢様だ。

ごほんっ、とわざとらしく咳払いをする。

イチャイチャ甘々な空気を醸し出し始めたおふたりに、僕がいることを知らせておかないと。抱きしめ合いながら、口付けでもしそうな距離感だった。

さすがに、敬愛するお嬢様のキスシーンは見たくない。胸が痛い。これが娘を嫁に出す父親の気持ち……？

「それで、なぜ王子のサロンに？　フルール・サロンではいけなかったのですか？」

「ダメだ。セレーネが入ってくるだろう」

彼女はマスターキーを学園長からもらっていた。一度招かれたことのある部屋や行ったことのある部屋は、鍵がかかっていようと入れてしまうらしい。

愛しい人の唇から紡がれた女の名前に、一瞬険しい表情（かお）をしたベティだが、『セレーネ』が誰だったか思い出すと目を丸くした。

「まぁ、レオ様は彼女に首ったけなのではなかったの？」

「やめてくれ。本当に、なぜ彼女のことが好きだったのか、よくわからないんだ。気づいたら彼女は俺のそばにいて、俺は愛を囁いているんだが……その前後の記憶が、正直なところ曖昧なんだ」

「魅了(チャーム)能力で魅惑状態にされていたんですよ」

おそらく魅惑状態になると魅了したその人物のことしか考えられなくなる。能力によって無理やり優先順位をつけられてしまうものだから、脳が人格を保護しようと働いた結果、記憶が曖昧になるのではないだろうか。

猫足のローテーブルにベティと王子が隣り合って座り、僕は紅茶を入れる。王子が保温魔法をかけてくれたおかげで、どれだけ話が長引こうと冷めることはない。

いつもどおり、壁際で控えようとしていた僕は、「話の中心はお前なのだから、ポチもきちんとおすわりなさい」と向かいのソファを指さされてしまった。

従わないわけにはいかないが、正面のソファに座るのも憚られる。かといって、ひとり掛けのソファは上座だし、悩みに悩んでいる僕に呆れた溜め息を吐いたベティは、「おすわり」とソファを指さして短く命令をした。

しっかり躾けられている僕は、あ、と気づけば正面に腰かけていた。

「話を続けようか」

「ええ。……いえ、お待ちください。もうひとり、役者が足りておりませんわ」

「役者？」

いつになく芝居がかった様子のベティは、いままでにないほどご機嫌だ。

「ポチ、お前が教えてくれるのを待っていたけど、そうも言ってはいられなくなったわ。だから、わたくしにも考えがあるわ」

扇子をあおぐ。

風の魔力が小さな渦を巻いて、ぽこん、と軽妙な音とともに小さな白い鳩が現れた。ふぅ、と言葉を吹きかけると、鳩は羽ばたき、実体を持たない体は壁をすり抜けてどこかへ向かっていく。

魔力によって形成された鳩は、手紙ではなく言葉を届けてくれる。僕の元へもよくやってくる伝書鳩だが、一体誰に向けて言葉を送ったのか。

「お前はおすわりして待っていなさい」

誰を呼んだのか尋ねても、ベティは「来ればわかるわ」としか言ってくれない。なんだかんだ、ベティはお願いしたら叶えてくれるから、聞いても答えてくれないのは初めてだった。

誰を呼んだのか、教えてくれてもいいのに――ベティはいつだって、正解を選ぶ。

伝書鳩に連れられて来る人の名前を教えられていたら、僕はすぐにでも逃げ出していただろう。

待ち人が来るまでは穏やかなお茶会だった。

朝っぱらから襲われている僕としては、穏やかでもなんでもない。正直、朝の事件を忘れ去ってしまうくらいには、ベティとレオナルド様が想い通じ合った事実の方が衝撃だ。

「俺が、ベアトに酷いことを言った日、というのはいつだ？」

「ランチをしよう、とレオ様が珍しくお誘いしてくださった日ですわ」

「――あの日か！　いや、でも、待ってくれ。君は、どうしても抜け出せない用事ができてしまったと、ランチの場には来なかっただろう」

「何を仰っていますの？　わたくしはきちんとそこへ行きましたわ。そしたら、れ、レオ様の向かいに、あの、彼女が座っていて、わたくし……！」

ワッと両手で顔を覆ったベティに「すまない、もう二度としない。君だけに愛を誓っているんだ」と睦言を紡ぐレオナルド様はわかっていない。全然、ベティのことをわかっていない。

「磔にしてやろうか鉄の処女（アイアンメイデン）に閉じ込めるかファラリスの雄牛に放り込むか！　どうしてやろうかと思いましたわぁ」

パッと、顔を上げたベティは恍惚とした表情で、きっと脳裏にはズタボロになった彼女の姿がイメージされていることだろう。

ベティ至上主義の僕が、唯一理解できないベティの趣味『拷問器具観賞』。まったく理解できないが、口に出して否定するわけにもいかないので、とりあえず笑っておく。

「……どんなベアトでも素敵だ」

「あら、嬉しいわ、レオ様」

レオナルド様はベティのすべてを包み込む自信がある、と仰っていた。コアでマニアックな趣味まで許容できるとは思っていなかった。

ストレートで紅茶を啜る。

いつもなら角砂糖をふたつ入れる。目の前で繰り広げられる甘い囁きに、むしろ砂糖を吐きそうだ。ブラックコーヒーをいただきたい。コーヒーは苦くて飲めないけれど、今なら飲める気がする。

「待たせたね」

爽やかな笑みを浮かべ、僕の隣に座った御仁。——エディが来ると教えてくれていたら、さっさと逃げ出していたのに。

「兄上？　なぜ、ここに？」

「君の愛しい人にお呼ばれしたんだ。……ヴィンスの一大事、だってね」

ぱちん、とお茶目にウインクをする。僕には地獄への片道切符が、切られた音にしか聞こえなかった。

僕が逃げ出さないように腕が腰に回されて、隣り合った足がぶつかる。レオナルド様の驚いた表情（かお）を見ていられない。羞恥で死んでしまいそう。

「さて、私のヴィンスが一大事とはどういうことかな？」

「わたくしのポチですわ」

「兄上の、ヴィンス……？」

カオスだ。

レオナルド様はベティと僕（ポチ）の関係を、耳にする程度には知っていたようだ。兄上（エディ）と僕（ヴィンス）の関係までは知らなかったらしい。むしろ知らないでいてくれたほうが嬉しかった。

「レオにはまだ紹介していなかったね。私の、愛しくて可愛い人だよ」

「は、……マジで？」

「もちろん。嘘なんてつかないさ」

ふん、とそっぽを向くベティの横顔がとても美しい。

現実逃避に素数を数える。その間に話が終わっていてくれたら嬉しいな。

「あー……兄上は、男が好きなのか？」

「違う。私がずっと好きだったのは、ヴィンセントただひとりだ」

含みのある声音に、エディを見上げる。かちり、と目が合って、額に唇を落とされた。目を瞑れば、再び唇に口付けてくれる。

「人のことを言えないけれど、イチャつくならあとにしてくださる？」

あ、そうだった、ベティと第二王子もいるんだった。

強張っていた体は、エディの匂いと低い体温ですっかりリラックスしていた。ここが第二王子のサロンだというのを忘れていた。

頭の天辺から湯気が噴き出てしまう。なによりも、ベティに見られた。恥ずかしすぎて死んじゃう。穴があったら入りたい。

「はは、うん、そうするよ」

そうするって、何をどうするんだよ。

当事者は僕のはずなのに、ひとり会話に置いてけぼりだ。

僕が、殿下には知られたくなかったことから、ついさきほどあったことまで、ベティとレオナルド様によって赤裸々に語られる。言葉が綴られるたび、微笑に圧が増していくのは気のせいだろうか。否、気のせいじゃない。

これは怒られる。絶対に、いくら僕に対して、神様よりも優しいエディだけど、怒るに決まっている。

体を縮こまらせる僕。ベティは怒っているし、レオナルド様は呆れている。

エディの顔が見られない。怖い。怒られるのは苦手だ。——あの、寒くて痛くて苦しかった、ひとりぼっちの『ぼく』を思い出させる。

「私が、なんとかするよ。だからヴィンスのことは私に任せてくれないかな、ローザクロス嬢」

「……はじめから、そのつもりでしたわ。わたくしはわたくしのことで手がいっぱいですもの。ただし！　もし、泣かせるようなことがあれば、即刻奪い返させてもらいますからね」

「安心していいさ。私が、ヴィンスを泣かせることなんてありえないのだから」

ふふん、と鼻を鳴らして宣言するが、随分な自信だ。僕は今にも泣き出しそうだと言うのに。

「そう。それなら安心でございますわね。——ポチ」

「う、なんだい、ベティ」

「わたくしのポチである自覚があるのなら、しゃきっと背を伸ばして上を向きなさい。わたくしに、ローザクロスに恥をかかせるでないわよ」

ぷい、とそっぽを向いてしまった。その頬と耳が、赤くなっているのを隠せていない。端から聞けばキツイ物言いだけれど、ベティなりの励ましだった。

僕は、痛いのも辛いのも苦しいのも、頑張れば我慢できる。顔に出さず、隠し通せる自信がある。
それなのに、ベティはいつだって僕の不調に気づいてくれるのだ。

「一通り話も聞いたことだし、私たちはお暇させてもらうよ」

「……兄上」

「まだ、なにかあった？」

「セレーネ・ロスティーには十分に気を付けてくれ」

「なにを今更」

「ロズリアに魅了（チャーム）能力だと教えてもらったが、あれは魅了なんかじゃ収まらない。洗脳、催眠、それらの類だ」

兄上に何かあれば俺が怒られるからな、と頬を掻く。レオナルド様なりの心配だった。

「相変わらず、お前は気遣いが下手だね。……でも、ありがとう。レオがかかるほどの魅了（チャーム）能力だもの、警戒しないにこしたことはない」

それじゃあ、またね、と手を引かれて、廊下へ出る。

背中でパタンと扉が閉まった。

「エディ、どこへ、行くんですか？」

「私のサロンだよ」

「あの、授業は、」

「出られると思ってる？」

やっぱり、怒ってる。きゅ、と下唇を噛みしめた。

歩みを止めず、こちらを振り向かないエディに不安を抱く。

「……ごめん、ヴィンスに怒っているわけではないんだ。お前を襲おうとした、塵芥に腹が立って仕方がない」

僕に怒っているわけではないとわかって、ほっと息を吐く。肩から力を抜いた。

「それなら、未遂ですから、僕は大丈夫ですよ。レオナルド様が助けてくださいましたし」

「……未遂だからといって許せるわけがない。ねぇ、白薔薇の貴公子さんは、自分がどんな目で周囲から見られているか知っているの？」

思い出されるのは、劣情にほの暗い欲を光らせる目。美しくない、ただただ恐ろしい眼（まなこ）だった。

口を噤み、血の気が下がる。

「情欲と劣情と下心。美しいお前は、そんな目で見られているんだ。お願いだから、もう少しだけ自分のことを見てあげて」

肩越しに振り返った冬花の瞳が、あまりにも悲痛な色をしていた。僕は声に出して返事をするのも忘れて小さく頷いた。


「――どこに触られた？」

据わった眼差しで、サロンに入るなりソファに押し倒された。頭をぶつけないように手で庇ってくれるなら、押し倒さないでほしかった。

「ヴィンス、こっちを見て」

「うっ、あ、の……ど、どこも、触られてないです」

僕が襲われそうになった事実が心底気に食わないのだ。抑えられない憤怒がパチパチと音を立て、光の魔力とともに体外へとあふれている。

小さく爆ぜている魔力は、触れても熱くも痛くもないが、魔力の循環が人よりも悪いエディにはあまり良くない状態だ。

「本当に？」

「本当に、です。追ってくる手や腕は、机や椅子を投げたりしてすべて避けましたから」

気の立っているエディを落ち着かせるために、腕を伸ばして抱きしめる。

ぎくり、と体の固まったエディの背中を、撫でる。ゆっくりと強張りが解けていった。

「それに、レオナルド様がいらしてくださったので」

「……私が駆けつけたかった」

先ほどの鋭い怒りは霧散している。しかし、美人の真顔ほど怖いものはない。

人語を解する花のように、氷肌玉骨（ひょうきぎょっこつ）の美貌は冴え渡る。この人は、笑っていないと存外冷たい面立ちをしている。

僕と一緒にいると笑みを崩さないのに、ふとした瞬間に、他人へ向ける視線が感情を失う。物言わぬ氷の花が、僕と相対するときだけ陽だまりに溶けて人に戻る瞬間が、僕はとても好きだった。

「お前が危機に瀕しているなら、私はどこにだって駆けつけるよ。それが地の果てでも、天上でも冥界でも、海の底でも、妖精の国でも、助けに行く」

「……エディ、……エドワード、さま」

「ねぇ、ヴィンセント」

氷の瞳が、熱によって緩やかに溶けて、煮詰まり、蜜が渦巻く。

「約束が果たされたことに、気づいてる？」

酷薄な笑みが、口元を彩った。

「え、」

約束――約束？

「私とお前が結んだ約束は〝ローザクロス嬢を傷ひとつつけずに救うこと〟だ。今のお嬢様を見て、どう思う？」

お嬢様は、ベティは――レオナルド様の隣に立ち、並んだベアトリーチェはとても幸福（しあわせ）そうだった。ベティにとってレオナルド様は初恋で、ベティの人生そのもので、これからの未来だ。

悲哀に暮れていたベティの心は傷だらけだった。もうこれ以上傷ついてほしくないと願ったから、『救ってほしい』と殿下に乞うた。

愛恋（あい）する人と想い繋がり、言葉（愛）を紡ぎ、手（情）を繋いだベアトリーチェを、幸せじゃないと誰が言う。

嗚呼、まさしくベアトリーチェの心は救われたのだ。

殿下が何かすることもなく、僕が口出しするまでもなく、ベアトリーチェは幸せに包まれていた。

「――婚約を、白紙に戻す、というのは？」

「途中までは話を進めていたよ。けど、あんな愚弟でも私の可愛い弟だからね。幸せになってほしいと願うのは、おかしなことじゃないだろう」

「レオナルド様の気持ちを、殿下は知っていらしたんですね」

「城へ帰れば『ベアトは日に日に美しくなっていく』『彼女に相応(ふさわ)しい男にならなくては』って毎回聞かされる身にもなってほしいよ」

まぁ、頑張る方向性はおかしかったけど、と喉を震わせる。

「教えてあげなくって、ごめんね」

初めから、レオナルド様のお気持ちを教えてくださっていれば、わざわざ約束をすることもなく、契約まで結ばなくたって良かったのに。

僕の気持ちを読み取った殿下は、花色に煌めく瞳を細めた。固く結ばれた紐を解いていくように、ひとつずつ教えてくれた。

「レオのお嬢様への気持ちを教えなかったのは、私と約束をするように仕向けるため」

「約束をしたのは、愚弟とローザクロス嬢が丸く収まるのがわかっていたから」

「契約をしたのは——ヴィンセント、お前を逃がさないため」

ずっと、疑問に思っていた。

どうしてベティが父君に手紙を出すと言ったとき、引き留めたのか。てっきりエディからローザクロス宰相閣下へ話をしているからだと思っていたが、その反対だったのか。話を通していないから、手紙を出されたら困ってしまう。

ベティは、レオナルド様に見切りをつけたわけじゃない。自分自身への区切りとして、婚約破棄の申し出をするつもりだった。

「どうして、そこまで僕に、」

「言っただろう。愛しているんだ」

熱が、伝染する。

「初めて見たときから、ずっと好きだった。声を聴いて、もっと好きになった。ヴィンセントという人物を知るたびに、愛が増して、深まっていった。――でも、お前はローザクロス嬢しか見ていない。彼女と、その他大勢。極端な狭い世界で生きていることに気づいた時、御令嬢に対して殺意を抱いたよ。私のほうが好きなのに。ずっと深く愛しているのに。何をしたって、お前の目にはお嬢様（ベアトリーチェ）しか映っていない。だから、一種の賭けだった」

体温が混じり合う。体はすっかり密着していて、鼻先が触れ合うほど近い距離で見つめ合った。冬花の色彩に紫が混ざって、不思議な、戀（いとお）しい色となる。

「だ、だって、僕と殿下は、あの時初めて会ったはず、なのに」

「いいや。違うよ。もっと、ずっと前に私たちは会っている。でも、教えてあげない。お前が覚えていないと言うのなら、これは私だけの思い出（たからもの）だから」

懐古に想いを馳せる殿下に、呆然とする。

初めてじゃない？　一体どこで？

王子殿下と会ったことがあるなんて、記憶のどこを探してもない。いや、正確には記憶していないのだ。

　エディと出会い、触れ合い、親しくなるまで、僕の中心はベアトリーチェで、僕の世界はベアトリーチェで満たされていた。クラスメイトも、ルームメイトも、先生だって、立場も何も関係なく、本当に興味がなかったんだ。

　ベアトリーチェだけで良かった。ベアトリーチェだけが良かったのに――ある日突然エディが僕の世界に割って入ってきた。

　勝手に住みやすい場所を作って、ベアトリーチェ以外の人間（エドワード）を僕の心に刻み込んだ。

「ヴィンセントの瞳に映る、チャンスだったんだ。どうしても逃したくなかった。やっと待ち望んでいたんだもの。だから、あの次期聖女サマにはほんのちょっぴり感謝しているよ。私と、ヴィンセントを出会わせてくれたんだから」

「……僕、怪我をさせられたのに？」

「もちろん。それは相応の罰は受けてもらうさ」

　薄ら寒い笑みに背筋が震えた。僕の意識が逸れたことに片眉を上げて、「余裕そうだね」と色を含んだ声で囁かれる。

「約束が果たされ、契約が施行されてる。お前に、私の契約紋花が刻まれたんだ」

　手のひらが、ワイシャツの上から胸元を撫でる。鎖骨の間より少し下――心臓が、ドクリと跳ねた。

　意識したとたん、体は猛烈な熱に侵される。全身の血が沸騰して、視界がぐわんと大きく回る。

「は、ぇ、な、に」

「熱い？　苦しい？」

「ぁ、や、ぃやだっ、息がッ」

呼吸が、突然できなくなる。

僕の周りから空気がなくなったみたいに、吸っても吐いてもただただ苦しい。ひゅ、ひゅっ、と喉がおかしな音を立てた。涙が滲んでぼやける視界で、必死にエディに助けを求める。

「——っ、ぁ、はっ、はっ」

酸素を求めて、無我夢中でエディに口付けた。

そうすれば楽になれると、そう思った。苦しくて、辛くて、我慢ができない。人工呼吸をするみたいに、空気を求めて、必死に舌を伸ばす。

「ン、ふっ、」

一瞬、動きを固めたエディはすぐに瞳を緩め、めちゃくちゃな口付けをリードしてくれる。息を吹き込んでくれる。熱い吐息を飲み込むたび、呼吸が楽になる。同時に何か、体の中が満たされる感覚に陥った。

どちらともなく唇を離して、見つめ合う。嫌な静寂じゃなかった。穏やかで、静かで、ただただ余韻に浸る。

「——楽になった？」

「ウ、ン。……なにが、おこったの」

「魂の契約が、正しく働いた証拠だよ。一心同体、唯一無二で運命共同体。契約紋花が刻まれたヴィンスは、私から魔力を貰わないと呼吸すらままならないんだ」

シャツのボタンをぷちり、ぷちりと開かれて、白い指先が露になった胸元をなぞる。指先がなぞるたび、熱を持つそこに目を向けると、淡く輝く白い花が心臓の真上に咲いていた。

言葉を、失った。

白く輝く花からはエディの魔力が感じられて、満たされていると、安堵してしまう。

「じゃあ、今、僕の体を満たした感覚は、エディの魔力、ってこと……？　ッ、待って、駄目だ、駄目です、貴方は魔力低換気症候群（まりょくていかんきしょうこうぐん）なのに、」

「だから、お前がいる。ヴィンセントの側にいると、私の魔力は正常に、いや、もっと効率良く循環する。今だって、お前に魔力をあげたけど、それ以上に体の中を魔力が巡る感覚があるんだ。――ほら、見て」

同じように緩めた襟元から鎖骨の間より少し下――心臓の真上に花開いた白い薔薇。

そこから感じられるのは僕の魔力で、気がついてしまったら、もう僕は駄目だった。この美しい人の中に僕の魔力が存在している。

脱力して、ソファに体を預けた。

「――貴方がいないと、僕は生きていけなくなってしまったんですね」

定期的にエディから魔力を貰わなければ呼吸すらできず死んでしまう。僕が死ねば、エディも死ぬ。逆に僕がいなければ、エディは魔力を循環させられずに緩やかな死へと向かっていくだけ。

そして、エディが死ねば、僕も死んでしまう。

嗚呼、なんてことか。僕は、それが堪らなく嬉しいと、心の奥底から歓喜してしまった。

「ねぇ、私たちは一番親しいオトモダチ？」

「……お友達同士で、キスはしないでしょう」

諦めた。もうごまかせない。どうしようもなく、僕は、エドワード様に惹かれている。

「この関係に、名前をつけてもいい？」

「なんと、名づけるので？」

「そうだなぁ……――、戀人（こいびと）なんてどう？」

素敵ですね、と微笑う僕に、一等優しいキスをしてくれた。

＊　＊　＊

嫌がらせがなくなった。

毎朝綺麗にしていた机も、荷物を入れておくロッカーも、落書きはされていないし異臭も放っていない。

――どう考えても、エディのおかげだ。

どこへ行くにもついて回っていた視線も向けられることがなくなり、恙無（つつがな）く快適な日常を過ごしている。

セレーネ・ロスティーのことは何も解決していないのに、ついうっかり気を抜いてしまうくらいには、穏やかな日常だった。

「ヴィンセント・ロズリアはどこだ？」

いくら他人に興味がないとは言えど、自分の名前が聞こえれば反応してしまう。――今回ばかりは、その興味の無さが仇となった。

出入り口を塞いで、教室内を見渡している男子生徒。端整な顔立ちで、人好きのする笑みを浮かべている。見覚えがあった。セレーネ・ロスティーの取り巻きの中にいた顔だ。

面倒なことになる。直感的にそう思い、いないふりをしようとしたのに、向こうが僕の顔を覚えていたらしい。

「無視すんなよ。お前だろ、ロズリアって」

「人違いじゃありませんか」

「それじゃあ、代わりに、あのお嬢様に来てもらうだけだぜ」

――あ、こいつ、嫌い。

目的のためなら手段を選ばない。周りを見れる観察眼と、取捨選択ができる思考。心底、もったいない。魅了（チャーム）にかかっていなければ、とても素晴らしい騎士となれるだろうに。

「ブランディン騎士団長のご子息ですね。僕に何か御用でしょうか？」

にっこりと。余所行きの笑みを浮かべて席を立つ。クラスメイトたちが心配そうに様子を窺ってくるけれど、彼らが口出しをするには相手が悪い。

赤龍騎士団長令息のレオンハルト・ブランディン。最優の成績を修める剣術は、現役騎士すら打ち負かせてしまうほどの天賦の才を持つ本物だ。今は、セレーネ・ロスティーの取り巻きに成り下がってしまっている。

「ちょっと付き合ってくれよ」

「ここじゃあいけないんですか？」

「怪我したくねぇなら大人しく付いてきたほうがいいぞ」

腰に下げた剣が音を立てる。爽やかな笑顔なのに言っていることは最悪。脅迫だろ。

肩を竦めて、お誘いに応じるしかない。近くにいたクラスメイトに次の授業を欠席すると、先生に伝言を頼んだ。

幸いなのは、この場にベティがいないことだろうか。想い繋がった第二王子との逢瀬に行っている。

「んじゃ、行こうぜ」

——セレーネが待っている。

僕だけに聞こえる声音で囁いたブランディン令息に、ウンザリする。あーあ、黒幕が出てきちゃったよ。

後ろ手に、僕を止まり木にしていた伝書鳩を飛ばした。

羽ばたく音に令息はこちらを振り返るけれど、鳩はすでに壁の向こうへと飛んで行ったあとだった。

建て付けが悪く、老朽化で取り壊しが決まっている旧講堂。扉はぎぃぎぃと悲鳴を上げ、歩くと床に白く溜まったほこりに足跡が付いた。

特に会話らしい会話はなかった。ブランディン令息がただひたすらに「セレーネが如何に愛らしく、素晴らしいか」をひとりで延々と喋っているのを、右から左へ聞き流していた。まるで、熱狂的な宗教信者のようだった。

――彼は魅惑状態が長すぎて、魅惑から解放されたとしても後遺症に苛まれるだろう。

僕は治癒魔法が使えるからなのか、人の腫瘍がなんとなくわかる。セレーネ・ロスティーの魅了(チャーム)能力は、人に害を与える『毒』だった。

「セレーネ！　連れて来たぜ！」

集会や発表会で使われていた講堂は、舞台が目線よりもずっと下にある。階段形式に椅子が並んでいる。新講堂のホールよりもずっと広く、声がよく響いた。

「ありがとう、レオン。――待っていたわ、ヴィンセント君！」

舞台の端に座っていたセレーネ・ロスティーは、ぱっと花を咲かせて微笑む。

「レオン、君はこちらに」

宰相閣下の愛弟子殿もいらっしゃる。学者肌で、もともと青白い肌が、さらに顔色が悪い。視線も落ち着かない様子で彷徨いて、時折ロスティー嬢の様子を窺っていた。

ロスティー嬢は、あの騒動の時の自傷行為でできた傷が治っておらず、袖や裾から見える肌には包帯を巻いている。

「ヴィンセント君、あの女はどうしたの？」

「…………あの女、って誰のこと？」

「あの女よ！　ヴィンセント君を縛り付けて、傲慢な女王様のように振る舞っているあの悪女！」

「さぁ、そんな人物、僕に心当たりはないな」

顎に人差し指を当てて、首を傾げる。一体誰のことを言っているのだろう。僕は縛り付けられていない（言ってしまえば、僕を縛っているのはエディだ）し、傲慢な女王様みたいな知り合いなんて僕にはいない。

「あぁっ、そうよね、洗脳されてるんだものね……あたしが今、救ってあげるからね！」

洗脳しているのはお前だろ、と舌先まで出かかった言葉を飲み込んだ。

喜んだり怒ったり、感情の波が安定しない。第二王子は僕にカウンセラーをオススメしてきたけど、僕は彼女にオススメをしたい。明らかに情緒がおかしいではないか。

ぴょん、と舞台から身軽に飛び降りて、恍惚とした表情で一歩、また一歩とこちらに近づいてくる。

緑の目は、僕を見ているようで見ていない。僕を通して、違う人物を見ている。フィルターを一枚挟んで、向こう側にいる彼女は、どこかふわふわしていて地に足がついていなかった。

「あたし、ヴィンセント君のことが一番好きなの」

まだ、大丈夫。ゆっくりと、ヒールを響かせてこちらへ近づいてくる彼女を見つめる。

視界の端で、ブランディン令息はつまらなさそうな顔をしていた。隣の愛弟子殿は、いっそ倒れてしまった方が楽になるんじゃないかと思うほど、酷い顔色だった。

「立ち絵を見たときにね、とっても好きなビジュアルだったの！　ただの金髪じゃなくて、白っぽくてふわふわしてて、まさに白薔薇の似合う貴公子って感じ！　キャラボイスも好きな人だったし、ふわふわで優しい性格に反して闇が深いところもグッと来たわ。だから貴方を一番初めに攻略したし、ハッピーエンドからノーマルエンド、バッドエンド、ぜぇんぶコンプリートしたの！　ダウンロードコンテンツで追加された裏ルートと過去編もちゃんとクリアしてるから安心してちょうだい。あたし、知っているのよ――お母さんを殺した家族を、殺してしまいたいくらい恨んでいるのよね!!」

そうして、それは突然だった。

「…………は？」

「腹違いのお兄さんの、ええっと、名前、なんだったかしら……あんまり好みじゃなかったから覚えていないのよね……まぁ、なんでもいいわ。跡取りのお兄さんが、暗殺されそうになったのをお母さんが庇ったのよね、そうでしょ？　すぐに手当をして、療養すれば生きれたのに、第一夫人によって手当てが遅れたのよね、あたし、ヴィンセント君のことなら、なんでも知ってるの。誕生日も、身長も、好きな食べ物も、なんでも！」

あたし、こんなに貴方のことが好きなのよ、と狂気を滲ませる。初めて、恐ろしいと感じた。肌がざわつき、背筋を冷や汗が垂れる。

なんで、そんなことを知識っている？

誰にも言ったことがない、ベティですら知らないことを、紙に書かれた情報を喋るかのようにぺらぺらと喋る。自慢げに、僕の個人情報から誰も知るはずがないことまで口にした。

兄の暗殺未遂事件はロズリア家内で緘口令が敷かれており、市井育ちの彼女が知るはずもない情報だ。

急に、目の前の彼女が得体の知れない存在に感じた。身の毛がよだつ感覚に、無意識に足を一歩退いていた。

「せっかくセレーネに成り代わったのに、ルートを進めようとしたら、ヴィンセント君と全然接触できないから焦ってしまったわ。見たことがないキャラもたくさんいるし……まぁ、転生成り代わりトリップってそういうものよね」

わけのわからないことを口にする。その中に、『転生』という言葉を聞き捉えた。彼女も僕と同じ転生者？

それにしては、随分とこの世界について知っているようだ。異世界転生の物語で、主人公がその世界について詳しいことってあるんだっけ？

『ぼく』は『お兄さん』が持っていた本しか読んだことがなかったから、流行りのジャンルでも、さわりのあらすじくらいしか知らない。

「〝セレーネ・ロスティー〟は愛されヒロインだし、神様のお助けがなくてもなんとかなると思ったのだけど……やっぱり現実ってうまくいかないものなのね。でも、安心して、ヴィンセント君はあたしのことを絶対好きになるから！」

　ぐわん、と頭が揺れる。

　まただ。また、あの感覚だ。頭が揺れて、酩酊する感覚に内臓を吐き出しそうになる。

「ぐっ、ぁ……」

「こないだはうまくいかなかったけど、今回は大丈夫！　神様にお願いして、チカラを強くしてもらったのよ！」

　目の奥が明滅を繰り返し、立っていられない。ガクン、と片膝をついて、頭を押さえる。目の前に、ブラウンのローファーが映り込んだ。

「頷いてくれるだけでいいの。そしたら、ヴィンセント君はあたしのことを好きになってる。――拒否したら、またイジメられちゃうよ？」

　小さな白い手が伸ばされ、頬を撫でられる。バチバチと体内の魔力が反応して、魔力素(マナ)の吸収が追い付かず、息が苦しくなる。

「今度は髪を斜めに切ってみようかな。ヴィンセント君の得意魔法は風だから、ちょっと匂わせればレオンたちがすぐに行動に移してくれるわ。でもやっぱり、レオンたちの取り巻きを使ってのイジメってあんまり効果ないのよね。あたしの言うこと、あんまり聞いてくれないし……。ヴィンセント君ってば警戒心が強いから、呼び出しに応じてくれないし」

　得意魔法？　風？

　息苦しさの中で、眉を顰める。彼女は何か、勘違いをしている。――僕は治癒魔法しか使えない。

風魔法なんて、いつ使った？

あの場で風魔法を使ったのはロスティー嬢だ。魔力の痕跡を調べれば、誰が使ったかなんて一目瞭然なのに。

教師たちは生徒の能力を把握しているが、生徒はいちいち他の生徒の能力なんて気にしない。殿下や、第二王子くらいになると何の属性持ちかくらいは噂になるが、ベティの陰に隠れる僕の魔力なんて知るはずもない。

否、僕は光の魔力持ちだ（ということになっている）が魔法は使えないことを、教師たちは知っている。知っているはずなのに、あの談話室での事情聴取は、僕がロスティー嬢を傷つけたと決めつけていた。——彼らも、彼女の魅了にかかっていたんだろう。セレーネ・ロスティーが、自身の望む筋書き通りにストーリーを進めるために。

ここにきて回り始めた脳みそに、胸中で悪態を吐く。遅いんだよ、このポンコツ頭め。

「ヴィンセント君はあたしのことが好きよね？」

「ッ、ボクは、貴女のことが、」

ダメだ。抗えない。

頭の中で警鐘がガンガン鳴り響いているのに、魔力を巡らせ、治癒を施そうとすると頭が沸騰してしまいそうになる。どこかの血管が切れる音がして、意識を保とうと噛みしめた口内に鉄臭さが広がる。

「ぼく、はっ」

「――私の戀人を誑かさないでもらいたいな」

涼やかな声と共に、ドカンッだとかバキャッだとか、酷く派手な破壊音とともに扉がブチ破られ、床や椅子に溜まっていたほこりが白く宙に舞う。

「きゃぁっ!?　何!?　誰よ!!」

ぶつり、と強制される意識が途切れ、崩れ落ちた体が床にぶつかる前にとっさに支えられる。

「助けに来たよ、私のヴィンス」

「え、でぃ」

唇に滲んだ血液を拭い、悲哀に美貌を歪めたエディ。僕の頭をひと撫でして近くの椅子に座らせると、爛々と輝く緑の目から遮るように、僕の前へと立ち塞がった。

いつもの、かっちりと制服を着こんだエディじゃない。

魔獣の毛を織り込んだワイシャツは鎧よりも丈夫で、ぴったりと体のラインに沿ったベストには守護の魔法がかけられている。

腰には、薄刃の透き通った蒼い剣が提げられて、いつもならうなじで緩やかに結ばれている髪は、高い位置でキツくひとつにまとめられていた。

「私が、お前を守るよ」

すらり、と音もなく引き抜かれた蒼剣には、百合の花が刻印されている。訓練用の剣ではない。

あれは、エドワード殿下の剣だ。

白百合は純潔の象徴であり、聖母マリアの象徴として描かれる。天上界より現れる天使も、しばしば白百合を携えているという。

白百合は、この国で最も神聖で、最も貴い証し。穢れなき純潔の象徴だ。

「エドワード様……？　なに何なのよ、誰なのよ貴方……！　レオ様のお兄様だっていうから声をかけに行ったのに、ていうかそもそも、ゲームには、第一王子なんて登場しなかったはずよ！」

「ふむ、何を言っているのかまったく理解できないな。この剣（こ）は、魔を退ける聖剣でね。——さっきから、お前に反応してざわついているんだ」

やはり次期聖女（セレーネ）は、魔族なのか？

「あ、あたしが悪魔だとでも言うの⁉　あたしは聖女よ！　月の女神（セレーネ）なの‼」

「正しくは、お前の中にいる魔の者に、反応しているのさ」

エディの足元が、パキパキと音を立てて霜が降りる。怒りによって高密度になった魔力が、結晶化している。

「魔物？　何を言っているの？　——……わかったわ、貴方も、あたしと同じ転生者ね！　だから、あたしの邪魔をするんだわ！　とても綺麗な顔をしているから、キャラにはいなかったけどあたしの仲間に入れてあげようと思ったのに……同じ転生トリップしてきたんなら、話は別だわ！　愛され主は、あたしだけでいいのよ‼」

両手で顔を覆い、涙を流す彼女にブランディン令息が駆け寄ろうとする。だが、愛弟子殿によって無理やり引き留められていた。

「ダメだッ行っちゃダメだレオン！」

「なんでだよ!?　セレーネが泣いてんだぞ!?　シオンは、このままでいいって言うのか!?」

「だから、ダメなんだよ!!　アレはっ、もうセレーネじゃない!!」

白く渦巻いた光は、やがて地の底から闇を巻き込んで、瘴気をまき散らす。

「お出ましだね」

「エディ、一体、どういう……」

「伝書鳩をローザクロス嬢に戻しただろう。レオが、すぐに私に知らせてくれたのさ。そしてちょうど、私もセレーネ・ロスティーのことを捜していたら、ヴィンスが連れて行かれたと聞いてね。慌てて駆けつけた次第さ――間に合って、本当によかった」

セレーネ・ロスティーは市井の生まれだ。二人暮らしをしていた母が、悪魔に殺され、その悪魔を聖女の力で退魔したところを理事長に保護された。――と大聖教会に報告されたが実際は違う。

詳しく調べれば、理事長によって杜撰（ずさん）に隠蔽された真実が表に出て来た。

母を殺したのは、セレーネ・ロスティーであった。

「彼女は、悪魔憑きだ」

黒い渦が収まり、どこからともなく闇の風が吹き抜けていく。

『悪魔憑き』は文字通り悪魔に憑かれた人間のことだ。魔族とは違う、悪を象徴する、人間を誘惑する存在だ。

遠い昔には、魔女を『悪魔憑き』として狩っていた悪しき風習もあった。あくまでもそういう概念的存在であって、悪魔が本当に存在しているのかどうかは長く議論されている。

「セレー、ネ？」

「どぉして……あたしを愛してくれないの？」

漆黒に染まった髪は身長よりも長く蜷局を巻き、白目は黒く、緑の瞳は人ならざる輝きを放ち――なによりも額から生えた二本の角が彼女を人間から異形と化していた。

「どぉして、みんな邪魔ばっかりするのよ……！　神様は、あたしは愛されるべき存在だって言ったのに!!　そうよ、邪魔する奴ら、みんなあたしのことを好きになれば、邪魔なンてしなくなるわ！　レオンも、シオンも、レオさまも、ティアドアも、セーレンも！　ヴィンセント君と、あたしの邪魔をするお前もよ……!!　あたしを愛してよ!!」

声が、魔力が、衝撃破となって僕たちを襲う。

再び、あの頭を揺らす感覚がする。だけど、さっきよりもずっと楽だ。エディが、僕を抱きしめて庇ってくれているから。

「な、んだ、これ……！　声が、直接脳に……ッう、」

「えでぃ、エディッ、無理しないでっ、あの声を聞いちゃ、駄目です……！」

「ヴィン、ス……――」

黒い歌声が、講堂に響き渡る。

愛を求め、願い、乞う。黒き乙女の残響が心を揺さ振り、頭を揺らし、ありもしない感情を植え付けていく。じわり、じわりと黒に浸食されていく。

エディの握る蒼剣が、透き通った刀身が白く濁り、百合の花が黒く染まっていく。

瞬きをする間のことだった。音が止み、痛いくらいの静寂が落ちる。

「さぁ、あたしを愛して、お前たち」

沈黙を破ったのも、黒き乙女(セレーネ)だった。

「……………えでぃ？」

抱きしめる腕が緩む。僕に向けられるはずの幸せを湛えた微笑は、冷たく硬い氷に閉ざされていた。

「あっ……あぁ……‼　嘘、うそだ、エディ……‼」

美しく澄み渡った冬氷の瞳は、澱みに落ちた石のような目をしていた。

絶望に、心が押しつぶされる。

エディはふらりと僕から離れた。

「ヴィン、ス……？」

「さぁ、さぁ、さぁ！　あたしの邪魔をする者は、死んでしまえばいいのだわ！」

くるり、と。蒼剣を逆手に持ち変えるエディに、怖気が走った。

どうして。なぜ。なんでアレの言うことを聞いているの。僕のことが好きなんじゃないの、愛しているんじゃないの？

「やめッ、いや、いやだ、エディ！」

切っ先が、心臓の真上を捉える。

「エドワードッ‼」

——手に、濁った刀身が突き刺さる。

「ウ、ん、ぐぁっ……！」

痛みには慣れているはずなのに、どうして、心が痛い。辛くて、辛くて、どうしようもなくなって、涙があふれて来た。

「エディ、エディ、目を覚まして」

遠くで、聖女と呼ぶには悍ましいモノが金切り声をあげている。人間ではないアレの言葉を、僕は理解できない。

「ヴィンス、離れて、危ないよ」

「嫌です、嫌、離れない、エディ、こっちを見て、お願いです、」

「あの子の、願いを叶えないと」

「——ッ!! エディが愛して、恋うて、戀紡いだのはッこの僕でしょ!!」

突き刺さった剣を無理やり引き抜かれて、ドクドクと心臓が手のひらにあるかのように、熱く脈打っている。

きっと、僕はハイになってた。怒りと、血を垂れ流しにしている状態とで、今なら魔法だって使えそうだ。

「僕を、泣かせないと言ったのは貴方だ……！ 許さない、こんなにも、僕の心は貴方でいっぱいなのにッ、貴方でいっぱいに……！ 貴方が、いっぱいにしたのに……僕以外を想うなんて、絶対に許さない……！」

交感神経が興奮して、アドレナリンが放出される。

手のひらの傷を治すよりも、優先すべきはエドワードだった。

「あとで、ベティに殴られればいいんだ……！」

大粒の涙が頬を伝う。

がらんどうな石の瞳に、僕が映り込む。

蒼褪めて見えるエドワードの頬を両手で挟んで、背伸びをする。――甘くない、鉄臭いキスだった。

「――ン、ふっ」

僕の、魔力を送り込む。エディに息を吹き込まれないと、生きていられない僕と同じように、僕の意志で、エディに魔力を送り込んだ。

僕の魔力そのものに治癒の効果がある。滞る循環を吹き込む魔力で無理やり巡らせて、体内から毒素を――黒き乙女(セレーネ)の命令を強引に追い出してやる。僕以外の支配下におかれるなんて、そんなの許せない。

魔力素(マナ)の吸収率を、放出量が上回っていく。

指先から少しずつ体温が失われていく。感覚が、痺れて、目の前がチカチカ瞬く。それでも、僕は魔力を吹き込み続けた。

角度を変えて、唇を合わせて。

いつもならエディがリードしてくれるのに、一向に反応を示さない彼の唇を舌で割って、唾液を送る。こぼれてくるそれを舌で押し込んで、無理やり絡めて、――やがて、立っていられなくなった僕は膝から崩れ落ち――抱き留めたのも、エディだった。

「えでぃ」

「――……ッ、ヴィンセントっ、」

「えでぃ、エディ？　ほんとうに、いつものエディ？」

口調を繕う余裕もない。力の入らない体でエディに縋る。

血濡れの手で触れたから、エディの頬は真っ赤に濡れていた。

冬の瞳が煌めき、様々な星が流れて、吸い込まれそうになる。

「約束、したのに」

「だいじょうぶ、ちょっと休めば、すぐに治せるから」

「……ウン、ごめん、ごめんよ、ヴィンセント」

光が宿る。魔力が満ちる。

ほとんどの魔力をエディに注いでしまった僕は、ただ黙って座っていることすらできない。体勢を保つこともできない僕を悲痛に見つめて、蒼い輝きを取り戻した剣を振るい、手の甲で頬を拭う。

「嗚呼、許せない。私とヴィンセントを引き裂こうだなんて度し難い。それ以上に、私にヴィンセントを傷つけさせたこの報い、しかと償ってもらおうか」

「うるさい、うるさいうるさいうるさいウルサイ!!　ヴィンセント君をッあたしに返してよ……！」

いくつもの闇の刃が放たれる。

「ふざけるな」

たった、一閃で、闇の刃は断ち切られ、漂っていた瘴気が浄化されていく。

圧倒的だった。

繰り出される闇の刃はたったひと振りでかき消され、影から伸びる触手は即座に切り捨てられる。蒼剣を振るうたび、瘴気が浄化されて、空気が澄んでいくのを感じた。

僕を片腕に抱いたまま、一歩、また一歩と歩みを進めた。彼の人が歩いた跡には光の道ができている。

「光よ、咲け」

闇を切り裂き、光の花が咲き乱れる。金に輝く蔦が、こちらに襲い掛かろうとしたブランディン令息たちを地面に縫い留め、影を溶かし、闇を祓い、黄金の花がフロアを埋め尽くした。

「す、ご」

魔力の循環がうまく作用しないから魔法の行使を控えているだけで、本来のエディのポテンシャルは剣聖と賢聖、どちらも選べる才能にあふれているのだ。

空間ひとつを塗り潰せる才能は、もはや羨望を向けるのも烏滸がましい。美しい黄金の花畑に、闇が溶け、浄化されていく。

「ひっ、いぁ、アァァアアッ！」

眩い光に目が潰れ、ぱきんっと軽い音を立てて角が割れた。

か細い悲鳴を上げて、セレーネは意識を失う。

シン、と静寂に包まれる。

「終わった、の？」

「――いや、まだみたい」

蒼剣が、光を放ち、強い反応を示している。

割れた角がサラサラと砂のように砕けて宙を漂い、渦を巻いて、やがて人の形となった。

「――もぉ！　ぜぇったいうまくいくと思ったのにぃ！」

可愛らしい少女だった。百人が百人「可愛い」と言うだろう少女は、血を思わせる真っ赤な瞳に真っ赤な唇をしていた。真っすぐに腰まで伸びた黒髪は高い位置でツインテールにして真っ赤なリボンで結ばれている。

真っ白な肌は、下着や水着みたいな面積しかないトップスとホットパンツに包まれている。目のやり場に困る僕の目元を、エディが手のひらで覆い隠した。

「魔者か」

「マモノぉ？　そぉんな低レベルなのと一緒にしないでよぅ！　リリンちゃん、怒っちゃうぞぉ！」

ぷんぷん、と可愛らしく口で言うリリンと名乗った少女を、エディは今まで以上に警戒している。

かく言う僕も、肌が粟立ってしかたなかった。セレーネよりも、黒き乙女よりも、ずっとずっと恐ろしいと、第六感が告げているんだ。

ぐるりと渦を巻く山羊の角、蝙蝠のような翼、先がハートの形をしたつるりと黒光りする長い尻尾。

魔の者を「低レベル」と嘲笑った。それよりも上位の存在なんて、現在存在はしていない。それこそ、神代の遺物くらいだ。

「もうもう、せっかく美味しい養分だったのにィ。ざぁんねん♡　でも、ま、おかげで外に出れたし、お礼は言っておくわね。アリガト♡」

くるん、と宙で一回転したリリンはウインクをすると、僕とエディを見比べて、首を傾げた。

パァッ、と恍惚を滲ませる満面の笑顔で、僕を指さす。

「はわわっ、この子よりずっとずっと美味しそぉ～～～!!　ねぇ、ちょっと食べちゃダメかしら？　ほっぺ、いえ、小指の先だけでもいいの！　なんならぁ、血を吸わせてくれちゃってもいいのよ!?」

「ッ――たたっ斬る!!」

光の斬撃がリリンを襲う。

「きゃぁ～～♡」と悲鳴なのか嬌声なのかわからない声を上げながら、紙一重で避けきる彼女の目は、僕をじぃっと食い入るように見ている。

「もう、もう!!　食べたいのにぃ、ほんとにダメ？」

「殺す」

「こっわぁい！　いいもん、今日はリリンちゃんが退いてあげる！　また会いましょうね、スウィートちゃん♡」

「ん～～～っちゅ♡」とウインクと投げキッスをして、光の花が届くよりも早く、しゅるんっ、と空間に溶けて消えてしまった。

蒼剣も光が収まり、異様な肌のざわめきも落ち着いていく。

これで、本当に終わったんだ。また会いましょう、なんて不穏な言葉については今は考えたくなかった。

「ぁ――――！」

「ヴィンセントッ‼」

張り詰めていた緊張が途切れる。今度こそ、意識を失ってしまいそうだ。手は治癒魔法が追い付かなくて痛いし、体は怠い。

「魔の者の気配を感じて来たのですが――なるほど、一足遅かったようですね」

不意に、金糸で複雑に刺繍された純白のハーフローブを身にまとった三人の少女が現れた。系統は違えど可憐な容姿をしている。全身に聖なる魔力が満ちているのが感じられた。彼女たちがこの場にいるだけで、残りの瘴気が浄化されていく。

「貴方たちは……？」

「大聖マリア女子學院高等部三年のフィアナティアと申します。学園長先生のところへ向かう途中、邪まな気配を感じたものですから、様子を見に来た次第でございました」

大聖マリア女子學院と言えば聖女見習いたちが通う学校だ。つまり、彼女たちは聖女候補生。次期聖女様（のはず）なロスティー嬢とは大違いの気高く粛とした佇まいだ。

「ふむ、パッと見て大惨事でございますね。先生方を呼んできましょう。ではアイリス、頼みました。リコリスは、そこで倒れている彼らの治療を」

てきぱきと指示を出す彼女は、おそらく力を持つ聖女見習いのひとりなのだろう。

「フィアナティア……？　もしや、聖女候補第一位の？」

「あら、第一王子殿下に知っていただけるなんて光栄でございます。さて、私共は部外者ではございますけれど、魔は私共の領分でございます。詳しい話はまた後日、ここは私共にお任せください。そちらの方、殿下の大切な御方なのでしょう？」

彼女の目が、僕を見る。柔らかく、慈愛に満ちた翡翠の瞳だ。

応急処置をいたしますわ、と血だらけの手に回復魔法をかけてくれる。体力もちょっとだけ復活した。魔力はすかんぴんだけど、ゆっくり休めばいずれ満たされるだろう。

「エドワード殿下も、穢れを祓います」

「……申し訳ない」

「いいえ。これが、私共の役目でございますから」

聖歌の一小節を、伸びやかな歌声が紡ぐ。どこからともなく花の風がそよぎ、強張っていた体がリラックスした。

血を、流しすぎてしまった。少しばかり疲れた、魔力もすっからかんだし、今にも眠ってしまいそう。

瞼の落ちかかっている僕を、エディが優しく抱きしめてくれる。この安寧を守ることができた。

「――エドワード、貴方を、お慕いしています」

「あぁ、私も、お前だけだよ。ヴィンセント、愛してる。もう二度と、離れないから」

契約がより強く深まる。胸元の紋花を通して、エディの魔力が流れ込んできて、幸せに浸りながら僕は意識を失った。


赤く色付く葉は、まるで僕の心を映していた。

手のひらの刺し傷を治せるほど僕の魔力は残っておらず、危うく、魔力枯渇の一歩手前まで来ていたらしい。

否応なしに再び療養期間を設けられた。もちろん、エディの部屋でだ。

「ロスティー嬢は昏睡状態、ですか」

「あぁ。呼吸はしているが、とても浅く、呼吸器をつけていなければ危険な状態に陥ってしまうとのことだ。悪魔憑きの後遺症だろう。心配？」

「いいえ、別に。正直、彼女のことなんて、どうでもいいんです。だって、もうこの学園に来ることもないでしょうし、関わることもない。なら、それでいいじゃありませんか」

けほ、とこぼした空咳に水差しを口元に差し出される。視線で大丈夫と訴えど、にっこりと「お飲み」と促されるから大人しく口をつけた。

「けど、あの魔者は気になります」

「……魔者、なのかどうかもわからない。フィアナティア嬢は、魔者よりもずっと悪質で、凶悪で、邪な気配だと言っていた」

魔者、魔物、怪物、モンスター。あそこまではっきりと意思疎通が取れるのなら、魔神や邪神の類も視野にいれて考えた方がいい。

アレは、確かに僕のことを狙っていた。

「そういえば、五年ぶりに交流会が行われるんだってね。フィアナティア嬢たちはその挨拶に来ていたようだよ。はい、お食べ」

「交流会？　なんりぇす（なんです）、そえ（それ）？」

エディが剥いてくれたリンゴを、エディの手ずから食べさせられる。

シャクシャクと歯ごたえが良く、みずみずしい。甘くて、口の中に唾液があふれた。

「各地方にある、うちの姉妹学校の選抜生徒たちと魔法対抗戦だとか、訓練騎士のトーナメントが行われる一大イベントだよ。最終日にはダンスパーティーも行われるんだ」

するり、と手を取られる。

「ダンスパートナーになってくれるかい？　私の可愛い戀人（こいびと）さん」

ぱち、と目を瞬かせる。

冬花の瞳は、目尻がかすかに赤らんでいた。

「――喜んで、お受けいたします」

その様子がとても可愛らしい。ああ、このささやかな幸せが戀（こい）なんだと、胸に咲いた淡い花が色づいていく。

恋。戀。愛。どれを想っても、その先にはエドワードがいる。

僕は、彼に手折られた一輪の花なのだろうか。それとも鉢に植えられた花なのだろうか。溺れるほどの愛が愛おしい。胸が切なく、彼を求める。

花は水を与えすぎると根腐れしてしまうけれど、僕はきっと、あふれて溺れてしまう愛の中じゃないと息ができなくなってしまっている。


学園は赤い葉で彩られていた。秋の訪れだ。秋が終われば、冬が来る。

僕が生まれた冬。母がいなくなった冬。『ぼく』が死んだ冬。

一緒にいられるその時まで、僕はこの愛しい人（エドワード）を慈しみ、何度でも戀をするのだろう。

幕間

一度目は十二年前の花が盛りの季節。

はじめて、あの子を見たときの衝撃は忘れられない。ワンコにもなりきっていない子犬ちゃん（パピー）は、アメシストの瞳を涙で潤ませて飼い主を探していた。

薔薇の庭園でひとり立ち尽くしている。妖精が人間界へと紛れ込んできてしまったのかと思うほどに、愛らしい相貌で、触れてはいけない美しいモノだと感じた。

白に近い金髪（ブロンド）はふわふわで、小動物みたい。ぷくりと赤く色付いた唇に、触れたら柔らかそうな頬。綺麗で可愛くて、赤薔薇の中にひとり迷い込んだ白い薔薇の花精を思わせた。

二度目は、七年前の王宮で行われた、上流貴族のご令嬢たちのデビュタントパーティー。太陽の輝きをまとう、金髪（ブロンド）の美しい御令嬢をエスコートして現れたあの子に、目を奪われた。

十二年前のあの日、見惚れたあの子は気が付いたらいなかった。夢だと、それこそ妖精が見せた幻想だと自身を納得させた。それなのに、想い焦がれた美しいあの子が、二本の足でしっかりと歩いているんだもの。

食い入るようにあの子を見つめる私と同じように、弟もあの子を、否、あの子にエスコートされる御令嬢を見つめていた。

たった数時間だけど、確かに名前を呼んで手を繋いで、言葉を交わしたのに、あの子はまるで覚えておらず、エスコートする御令嬢しか見えていない。私のことなんて眼中になく、きっと、おそらく認識すらしなかった。あのデビュタントパーティーで、あの子の意識に止まった者なんていないだろう。

そして、三度目の邂逅は三年前の入学式。

新入生として、太陽の御令嬢の隣に並んだあの子。

一層、あの子の世界は狭くなっていた。にこにこと完璧な笑みを張り付けて、周りに何を言われようと我関せず。それなのに、御令嬢のことをひとかけらでも悪く言われたら、強くもないのに、何が何でも報復をするのだから呆れを通り越して感心してしまった。

「ベティ」

「ベアトリーチェ」

「——僕の、お嬢様」

彼女にだけ向けられる穏やかな笑み。

周りは媚びを売っているだとか口さがないことを好き勝手言うけれど、私にはわかる。だって、ずっと見ていたから。

ベアトリーチェ・ローザクロス嬢を見るときだけ、そのアメシストの瞳は色濃く感情を映し出した。親愛、敬愛、憧憬。手の届かない太陽に手を伸ばす信徒のように、眩しい光に目を細めるのだ。

初めは見ているだけでよかった。芸術品や美術品の類のように、見て楽しみ愛で、触れることを

躊躇わせる綺麗なあの子。赤い中に一輪だけ咲いた白い華は、唯一の赤薔薇といるときだけ美しく
花開かせる。

きっかけは、持病の発作だった。

魔力を使う授業が続いて、無理やり放出を繰り返したからだろう。

ただでさえ、体内の少ない魔力でやりくりをしなければいけないのだ。魔力素(マナ)の吸収が追い付かず、魔力が枯渇しかけて一歩も動けなくなってしまった私に、声をかけてきたのが、あの子だった。

「あの、大丈夫ですか？」

「お前、は……」

「ぼくは、一年生のヴィンセント・ロズリアです。先輩、ですよね？　具合が悪い？　医務室まで行きましょうか？」

肩上で切り揃えられた白金髪(プラチナブロンド)はしゃらりと揺れてる。透き通ったアメシストに、酷い顔色の私が映し出される。

「いや、少し休めば平気だよ」

記憶よりも背が大きく、その美貌はさらに美しく磨かれている。この子が私を担いで医務室までいけるとは到底思えなかった。

ただ立っていることすら辛く、痩せ我慢で笑顔を浮かべる。

嗚呼、こんな出会いじゃなければ良かったのに。本当なら格好良くエスコートして、広いダンス

ホールでくるくると踊るはずだった。ヴィンセントに似合う白く輝く星の花束をプレゼントして、この国の王子らしくプロポーズをするはずだったのに！

どうしたってこの体は言うことを利かない。魔力不足で低い体温はさらに低下して、指先が冷たく、耐え難い寒さに震えてしまう。

「………触れても、構いませんか？」

黄金のお嬢様しか見えていないヴィンセントが、まさか私を気に留めるとも思わなかった。ローザクロス嬢の前でなら良い恰好をしただろうけど、お嬢様の姿はどこにも見えない。

こんな無様な姿を見せたくなかったから、早く立ち去ってほしかった。どういうわけかおそるおそる、固く握りしめた拳に、小さく細い指先が触れて――そこから、不思議な温かさが広がった。

「は、……ロズリア、なにを」

「寒そうだったから。ただ、それだけです」

気まずそうに、ツン、とそっぽを向く。けれど時折心配げにこちらをチラチラと視線が窺ってくる。

「……お前の手、温かいね」

「先輩の手が冷たすぎるんです」

繋がれた手は柔らかく、傷ひとつない。滑らかな肌で、剣を握ってできるタコも、杖を握ってできるタコもない。ただ、中指の第一関節には固くなったペンだこがあって、努力の証しが垣間見えた。

手を握ったままヴィンセントが隣に腰を下ろした。気を使って会話ができるほど余裕もなくて、握った手から伝わってくる温もりに息を吐いた。

ただ静寂が流れる。会話もなく、お互いの息遣いだけが聞こえる。

一目惚れ、なんだろうか。

白花の妖精みたいな子供を忘れられなかった。私をその宝石に映し出してほしかった。笑みを向けてほしい、笑いかけてほしい。——私だけのヴィンセントになってほしい。

「ロズリアは、恋をしたことはある？」

「なんですか。藪から棒に」

「ただ気になっただけだよ。いつも一緒にいるご令嬢は、」

「ベティ、……彼女は、そういう関係ではありません。それに、彼女には婚約者がいますから」

知っている。私の弟の婚約者だもの。

話したい事はたくさんあったはずなのに、頭の中はグルグルと渦を巻いて、気の利いた会話ひとつできない。繋いだ手のひらはじっとりと汗をかいて、拭いたいのにゆるく握られた小さな手がそれを許してくれなかった。

「ロズリア、……うん、ヴィンスと呼ばせてもらうね。ヴィンスには婚約者は？　ちなみに、私の両親は恋愛結婚派でね、私は自由にさせてもらえているんだ」

「愛称呼び……？」

「嫌だった？」

「別に……。それで、婚約者でしたっけ。僕もいません。結婚もしません」

王族としてそれはどうなのかとは思うが、母が「好きになさい」と言っているからいいんだ。

うちは代々、嫁入りだろうが婿取りだろうが、女傑が多い。国王である父は魔法を極めた賢王だけど、母は聖女の専属近衛に選ばれるほど、身も心も強い女性騎士だった。

次期聖女――ではなく、次期聖女を護るために並び立つ美しい女性の騎士に、父は一目惚れをしてしまった。前途多難、一筋縄じゃあいかない結婚だった、と父は言うけれど、母はにこやかに「大恋愛結婚よ♡」と言っていた。

両親のように恋愛結婚がしたいだとか、結婚に夢見ているとかじゃない。ただ、人を好きになる感覚がイマイチわからないのだ。

私の、このヴィンセント・ロズリアへと向けられる感情は恋なのだろうか。恋と呼ぶには歪んでいて、愛と呼ぶには重たい感情を、私は名づけられずにいた。

恋とも、愛とも呼べないこの歪んだ独占欲と執着。繋いだ手のひらから伝わるヴィンセントの体温が、小さくて細い、成長途中の華奢な手が、胸の奥底で燻る劣情に火をつけていく。

婚約者も恋人もいないのは知っていた。ヴィンセントに関する情報は常に最新のものに更新している。知っているが、彼の口から直接聞きたかった。

「どんな人が好み？」

「……それを聞いて、どうするんです？」

「いいじゃないか。教えておくれよ」

人畜無害を装って、眉を下げて笑いかける。ぎゅ、と眉間に深いシワが刻まれて、ぎゅむっと尖った唇が可愛い。

「……綺麗な人が、好ましいと思います」

「あのお嬢様とか？」

「ベティは綺麗なんじゃなくって美しいんです」

「アッ、そう。ね、私はどう？　ヴィンスから見て美しい？」

「先輩は……まぁ、綺麗なんじゃないですかね」

目も合わせてくれない適当な返事だった。ツンなヴィンセントにとっての、最大限の誉め言葉であると気が付くのは三年後となる。

「先輩は、恋をしているから僕にそんな質問をしたんですか？」

「どう、なんだろうね」

「……自分のことなのに、お分かりでない？」

お前と話をしたらわかるかと思ったんだ、と付け加えれば、鳩が豆鉄砲を食った顔をするから笑いがこぼれた。

「わかったんですか？」

「余計にわからなくなった」

「なにが、わからないんです？　そもそも、僕ではなく、その恋をしているお相手とお話をしたほうがよろしいのでは？」

だからヴィンセントに聞いているんだよ、とは言わなかった。

口を閉ざした私に何を思ったのか、ヴィンセントは小さく首を傾げて、迷いながら言葉を紡いだ。

「――恋とは、高尚な感情だと僕は思います。持てる者は選ぶ余地があるけれど、持たざる者は選ぶことすらできない。恋も、そういうものでしょう」

「随分と夢がないことを言うんだね」

「力あるものこそ、生きられると僕は考えます。僕は、選べませんから。与えられるものを享受するしかない。……先輩が、何を悩んでいるのかはわかりませんが、恋をしているのかしていないのか、そう思い悩んでいる時点で、貴方は恋をしているんでしょうね。……僕には、わからない感情だけれど」

恵まれているから、恋ができる。

金がなければ恋をしても結婚はできない。身分が釣り合わなければ、共にいることすら周囲は認めてくれない。そういった話は貴族社会ではよく耳にする。私の両親も、それ関係で苦労したとか。

考えてもみなかった。恋をしても、それを実らせることができない人なんて大勢いる。

ヴィンセントは、自分もその大勢のうちのひとりだと言った。伯爵家の子供なら、確かに公爵令嬢なんかは高望みになってしまう。選ぶ側ではないのかと問えば、諦念を浮かべた表情で首を横に振った。

「僕は、次男なので」

それが、なんだ？

弟も次男だけど、好いた人との婚約を取り付けた。

まるでわからない私に、仕方がない子、とでも言うかのように、慈母めいた微笑を浮かべたヴィンセントに胸が熱くなる。

初めて、私に感情らしい感情を向けてくれた。

「――先輩は、選ぶ側なんですね」

泣いているのかと思った。笑みを浮かべているのに、アメシストは悲しみの海にとぷんと沈んで、揺蕩(たゆた)っている。

窓から遠い陰になった廊下だからか、遠目から見てもキラキラと輝く宝石の瞳が一瞬だけ黒く陰りを帯びた。

僕は選ばせてもらえなかった、と。羨望と、諦念と、嫉妬が渦巻いた瞳なのに、どうしようもなく綺麗だと、触れたら壊れてしまう神聖なガラス細工のようで、目を離せなかった。柄にもなく魅せられて、空いている手をつい、伸ばした。

壊してしまう、壊れてしまう。そう思うのに、ひたり、とヴィンセントの頬に手のひらを添えてしまう。

「せっかく選択肢があるのなら、選ばずに後悔するより、選んで後悔したほうが良いと思いませんか」

「……嫌がられたら、どうする？」

「そんなの知りませんよ。……でも、僕なら、諦めないでしょうね。ふふ、僕、意外と独占欲とか、強いんですよ」

くしゃり、と大人びた雰囲気を霧散させる。年相応に笑うヴィンセントにドキドキと心臓が早鳴って、握った手から熱が移ってしまう。

顔が赤くなる。今までにないくらい体が熱くなって、私に向けられた笑顔が頭の中に焼き付いて離れない。

これは恋じゃない。愛でもない。歪んで、重たい執着と独占欲だ。愛し、愛し、と心が叫ぶ。この子が欲しい、と喉から手が出る。

黄金のお嬢様に向けられていた、陽だまりの笑みじゃない。どこか陰りを帯びた、深海へと泡になって堕ちていく人魚姫みたいで、気が付いたら、薄く色ついた唇に口付けていた。

「ッ、」

大きく見開くアメシストに私が映し出される。

暗く影となった廊下は冷たい空気が漂いひんやりとしていて、時折差し込む光は海の中に降ってくる光の筋みたいだ。

こぼれる吐息を押し込んで、息を吹き込む。ふ、とこぼれた甘い音にきゅるりと瞳を瞬かせたヴィンセントは、ば、と手を振り上げた。

「心配なんてしなきゃよかった!!」

バチンッと軽い破裂音がして、頬に鋭い痛みと熱が走る。軽やかな足音とともに、遠のいていく背中をぼんやり見つめた。

甘くて柔らかくて、ふわりと溶けるスポンジケーキみたいな唇だった。

つい、うっかり、こぼれる感情を抑えきれなくて触れるだけの口付けをしてしまった。神聖で尊い美しいモノに触れてしまった罪悪感と、きっとファーストキスを奪えたことへの喜びに感情がぐちゃぐちゃだ。

「――殿下！　エドワード王子殿下！　どこにいらっしゃるんですか！」

ヴィンセントが立ち去って行った反対の方向から、側近候補の後輩の声がする。

ぐ、と足に力を込めて立ち上がれば、ここ最近で一番調子が良くなっていた。ただ手を握っていただけなのに？　確か、ヴィンセントは魔法を使えない魔力保有者だったはずだけど。

まるで、治癒魔法使いに治療を施された時のように疲労感がすっぱり抜けているのだ。

「殿下！　こちらにいらっしゃったんですね！」

「リリディア、アルティナと一緒に調べてほしいことがあるんだ」

「なんでございましょう？」

亜麻色の緩やかに波打つ髪を揺らす側近候補の少女へと笑みを向ける。

「一学年の、ヴィンセント・ロズリアについて調べておくれ」

「……その者が、なにかしたので？」

「――ふふっ、好きな子のことを知りたいと思うのは、自然なことだろう？」

エドワード・ジュエラ・レギュラス。初恋を自覚した瞬間だった。

第二章　睦事の花嵐

はらりはらりと赤く色づいた葉が宙を舞って学園を彩る。ご令嬢たちがドレスを広げてダンスをしているようだ。

セントラル魔法騎士学校は、来る姉妹校交流会に向けて、各学校の代表生徒たちが揃いつつあった。

「ヴィレ・アイズヴィン学校の皆々様よ！」

「あぁん、知的な眼差しが素敵……！」

「おい、あの子、王国一の大企業アヴィス・カンパニーの女社長じゃないか！」

南の都市に門を構える商業学校ヴィレ・アイズヴィン。

入学するのも卒業するのも最難関と呼ばれ、最も偏差値が高い。次代の経済を担う金の卵たちが通っている。

「まぁ……なんて肉体美なのかしら……！」

「あの方は若き青龍騎士団長様だわぁ！」

「すげぇ威圧感だな……」

足並みを揃え、一切の乱れなく現れた西の戦士育成機関・シュヴェルト。

腰には剣を提げ、軍服がモチーフの制服を身にまとっている。誰も彼もが、服を着ていてもわかる鍛え上げた肉体をしており、この学園の騎士志望よりも一回り大きく見えた。

「うぉぉぉお！　フィアナちゃーん!!」

「アイリスちゃぁん！」

「こっち向いて、リコリスちゃーん！」

北の雪原、王族ですら立ち入りを制限される不可侵領域にある大聖マリア女子學院。

次期聖女やシスター、魔女に白乙女の騎士を志す彼女たちは純潔の花を背負い、純白の制服に身を包んでいる。

見習いと言えど、その偶像的存在（アイドル）に熱を上げる者は多い。堅物に見えるシュヴェルトの生徒たちですら顔を赤くしている。

「見て……！　東のリュークステラ学園の皆々様よ……！」

「はぁ……あの先頭にいらっしゃるのは、東国の王子様ではないかしらぁ！」

東に位置する貴族の令息たちが通うリュークステラ学園。

東地方は海の向こう、東洋との繋がりが深く、その流れを汲むリュークステラ学園の式典服もまた個性的だ。

黒を基調とした制服はマンダリンガウンと呼ばれ、その下にはゆったりとしたズボンを穿いている。ふくらはぎまである長衣は、腰まで深いスリットが入り、先頭を歩く数人の裾には鮮やかな刺繡が施されていた。

「ヴィンス、サロンへ行こう」

「はい、エディ」

横目に見ていた交流学生たちから視線を外し、殿下を追いかける。

その直前、先頭を歩く、黒髪の麗人と目が合った気がした。


「小龍（シャオロン）、あの彼は？」

「エドワード第一王子殿下のことですか？」

「いや、その隣にいた、宝石みたいな彼」

「——……いえ、存じ上げませんね。小間使いか、侍従などでは？」

「ふぅん。……そうか」

＊＊＊

ざわざわと落ち着きのない校舎内に、自然と眉根が寄る。

不機嫌を隠さず、応接室の一室で僕は待ちぼうけをしていた。

校舎内にいくつかある応接室は三等級から一等級と、来客者によって使い分けられている。僕が今いるのは一等級の応接室。ベティを第二王子の元へ送り届けたあと、教師に呼び止められ、ここへ行くようにと指示されたのだ。

かれこれ、三十分は待っている。エディを待たせているかもしれないと思うと、気持ちが急いてしまう。

適当にソファに腰かけて、ひじ掛けに頬杖をつく。エディもベティも、誰もいないのだから少しくらいだらけてもいいだろう。

先日行われた試験の疲れか、最近目元がよく痛む。眉間を揉みながら、深く溜め息を吐き出した。

「疲れているところ、呼び出してすまないね」

気配が、しなかった。

すぐ隣から聞こえてきた声に驚き、振り返った勢いのまま仰け反った僕は、ソファから落っこちそうになる。

「わ、ぁ、」

「おっと、すまない。驚かせてしまった」

ひんやりと、水のように冷たい手が僕を支える。

ひらりと黒衣が過ぎり、清流のしゃらしゃらという涼音が耳に響いた。

「驚かせるつもりはなかったんだ」

目と鼻の先で、眉根を下げる麗人に言葉を失う。

エディは、佳月から落ちてきた真珠が花開かせた爛漫華美な相貌をしている。この人もまた違う美しさをまとっていた。エディが花なら、この人は水のような、雨のような静謐な美しさだ。

腰まで伸びた一切の光を通さない射干玉の髪に、猛禽類を思わせる切れ長の瞳は、波の花が咲く不思議な光彩を放っている。薄い唇は、ミステリアスな雰囲気を醸し出す。ただそこに佇んでいるだけで、思わず目を向けてしまう、典麗優美な面立ちだ。

「ぁ、――あの、離れて、ください」

「ん、あぁ、……離れてほしい？」

ぐ、と吐息が交わる。

身動ぎをしただけで唇が触れ合ってしまいそうな距離に呼吸が止まる。

いくら美しかろうと、見ず知らずの相手にそこまでの距離を許す僕でもない。眉をキツく顰めて嫌悪をあらわにすれば、目の前の男はあっけらかんとしながら「哈哈哈！」と大きく笑い体を離した。

止めていた息を吐き出して、向かいに座りなおした男を胡乱な目で見る。

裾に艶やかな刺繍の入ったマンダリンガウン――チャイナ服、とも呼ぶのだったか。正面から麗人を見て、リュークステラ学園の先頭を歩いていた人物であると思い出した。

「目、合っただろ」

「……気のせいでは？　それで、僕を呼び出したのは貴方ですか？」

ちら、と壁掛け時計を見る僕に肩を竦める。その仕草が妙に型にはまっていて、イラっとした。

「せっかちは嫌われるぞ」

「僕も予定があるので」

「……ふむ、そうか。雑談でも興じるかと思ったが、それならさっそく本題に入ろう」

「いえ、あの、その前に貴方、誰なんですか?」

僕の質問に、きょとん、と波の花を瞬かせる。

「え? 俺のこと知らないの?」とでも言うかのような、尊大な態度に内心焦る。もしや、どこかの大家のご子息とか? 知らない方がおかしい? 今すぐにでもエディに助けを求めたい。助けて殿下!

表情を取り繕う僕なんていざ知らず、盛大に笑い声をあげる麗人に、今度はこっちが驚いた。

「は、ははは っ! そうか、俺を知らないか! ふむ、俺もまだまだだな。では、改めて自己紹介をしよう。――大陸より海を越えた向こう、マグェルのサシャラ國第一公子・紫光雨だ。よろしく、宝石(バオシー)の君」

うっそりと、笑みを深める。

――僕は、王族と縁があるのだろうか。そんな縁、正直いらないのだけど。……でも、エディと出会えたことは神に感謝したい。無神論者だが、それくらいはいいだろう。

言葉を失う僕に、薄い唇を三日月に吊り上げた麗人は、季節外れの花の雨のように軽やかに告げた。

「この学園に滞在する間、俺の側付きを頼みたいんだ」

「………………は?」

側付き? 何言ってんだこの人?

ぐっと眉間にシワを寄せた僕が断る言葉を口にするよりも早く、公子が言葉を紡ぐ。

「朝の支度だとか、共寝をしろと言ってるんじゃない。ただ休み時間や昼時などの相手をしてほしいだけだ。せっかく他校へ来たのだから、いろいろな話を聞きたいと思うのは普通だろう?」

「……生憎と、僕は話下手ですので、ほかの生徒にお願いしたほうがよろしいかと」

「ふむ。――しかしエドワード王子の話し相手をしているのだろう?」

頭から冷や水をかけられた。

僕とエディの関係は、口外してはいないが秘密にもしていない。エディは聞かれたら「戀人だよ」とそつなく答えるだろう。だけど、僕にはまだそんな勇気はなかった。もし、僕のせいでエディが悪く言われたらどうしよう、と不安が先を行ってしまうのだ。

知っている人は知っている、そんな関係だけれど、どうして他国の王子がそれを知っているのか。否、彼の言葉からして本当にただの「話し相手」と思っているのだろう。それなら、それでいい。どうか、エディのためにも知らないままでいてほしい。

僕は我が儘だ。

エディは誰もが憧れ慕う第一王子殿下。あの人は僕の戀人なのに。僕の、恋しい人なのに。蓋をして鍵をかけて、心の奥底にしまい込んだ独占欲がたまに漏れ出してしまう。

そんなことを思うなら、周囲に知らしめればいいとベティは言うけれど、それができたらこんなに思い悩んだりしない。

情けない。男らしくない。僕にもっと覚悟があればよかったのに。エディと、エドワードと出会い、想いを交わすたびに僕はどんどん女々しく、人間らしくなっていく。それがたまらなく苦しくなる時がある。

「宝石の君（バオシー）？」

押し黙った僕を不思議に思い、公子は首を傾げる。目の前に伸びてきた手を思わず振り払ってしまった。ぱしん、と軽い音がして、「あ、」と思った頃にはもう公子の手を払っていた。

打ち据えられた手の甲がかすかに赤くなっている。ハッとして頭を下げた。

「ぁ、も、申し訳ありません……！」

「……いや、気にすることはない。俺も無遠慮に手を出したからな」

若干の気まずさが漂う。

この人が、王族だからだろうか。どことなく、エディと似ていて気持ちが落ち着かない。嗚呼、早く、恋しい人のところへ行きたいと願ってしまう。

エディの腕に抱きしめられて、その花の香りをいっぱいに吸い込んで、彼の低い体温を感じたい。

「その、公子が仰る通り、僕はエ……エドワード殿下の話し相手ですので、このお話はお断りさせていただきたいのですが」

「だが、その王子も聖女見習いたちの相手をしなければいけないのだろう？　次期国王は大変だなぁ。多方面への挨拶やらなにやら。俺なら面倒で投げ出しているぞ」

「……殿下が、接待を？」

「おや、知らなかったのか？　俺もはじめは彼を頼ろうと思ったのだが、思いのほか忙しそうだったものでね。それならと思い彼の話し相手だという君に声をかけたのさ」

初耳だった。

エディが代表騎士のひとりに選出されているのは知っていたが、交流生徒たちの接待まで任されているのは聞いていない。きっと、僕に心配をかけさせないためにあえて教えてくれなかったんだ。

あの人はそういうところがある。

僕はすべて教えてほしいのに、口にする事を選んでいるのだ。だというのに、自分のことを棚にあげて、僕にはすべてをさらけ出してほしいと乞うのだから遺憾である。

第一王子としての責務だからと、納得するしかない。

交流会へやってくる生徒たちは皆、次代を担う将来有望な卵だ。聖女候補生に、若き騎士団長、経済を担う若社長。国を担う者として交流を持たなくてはならない人材である。

ここ最近は、サロンでも書類を見ていることが多かった。交流学生たちの情報だと教えてくれたけど、まさかそういうことだったとは。思い至らなかった自分が情けない。

「……わかりました。側付きにはなれませんが、たまにお話をするくらいでよければ、お受けいたします」

僕がこの麗人の世話役を担ったところでエディの負担を減らせるとは思わない。僕は僕なりに、できることをしよう。

「おお、受けてくれるか！　謝謝(ありがとう)！　それじゃあさっそく、龍雲殿(ロンユンディエン)へ行こう！」

「ろ、ロンユン、ディエ？」

「龍雲殿(ロンユンディエン)。学園長殿が、我らが滞在する寮を用意してくれたのだよ。さ、行こう」

にこにこにこ、と公子というよりも年相応の嬉しそうな笑みに気が抜けてしまう。しかし他校の滞在する寮とは言え、他寮への立ち入りは禁止されているはずだ。

「俺が〝良い〟と言っているんだから、良いんだよ。ほら、手を出して」

うわ、さすが王族。

公子がカラスは白と言えば、本当に周囲はカラスを白く染めてしまいそうだ。そして、それを当然と思っていそうな性格をしていらっしゃる。

このたった短時間でわかってしまった。この御方は、エディよりもずっと王族らしい公子様だ。

言われるがままに手を出せば、ぐっと掴まれて——世界が回転する。

「あ、ぇ」

ぐるん、と白と黒が混ざって、脳みそがぐちゃぐちゃにされる感覚に口元を手で押さえた。

気が付いたら公子の腕の中にいる（エディは花の香りだけど、この人からは水の匂いがした）とか、僕よりも背が高いんだ（エディよりも目線が近かった）とか、思ったよりがっしりしてる（エディのほうが安定感があった）とか、そんなの気にならないくらい、とにかく気持ち悪い。

体を鷲掴みにされてミックスされてる感覚に、喉奥まで酸っぱい味が広がった。

頬を、水を含んだ風が撫でていく。

胃の中の物をぶちまけてしまいそうだ。真っ青な顔で息を止めて、無理やり飲み込む。

吐いているところを、他国の王子に見られるなんて無様すぎて笑い話にもできない。意地で我慢していれば、頭の上で弾んだ声がした。

「おや、すごい。初めてこれを体験する者は皆、嘔吐するというのに」

喋って言い返す気力もなかった。なんなら舌打ちが飛び出していきそうなので、口を噤むことにした。

「我らリュークステラ学園が滞在している龍雲殿（ロンユンディエン）だ。美しいだろう。俺も気に入っているんだ」

そうして、うっすらと広がっていた霧が晴れていく。

寮と呼ぶにはいささか立派すぎる、御殿と呼ぶのが相応（ふさわ）しい建造物がそこにあった。

湖面に浮かぶ木造建築は細やかな意匠が凝らされており、雲に包まれた龍が飛び交っている。まるで別世界だ。東洋の神秘とでも言えばいいのだろうか、雰囲気もなにもかもが違う。

湖面には赤い葉が色を映し、人間が住むにはあまりにも神々しい。

「公子」

「あぁ、小龍。今戻ったぞ」

「公子、どこかへ行かれるのなら声をかけてからにしてください」

鶯色の髪をした青年の目が、僕を見て点になる。

「宝石の君（バオシー）だ。連れてきた」

「…………公子、貴方はまた、勝手なことを……!!」

あ、なんだかエディとアンヘルきょうだいを見ているみたいだ。どこの従者も、主人に振り回されているらしい。

吐き気も収まり、支えてくれていた公子の胸を押す。頭を押さえながら両足でしっかり立つと、くらり、と頭が揺れ、再び公子が腕を支えてくれる。

「申し訳ありません、ちょっと、まだ頭が……」

「まさか公子!! 彼に転身術を使ったので⁉」

「うん、なにかダメだったか？」

「あれは!! 祖国の秘術でしょう!! そうやすやすと使うものではありません!! ましてや、耐性のない彼に使うなんて！」

呆れた、とばかりに額を押さえる鶯色の彼は、きりっと表情を改めると僕へ頭を下げた。

思わずぎょっとする。同じ学生に向けるにしては仰々しく、彼が従者としてここにいるからこそのケジメだと言われずとも分かった。

「我が主人の暴挙、誠に申し訳ございません。代わって、家僕（かぼく）の私が謝罪申し上げます」

「そこまでしていただかなくても、けっこうです」

「広いお心に、感謝いたします」

異国の民は、こうも堅苦しいのだろうか。それとも彼特有だろうか。

ちら、と彼の黒衣を見るが、裾には花の刺繍が慎ましやかに咲いていた。

やはり、公子だから華美なのだろうか。

公子の裾に刺繍されているのは、ドラゴンだ。蛇のように長い体に、ナマズのような髭をしている。あちらの国のドラゴンは、このような形をしていると書物に書かれていた。『ぼく』の生きていた国ではこの形のドラゴンを龍と呼んでいた覚えがある。

国が違えば歴史も仕来りも違う。なぜ、わざわざ海を越えた学校に進学したのか。それは、ほんの少しだけ気になった。

改めて御殿を見て、それから公子へと向き直る。意匠の龍と、彼の刺繍の龍が同じであることに気が付いた。

「ようこそ。歓迎するぞ、宝石(バオシー)の君。小龍、客間の用意を」

「……静李(ジンリー)がしてくれています」

「ふむ。では、」

「学園長殿へも報告は済んでいます」

先ほどの怒りを滲ませていた声とは裏腹に、努めて静かな声音の従者。彼もまた、仕事ができる従者なのだろう。

公子はぱちり、と瞬きをして破顔する。

「さすが、俺の僕だ。仕事が速い」

「貴方が報連相をしっかりしてくだされればもっと円滑に事は進みます。まったく……宝石(バオシー)の君、でしたね。こちらへ。ご案内いたします」

「彼なら俺が連れていくが」

「貴方は静李に一度怒られてください」

げぇ、とウンザリした表情(かお)をする公子は「またあとで」と甘やかな笑みを浮かべて先を歩いて行った。

「主人が、本当に申し訳ありません。私は小龍。光雨公子の従者です」

「僕は、ヴィンセ――」

「お待ちください。主人には、名乗りましたか？」

あれ、そういえば、名乗っていないかもしれない、ということに今気が付いた。初めから公子は僕のことは『バオシー』と不思議な響きの音で呼んでいた。

そもそも、『バオシー』ってなんだ？　どうして僕は、今の今まで疑問にも思わずにその呼び名を受け入れていた？

「……――こちらの生徒に、名前を聞かれても答えないほうがよろしいでしょう」

「それは、どういう？」

「ただの戯言です。行きましょう。あんまり遅いと、また主人が騒ぎ始めますから」

はぁ、と溜め息を吐いた小龍。それ以上疑問を聞くこともできず、薄霧に包まれた御殿へと足を踏み入れた。

木と水の匂いで満ちた御殿はとても厳かで、静けさに包まれている。案内された茶室は湖に面し、水風が頬を撫でていく。

「主人が来るまでお待ちください」と花が浮かんだお茶と茶請け菓子（饅頭だろうか？　楕円で平べったい形をしている）を用意して小龍は出ていってしまった。

ひとり残された僕は全然落ち着かなくて、お茶にも菓子にも手を伸ばせず、そわそわと室内を見らしている。

渡した。円(まる)い格子窓は赤く、椅子も同じ赤色だ。部屋のあちこちに吊された提灯(ランプ)がほのかな光で照

「やぁ、待たせた」

「いえ、……え、わざわざ着替えてらしたんですか？」

「あの制服は息が詰まるんだ」

白い胸元が目に入り、言葉を飲み込む。

首までかっちりと詰まったマンダリンガウンとは打って変わって、紫紺の着物を身につけていた。

柄も何もない、とてもシンプルな着物なのに様になっていて、緩く結ばれた帯に、彼の気の緩みが

表れている。

「食べてないのか？　小龍手製の月餅はうまいぞ」

正面の椅子に腰かけた公子は肘をつき、僕の前に置かれた菓子に手を伸ばした。

「こら、公子！　お客様に出したものに手を伸ばすなんて行儀が悪いですよ！」

「……静李、お前も来たのか」

がっくり、と項垂れた公子は半目で出入り口を見る。明るい茶髪の、活発そうな男の子がトレイ

を持ってそこにいた。

「公子の宝石の君(バオシー)ですね！　ぼくは静李です。仲良くしてくださいね！」

「よ、よろしく、お願いします」

底抜けに明るい。周りにはいなかったタイプで接し方に戸惑ってしまう。

「すんごいべっぴんさんですね！　こりゃあ紫雲山（ズーユンシャン）の仙女様も隠れちゃうこと間違いなしですね！」

ズーユーシャン？　センニョ様？

どっちもわからないのでとりあえず曖昧に微笑んでおいた。

まろい頬に、大きな目は瞬くたびにこぼれ落ちそうでハラハラする。多分、年下だろう。饒舌にベタ褒めをしてくれる静李は小柄で元気いっぱいだ。ぴょこぴょこ歩いていく後ろ姿はウサギっぽかった。

優秀な子供を見守る眼差しを向けていた僕に、公子が溜息をついて呟く。

「あぁ見えて、アレは十八歳だ」

驚いて勢いよく公子のほうを振り向いた僕の挙動が面白かったらしい。公子はくつくつと笑ってそのまま茶菓子の説明を続けてくれる。

饅頭ではなくゲッペイと呼ばれていたお菓子は、『月の餅』と書くらしい。餡子と一緒にナッツが入っていて、とても食べ応えがある。三時のおやつにしては重めだ。僕は一個で十分かな。

薔薇茶にはリラックスする効果があり、小龍が気を使ったんだろう、と公子は言った。

「お話、とは言っても……何を話せばよろしいのですか？」

「なんでもいいぞ。宝石の君（バオシー）に任せる」

なんでもいい、が一番困る。眉を下げて口を噤む。

公子様が好む話題とは、と考えれば考えるほど泥沼にはまってしまう。堂々巡りの思考に頭を悩ませる僕を、公子は何が楽しいのかにこにこと笑みを浮かべて見ている。――その表情が、僕を見るエディと似ていると思ったのは、きっと気のせいだ。

東の島国生まれとは言っても、リュークステラ学園に所属しているなら、この国のことなんてある程度知っているだろうに、この人は僕に一体何を求めてるんだ？

ゴシップネタでも聞きたいのか？　新鮮なネタなら、次期聖女様騒動くらいしかないんだが。僕の中ではわりとショッキングでトラウマな出来事に分類されてるので、聞かれない限り僕から話すことはない。

つまり、話題がない！

「この、国のことであれば、公子ならある程度わかっているんでしょう？」

「うん、まぁ、そうだな。遊学みたいなものだが、海を渡る前に爺やたちに無理やり詰め込まれたから」

ウンザリと肩を竦める公子は、「ま、こんだけ自由に過ごしてるのを知られたらきっと怒られるんだろうけど」とお茶目に片目を瞑った。

「それなら、僕に、貴方の国のことを教えてください」

苦し紛れの話題繋ぎだ。

僕はこの国から出たことがない。むしろ、この学園がある中央都市とロズリア邸のあるローザクロス領の行き来しかしたことがなかった。

興味がないわけではないけれど、父に、領地外へ行くことを禁じられているのだ。領地外である中央都市にいられるのも、学園があるから。僕、意外と箱入り息子である。愛されてるってわけではないけど。

僕の提案に、公子は驚いたように目を開いてから、ぱぁっと雨上がりの光に照らされた花みたいに微笑んだ。目が溶けそう。これがロイヤルスマイル。殿下で慣れたと思ったはずなのに、系統が違えば経験値もゼロに戻ってしまうのか。

「――いいぞ。何が知りたい？　君が、俺の祖国に興味を持ってくれてとても嬉しい」

うぐ、目が潰れてしまう。

神々しい笑みから目を逸らして、乾いてしまった唇を濡らすためにお茶を飲む。

花茶は初めて飲んだけれど、思ったよりも飲みやすい。もっと緑っぽい味がするのかと思いきや、ほのかな甘さと、香りの良さにリラックスしてしまう。

「では、王族について教えてください。公子は第一王子、でしたよね。たしか、一夫多妻制だと、授業で学びました」

「その通り。今の皇帝には十三人の妃がいる。俺は七番目の妃の子だ」

十三人……？

妃が十三人いれば、その子供ももちろん多くなる。王子が九人、王女が十八人。なんだそれ。ぽかんと口を開けて言葉を失う僕の驚きように、苦笑いする公子は、ゆっくり教えてくれた。

病を患い子を産めなくなった皇后に、皇帝が次々と側妃を後宮へと召し上げる、というのを繰り返した末に十三人まで妃が増えてしまった、らしい。

皇帝陛下御歳六十ウン歳、一番下の弟妹(きょうだい)はようやくハイハイするようになった、と祖国のきょうだいから届いた便りに書かれていた、とのことだ。

　ひとつ、いいだろうか。

「…………元気すぎません？」

「好色常春頭の色ボケ爺さ」

　それ以上でもそれ以下でもない、と父であり国の長であるのに随分な言葉だ。

　我が国の国王陛下は御歳五十歳、王妃様は四十歳、ご子息は殿下と第二王子のおふたりだけ。

　あまりにも規模が違いすぎて、聞きたいことがわんさか湧き出てくる。歴史上、一夫多妻制の皇室は大体が王位継承争いだとかで内乱が起こったりするのだが、授業で習った限り、サシャラ國に内乱の歴史はない。

　マグェルとは海を越えた向こう側にある海域のことで、サシャラ國は複数の島々がまとまって存在する群島国。かつてはひとつの大きな陸地であったとか、いろいろな諸説が論じられ、その歴史は『灑諸羅(サシャラ)八千年(ハッセンネン)之(ノ)歴史(レキシ)有(アリ)』と言わしめるほどに奥深い。

「その、即位争いとかはないんですか？」

「ないなぁ。うち、とんでもなく仲良しなんだよ。皇帝陛下は色ボケ爺だけど皇后のことがなによりも大切で愛しているし、だから側妃が大勢いても皇后は広い心を持って、夜送り出せる。側妃たちも皇帝陛下の御心に寄り添っているから、皇后のことを害そうともしない。それに、暗殺だとか病だとか、そういうのがない限りは向こう百年くらいは皇帝陛下は存命だろうな」

　嗚呼、また東洋の神秘ってやつだ。

サシャラ國は、巷では不老不死の国と言われている。


『とある商人がいた。

その商人は各国から珍しいものを取り寄せ、王国内で売る商売をしており、跡継ぎの子供を連れて海の向こうまで行くこともあった。経験を積ませよう、と幼い頃から連れまわされていた跡継ぎは、まだ齢一桁の頃にサシャラ國の土地を踏んだことがある。見たことない建物、見たことのない文化、美しい人々――跡継ぎは国へ戻ると母に興奮気味にそう告げた。

父の跡を継いだ子供は青年となり、数十年ぶりにサシャラ國へと足を運んだ。

――そこで見たものは、記憶と相違ない美しい景観。記憶と寸分の違いのない、美しい人々。

「やぁ！　あの時の坊主じゃないか！　随分と大きくなったなぁ！」と、親しげに声をかけてくる人々に、青年はようやく気が付く。建物も、人々も、何もかもが記憶の中と変わりなかったのだ。

肉屋の店主も、呉服屋の女主人も、老いることなく笑みを浮かべて青年を歓迎した』

――と、いうのがこの国で寝物語に話される。

「祖国には魔法がない。その代わりと言うのもおかしいけれど、仙法（せんほう）というのがある。修練を積み、丹田で金丹を練ることで若さを保ち、寿命を延ばすんだ」

これが、逆浦島太郎の種明かしだった。

商人の話がいつ頃の話かはわからないが、千年前までは仙法の全盛期、肉屋でも呉服屋でも関係なく修行を積んでいたそうだ。今は仙師を目指す者が極める道で、公子も修行中だとか。

「夢のような話ですね」

「だから皇帝陛下も中身色ボケ爺だけど、外面は良いのさ。六十を超えてるけど、見目だけなら三十くらいに見えるから、十三人も妻ができる」

俺は若い頃によく似ているらしい、とクスクスこぼす公子に、まだ見ぬ皇帝陛下を幻視した。

公子はとても話上手だった。人に興味を持たせる話し方がとてもうまい。つい気になるところを聞いても丁寧に教えてくれるから、学ぶことが苦ではない僕にしてみれば、ある種の講義を聴いている気分だ。正直、ノートと羽ペンが欲しい。

「この香はね、皇帝陛下が俺の母に送ったものなんだ」

「母君から、譲られたんですか？」

「欲しいと言ったらくれたから。煙も少なくて甘さも控えめでね、とっておきなのさ」

紅色の香炉は花々が咲き乱れる意匠で、なんとなく、彼の持ち物としては浮いている気がした。

「香にも様々な効能がある。気分を落ち着かせる、夢見を良くする、――気分を高揚させる、とかな」

ドクン、と心臓が妙な音を立てる。

「あ、れ？」

かくん、と椅子に座っていられない。上体を机に預けて、崩れ落ちそうになる体を支える。意識したとたんに頭の中が熱に支配されて、服が擦れるたびに皮膚がビリビリと痺れる。

まるで、そうだ、この感覚はエディと触れ合ったときの快感だ。強制的に引きずり出された快感に、頭が混乱する。

「はは、真っ白い肌が赤く染まっていくな。花のように愛いなぁ」

頬を、冷たい手のひらが撫でる。

ぶわり、と全身へ熱が広がった。

「な、なん、で」

驚愕に目を見開く。なんで、今、僕はエディとの睦み事を思い出した？

この人はエディじゃないのに。ここは、彼のサロンじゃないのに。

羞恥と、絶望と、混乱と。ぐるぐると体の中を巡る熱は外への出口を探して渦巻いていく。

「おや、大丈夫か？　具合が悪そうだ、ふむ、客人をこのままにしておくわけにもいかない。横になれるところで休もうか」

嗚呼、なんて白々しい。恨みがましく、言うことを聞かない体に舌打ちをする。なりふり構っていられない。こんな状態で、何をされるのか、いくら「この鈍チンわんこ！」とベティに常日頃から叱られている僕でもわかってしまった。

この人は、僕をそういう目で見ているのか。なんて奇特な人なんだ。会って、会話をして、たった数時間。公子の行動力が恐ろしい。男同士でしょ、と否定する言葉は僕の口からは出せない。だって、僕はエディの戀人だもの。――エディの戀人だからこそ、この場をどうにか切り抜けなければいけないのだ。

嬉々として、僕を抱き上げようとする公子の腕を、魔力を込めた渾身の力で弾いた。

「ッ！」

バチッ、と白い魔力が弾けて、公子がたたらを踏んだ隙に魔力の循環を速めて茶室から飛び出した。

魔力の循環は前回のロスティー嬢の件でコツを掴んだ。

魅了（チャーム）のような異能力と、今回の物理的な摂取による催淫効果は別物のようで同じだ。ロスティー嬢の時は治癒の魔力を巡らせることで、魅了（チャーム）を吹き飛ばしたが、今のこれは体内に摂取してしまった煙を魔力で薄めて、効能をごまかしている。

あくまでもごまかしているだけだから、その間に、とにかく遠くまで逃げないと。

魔法は使えないが、ただ魔力の塊を放出することなら僕でもできる。エディが教えてくれた。それを活用する時が、こんなに早く来るとは思わなかったけど。

「宝石の君（バオシー）!?」

「すみま、せッ……！　ぼく、かえりますっ」

小龍の引き留める声を背中に受けながら、外を目指して走る。静かすぎる空気に、僕の乱れた息と不揃いな足音が響いた。

案内された茶室は入り口からほとんど一直線だったはずなのに、いくら走っても玄関にたどり着けない。

「なんで」

喉が引き攣る。怖い、恐ろしい、覚えてしまった恐怖に目元が痙攣する。呼吸が乱れて、精神が乱れて、魔力が乱れていく。

「——宝石の君（バオシー）、主人がごめんなさい。今日は、帰ってもいいですよ」

静李が手招きをして、扉を開ける。その先に見えた外の景色に息を飲んで、縺れる足で駆け抜けた。

今日は、と不吉な言葉を脳裏に残して、僕はイヴェール寮へと向かって走った。

茶室にひとり残された公子は意味深に笑みを深め、片手を振ると御殿は霧に包まれて姿を隠してしまうのだが、この時の僕は知る由もなかった。

駆けて、駆けて、駆けて。

体の中を走り回る感覚に涙をボロボロとこぼしながら、どうやってたどり着いたかもわからない氷の寮の階段を駆け下りる。半ば滑り落ちながら駆け下りて、僕が向かうのはエディの部屋。

肌を突き刺す氷の冷たさすら心地よい。ピリピリ、ビリビリ、と永続的な痺れに唇を噛みしめ、安全地帯の寮にたどり着いた安心感からだろうか。もはや走ることすら困難で、寮生と会わなかったのが不思議なくらいの鈍足で、最奥に向かう。

「えでぃ、えでぃ、どこっ」

つらい。くるしい。きもちいい。

僕は、ひとりでこれを楽にする方法を知らない。いつだって、エディが教えてくれたから、僕はひとりじゃなにもできない。

「――ロズリア？　お前、なにして」

「えでぃは、どこに……？」

べしゃり、と。

ついに体を支えきれず、崩れ落ちた僕を支えたのは、レオナルド第二王子だった。

＊　＊　＊

――からだがあつい。

ぼんやりと、朦朧とする意識の中、冷たい手のひらが頬を撫でる。

『綺麗だな、俺の宝石（バオシー）の君』

耳元で聞こえる、公子の声。

「――ッ‼」

急に、眠っていることが恐ろしくなって、頬に触れる手を振り払い、起き上がって距離を取る。

耳のすぐ横で心臓の音がして、急に起き上がったことで頭がくらりと揺れる。息が乱れて、気持ち悪い。体の中をぐるぐると、ぐちゃぐちゃとかき混ぜられる感覚と、腹の奥から上ってくる快感に背筋が痺れ、再び黒い寝台へと体を戻してしまう。

あれ、黒い――寝台？

「……ヴィンス、大丈夫かい？」

「え、でぃ」

「うん。お前のエディだよ」

眉を下げたエディが、僕に振り払われた手をチラと見て、ゆっくりと下ろした。

冷静になって周りを見れば、ここがエディの私室の中だと気が付く。気が動転していて、それにすら気が付かなかったなんて。

は、と熱い吐息があふれる口元を手のひらで隠す。

「レオが、大慌てで私のことを呼びに来るから驚いたよ。具合が悪い、というわけではなさそうだ。一体何があったの？　誰が、お前を泣かせた？」

ゆっくりと、目尻に指先が触れる。

「ぁ」

ひんやりと、冷たい。エディだ。エディの、手。

今度は振り払わなかった。

かすかにこぼれてしまった甘い音にエディは驚くけれど、そんなのどうでもいいくらいに、火照った体にエディの手が冷たくて心地よい。

頬を摺り寄せて、大きな手を握ったり撫でたりを繰り返す。冷たい体温が、この熱のこもった体にはとても気持ちよかった。

「ヴィンス、ヴィンス？　……どうしたの、ヴィンセント？」

「えでぃ、あつい、熱い、です。熱くて、あつくて、たえられない」

「熱い？　熱は、なかったはずだけど」

体の中が熱い。奥が熱い。頭が沸騰してしまう。貴方に触れられたときのように、もどかしいの。そう訴えると、顔色を変えたエディに抱き寄せられる。

その些細な振動すら気持ちが良くて、とっくに、魔力の循環では抑えきれなくなっていた快楽があふれてしまう。

「誰に、何をされたの？」

「ぁ、は、……公子、サシャラの、たぶん、催淫の香で、」

「どれくらい吸った？」

「たぶん、にじかん、くらい」

いつもの穏やかな表情を削ぎ落としたエディは「――アイツか」と小さく呟いた。

「こっち、見てよ……えでぃ……！」

僕が目の前にいるのに、僕を見ていないエディに腹が立つ。もっと僕を見て、僕の名前を呼んで、頭を撫でて、抱きしめて、口付けをして。

嗚呼、もう、ろくにまとまらない思考を投げ捨てて、顔を上げればすぐそこにある薄い唇に口付けた。

つめたくて、きもちい。

唇を合わせて、食んで、舌を伸ばした。エディの真似で、たどたどしく舌先で歯列をなぞり、驚き固まる舌の表面を撫でるけど、僕の舌は短くてちゃんと絡められない。上顎もうまくなぞれないし、もどかしさだけが積もっていく。

ぐ、ぐ、と唇を押し付けて、ベッドへエディを押し倒した。目を白黒とさせる彼の腹を跨いで、また口付けをする。上を取ったことで、少しだけ口付けをしやすくなった。

「ん、ん、ふっ、ちゅ、んッ——んんンッ、ウン⁉　ふぁ、ぁ、ぇッ」

優位だったのはほんの一瞬。いつもエディに翻弄されてばかりの僕の拙いキスを余裕で受け入れていたエディが、後頭部を手で押さえて、僕の舌を巻き込みながら口内へと押し入ってくる。

息苦しさと、好き勝手に食べられる幸福感に、頭がふわふわしてくる。

じゅる、じゅっ、と舌先を強く吸われて、とろとろとふわふわが溶けて、体に力が入らない。

息も絶え絶えに、エディの上にくたりと体を預けてしまった僕を、ぐるりとベッドに転がして腕の中に閉じ込める。

「……その、媚薬の効果のようなものは治癒魔法で治せない？」

「むり、人のならできる、けど……今はむりっ、体がおちつかなくて、ま、魔力がおちつかなくて、」

「私が、楽にしてあげようか」

「うん、うん、ウン、おねがい、おねがいエディ、ぼくを助けて」

性急に、シャツを脱がされる。冷たい手のひらが肌を撫でるだけで身をよじってしまう。

あ、あ、これで、これで胸を摘まれて、兆しているそこを触れられたらどうなるんだろう。

不安と期待で綯い交ぜになり、降ってくるキスの雨に夢中になっていた。指先が胸の頂に触れた瞬間、雷が弾けるような快感に背筋を反らしてしまう。

なにこれ、なんで、こんなに気持ちいいの。

「ヴィンス、息をして」

「で、できなっ、う、ンっ」

爪先で弾かれるたびに目の前で火花が散る。こんなに、ここで気持ちよくなったことなんてないのに。

押しつぶされて、捏ねられて、真っ赤に腫れて敏感になった芽を、エディは優しく舐め上げた。ビリビリと快感が胸元から背骨を伝い、尾てい骨が震える。その痺れは全身に広がって、下腹部が熱くなった。

固くしこった芽を、歯が甘く噛み扱いた瞬間、もうダメだった。両手で情けない声があふれてしまう口を一生懸命押さえて、腹部に広がる熱に涙を滲ませる。

「触らないで、イッちゃった……？」

驚きをあらわにするエディに涙が止まらない。まだ、スラックスも下着も脱いでいなかったのに、それの中で吐精してしまった。

ぐちゅぐちゅと布が張り付いて気持ち悪いのに、それすら気持ちいい。

「や、だ……えでぃ、ぼく、まだっ」

一度イッたら、いつもなら熱は収まるのに、この体は余計に高まり、さらなる快楽を求めている。

気持ちよくなりたい、楽になりたい、素直になってしまいたい。

無理やり引き出される快楽に涙をボロボロこぼして、エディに乞う。

「たりないっ……！　えでぃ、えでぃっ、ぜんぜん、おさまらないんです……！　たすけて、おねがい、もっと——もっと、きもちよくして」

浅ましい。情けない。でも、これはひとりじゃどうすることもできない。だって、疼いているのは腹の奥なんだもの。公子は、一体何の香の煙を僕に吸わせたんだ。

象徴が猛っているとかじゃなく、腹の奥がずっとぐるぐる疼いている。そこに直接触れてほしい、そうしたら、もっと、ずっと、気持ちよい予感がする。

「ッ……！　ぁ、あー……クソっ、あのロクデナシのせいで初めてがこれだなんてッ」

「えでぃ、おねがい、なんでもするからっぼくを助けて」

「ッはぁ……優しく、するから」

ぐ、と奥歯を噛んで、エディはシャツを脱ぎ捨てた。

羞恥も意地もかなぐり捨ててしまった僕の、甘く一段高い嬌声が紗（うすぎぬ）の中に響く。

「ひっ、ぃ、ぁ、あ、んッんんぁッ」

丹念に、丁寧に、しつこいくらい、ねちっこく後ろの菊孔をほぐすエディ。触れやすいように、と四つん這いだった体勢はとっくに崩れ、腰を突き出し尻を持ち上げている醜態だ。

手の中で温めた香油をふちに塗り込み、つぷ、とゆっくり挿入（い）れられた指は、今はもう三本飲み込んでいる。丹念に丁寧に中を解された僕は息も絶え絶えに快楽を拾うことしかできない。

長い指先が香油をナカへ押し込みながら入ってくる。ぐぷぷ、と下腹部で音が鳴り、恥ずかしいからやめてほしいのに、ぽっかりと開いた口からは無意味な音しか出てこない。

紗に囲われたこの小さな楽園で行われる睦み事。みんなの王子殿下は、ここでは僕だけを見て、僕だけに恋をして、僕だけを愛してくれる。

王子様なのに、僕の後ろの孔を嬉しそうに弄って、きっと、こんな彼の姿を見られるのは僕しかいない。

腹に触れるほど反り返った陽物は一度だって触れられず、栓を失った蛇口のようにとろとろと雫を垂らしている。

長い時間をかけて解されて、焦らされた体は、ひと撫でで達してしまえるくらい昂っている。エディだって苦しいはずなのに、彼は僕のそこを丹念に解すことに夢中になっていた。

腹の奥に触れるなら、確かに後ろの菊孔からしか方法はないけれど、女の子であれば、これは普通の行為となるのだろうか。僕が男だから、エディは挿入できない――……？　いや、待って、僕は子宮はないけれど、今解されているところなら、エディが挿入れることができる。

それに、太くて長くて、熱い、エディの陽物でナカを突かれたら、指では届かないもっと奥に触れて、このもどかしさを解消してもらえるに違いない。

ぼくの頭は、快楽と焦らされすぎたせいでバカになってた。

肩越しに、エディを振り返って、シーツを握りしめるしかできなかった両手を持ち上げて、双丘を掴み、割り開く。

「えでぃ、ここ、ここに、いれて……？　奥、いっぱい触って」

ふにゃふにゃに蕩けた笑みを浮かべて、はしたなく誘う。

「あんまり、煽らないでくれ……っ」

ごくり、と唾を嚥下したエディは、初めて余裕のない表情をした。

「ぼく、女の子じゃあないから、こどもできないし、はやく、エディッ……はやく、ぼくを救って……！」

耐えられない。気持ちいい。我慢できない。はやく、はやく。

「……ああ、もう、痛かったら言うんだよ」

背中に彼の人がぴったりとくっついて、さんざん弄られてぽかりと空いた孔に、火傷してしまうほど熱いものが押し付けられる。

ちゅ、ちゅ、と背中にエディが口付けを落とし、ゆっくりと、怒張が入ってきた。はく、はくり、と呼吸が止まる。痛くない。痛くないけど、圧迫感がすごかった。あっつくて、指なんか比じゃない。同じ男として羨ましくなるそれが、僕の中に入ってくる。

女の子とすらシたことないのに、押し入ってくる感覚が癖になりそう。

「ツ、ふ、はぁ……」

「っ、っ」

声も出せず、背中をビクつかせることしかできない僕は、動きが止まったことに安堵して、長く長く息を吐き出した。体から力が抜けた瞬間――ぱちゅんっ、と尻と腰がぶつかって、最奥を叩かれる。

「ふっぎゅっ……!?」

星が瞬いた。なんだこれ。なんだこれなんだこれ、なんだコレ！

瞬く星が収まらないうちに、奥まで入ってきたそれがゆっくりと引き抜かれる。ちゅうちゅうとナカが吸い付き、ずりずりと壁を擦り、膨らんだ先っぽが固くなったしこりを抉っていく。

あ、ダメだ。息できない。気持ちよすぎて死んじゃう。

「はっ、はっ、ハッ、ひぃっ、やぁああっ、あぁ、やら、やだっ、きもちいっ、えでぃ、えでい、こわいっきもちいっ」

わけも分からずに頭を振る。ぐちゃぐちゃの顔を枕に押し付けて、全身で息をする。そうすると、いやでもナカに入った形を理解してしまう。無意識に腹部に力が入ればそれを絞めつけて、耳元で聞こえるエディの余裕を失った詰まった吐息にまた興奮してしまう。

「ヴィンスっ、気持ちいい？」

「うん、ウンっ、きもちぃからぁっ、えでぃも、エディも、きもちよくなって……！」

「ッ、ヴィンス、ヴィンス、わたしのヴィンスッ」

薄い下腹部がかすかにエディの陽物の形を浮かび上がらせ、大きな手のひらがへその下あたりを撫でた。バチンッと脳みそがショートした。

名前を呼ばれるたびに心が満たされ、体が快楽を拾う。それでも、エディに我慢をさせているのを理解する。もっと乱暴にしていいのに。僕のことを好きにしていいのに。

壊さないように、恐々と触れる手を握りしめた。

僕が意識を失ったのは何度か吐精して、出るモノもほとんど出なくなってしまった頃。

前後不覚に陥って、涙を流しながらわけの分からないことを口走っていた気がする。エディは汗を滲ませた笑みで、何度も僕に口付けをした。

何度も達した僕に対して、エディは一回だけ、ナカから抜いて僕の腹にそれをブチまけた。

——再び目を覚ましたとき、体は清められていた。隣はすでに温度が失われ、エディはとうに部屋をあとにしていた。

＊＊＊

ベティのいないフルール・サロンは、いつもより少しだけ賑やかになる。

ソファスペースにはお嬢様たちが数人いて、僕は二人用のテーブルスペースにいた。

「喧嘩でもされたのですか？　私、てっきり貴方と殿下は好い仲だと思っていたのですが」

ストレスがフルである。

正面に腰かけていらっしゃるのは、聖女候補第一位の白い純潔を体現するお嬢様だ。

ベティを第二王子の元へ送ったあと、真っすぐにサロンを訪れた僕を待ち構えていた。

「僕とエ、ドワード殿下が、喧嘩などするわけがありません」

ムッと唇を尖らせた。

喧嘩じゃない。喧嘩なんて、していない。だから余計に厄介だと自覚している。

エディと、体を交えてから三日。たった三日しか過ぎていないのに、この三日間、気が気じゃなかった。

いつ公子に声をかけられるかもわからない。それなのに、エディとは示し合わせたかのように顔を合わせられずにいる。——僕が、エディに避けられているのだ。

催淫効果はすっかり抜けている。いくら我を見失って、はしたなく求めてしまったのが香のせいだとしても、すべて合意の上だ。

彼の人が何を恐れているのかわからない。

僕は、触れただけで壊れてしまうガラス細工でも、一夜の夢の蝶でもない。花のようだとか、宝石のようだとか、様々なものに容姿を例えられる。腕を握られたくらいじゃ骨は折れないし、そう簡単に死んだりしない。

「殿下はとても忙しそうにしていらっしゃいますね」

「交流学生の接待に、出場競技の訓練に、第一王子としての業務。僕は、体を壊さないか心配です」

時は金なり。時間は有限だ。

今こうしてウダウダ手足を止めている間にも、エディと過ごせる時間は着実に減っていっている。

物憂げに、目を伏せる。

「心配なら、お会いになればよろしいじゃありませんか」

きゅるりんきらきら。光のエフェクトが見えた。なんなら、彼女の背後に光輪が見えた。さすが、聖女候補第一位。

邪気なんて一切ない、無垢な笑顔で微笑まれる。直視できない。なんてピュアスマイルだ。心が浄化されていく。

「私、おふたりが仲良くしているお姿を見られるのだと楽しみにしていたのに……いざ来てみればなんだかよそよそしいんですもの。それに――貴方がいないと、殿下に悪い虫がついてしまいますのよ？」

「悪い、虫？」

困りましたわ、と眉を下げ、頬に白魚の手を当てる。

「お忙しい殿下は、多少窶れてもお美しいでしょう？」

「……まぁ、そうですね」

身分の高いお方と言うのは、楽しくもないのににこにこと微笑まなければいけないのだろうか。

「この学園の皆様は殿下のお美しさに慣れていらっしゃるんでしょうけれども、交流学生としていらっしゃった方々は違いますわよね」

「……そう、ですかね？」

「さすが中央都市のセントラル魔法騎士学校。多くの貴族が集まっていらっしゃるだけありますわ。眼福……いえいえ、とても見目麗しいご令嬢にご令息が大勢いらっしゃいます。貴方の……ローザクロス嬢なんて、第二王子様がおそばにいらっしゃらなければ引く手あまたでございましょう」

は？　は？

ベティが、そんな目で見られている？

許し難いんだが。愚の骨頂である。どこのどいつだ、その愚か者は。目つぶしをしなくては。

「殿下は、近頃、ヴィレ・アイズィンのお嬢様に付きまとわれていらっしゃるようでございますが……ロズリア様はどうお思いになります？」

——この人、確信犯だ。

こめかみが引き攣る。今の僕に、そんな話題、地雷以外の何物でもない。

エディが、付きまとわれている？

もしかして、ベティが物言いたげにしていたのはそのせい？

表情を取り繕うのも忘れて苦虫を噛み潰す。

僕に、気づかせないうちに片付けるつもりだったんだろう。彼は、そういう人だから。僕に憂き目を悟らせず、僕が気づいた頃にはすべて終わっている。僕に関わらせてすらくれない。

ベティと第二王子の件だってそう。ロスティー嬢だって彼女自身が行動を起こさなければ、エディはさっさと解決をしてしまっていたことだろう。——殿下や第二王子すらも魅了する能力はとても危険なモノだったから、彼ひとりで応対することがなくて良かったと思っている。

僕って、そんなに頼りないだろうか。

「元・次期聖女のロスティーさんですけれど、」

「彼女が、なにか？　目を覚ましたんですか？」

「いいえ、まだ昏睡状態です。私も何度か様子を見に行っていますが、文字通り、死んだように眠っておりました」

彼女もロスティー嬢に振り回されたひとりだ。

棘があるように聞こえるのは気のせいじゃない。

清廉潔白な聖女見習いとして、日々修行を積み、次代の聖女を目指す彼女の前に突然ポッと現れたロスティー嬢。聖女の証しである聖痕を持つ市井生まれの少女。修行も、神への祈りも、我慢することすらしていない少女に、目指していたモノを突然奪われたのだ。

僕だったら恨み言のひとつやふたつ、こぼしている。

「あぁ、お話ししたいことはそうではなくって……彼女が次期聖女として保護される前に、とあるご令嬢とやり取りをしていたみたいなのですよ」

「とあるご令嬢とは？　それが何か関係が？」

「古物商を営む商会のご令嬢でしてね、希少価値の高いものを扱っていることから私共大聖教会や王宮などへも出入りをするそれなりに大きな商家です」

「……そのご令嬢とロスティー嬢がやり取りをしていたと？」

ええ、と大きく頷いたフィアナティア嬢はさらに続ける。

「エリザベス・ジェルセミーム嬢という方なのですが――彼女、交流学生としてこの学園に来ている上に、殿下に付きまとっているらしいんですよねぇ」

嗚呼、やっぱりろくなことにならないんだ。

エディを探して六学年のフロアへやってきたわけだけど、早々に頭が痛い事態に遭遇している。

「エドワード様、私、殿下のためにランチボックスを作ってきたんです。ぜひ、お昼をご一緒いたしましょう？」

隣に佇むフィアナティア嬢は「あらあらあらあら」と驚きをあらわにする。

王族に手料理を持参するってご法度だろ。

「行かなくてよろしいのですか？」

「心の準備が」

「あら、ここまで来て何を仰ってるのかしら」

幸いにも周囲はエディと件のご令嬢に目を向けており、僕とフィアナティア嬢には気づいていない。

普通に会話をしているから、近くにいる生徒たちは気づいてぎょっとしている。はたから見たら、まぁ、僕とフィアナティア嬢って無い組み合わせだものね。そりゃあ驚くか。

「ちょっと手でも握ってみます？　声をかけにいかなくとも殿下ならすぐこちらにいらっしゃるかと」

「貴方は僕に死ねと仰ってる？」

多方面から刺される未来が見えた。

「……フィアナティア嬢は、エスコートをお求めで？」

口角を持ち上げて、わざとらしく胸元に手を当ててみせる。

周囲から黄色く短い声が上がるけれど、僕は今とても気が気じゃなかった。

「白薔薇の貴公子である貴方にエスコートしていただけるなんて光栄です。そういえば、ダンスパーティーのパートナーは、」

「私だけども、その子に何か用かな？」

――瞬きをしたら、エディの腕の中にいた。

彼の胸元へと頬を寄せて、甘い花の香りに鼻を鳴らす。つい癖になってしまったそれを無意識にしてしまい、目の前できょとんとするフィアナティア嬢に全身から汗が噴き出した。

フィアナティア嬢だけじゃない、大勢の生徒が僕たちを見ていた。

やってしまった。

慌てて胸板を押して体を離そうとするが、なぜかビクともしない。しまいには、背後から回った腕がギュウと力がこもって、後頭部に顔が埋められる。なんか、もう、やらかしたどころじゃない。

何してんの、この人。

「え、エドワード殿下、あの、ちょっと、皆が見ているから離れて」

「……」

「殿下？　ねぇ、ちょっと、聞いていますか？」

「……」

「殿下……？」

スゥーハァー、スゥーハァー。……僕を吸ってる⁉

僕を吸うエディはいくら呼びかけても返事をしない。僕は猫じゃないんだけどなぁ。

「あの、殿下？　本当に、そろそろ……」

「――、いつもみたいに、呼んで」

「え？」

かすかに、くぐもって聞こえた声に目を瞬かせる。

返事をしてくれなかったのって、もしかしてそういうこと？

あまりにも可愛らしいお願いに口元がにやけてしまう。強引に体をひっくり返して、エディと向き合う。切なく細められた瞳に映った僕は、とても人には見せられないくらい表情（かお）が溶けていた。

「――エディ、僕はどこにも行きませんから、ね、ちょっとだけ離して」

迷子の子供を慰めるように、ひときわ柔らかく、優しさを綿あめで包み込んだ声音で囁いた。

「怒って、いない？」

「どうして僕がエディに怒るんですか？　ね、改めて、お礼を言わせて。僕を助けてくれてありがとう――戀しい人（エドワード）」

「愛しい君を、私は、汚してしまったと……」

「僕が望んだことです。それに、一緒に泥をかぶったらお揃いでしょう？　……エディは、もしかして、イヤだった、」

「そんなことないっ！　私は、いつだってお前のことをッ」

そうしてようやく、氷の張っていた瞳が緩められて、額に言葉を飲み込んだ冷たい唇が押し付けられる。瞼を閉じて、だんだんと降りてくる唇を甘受して、僕の唇と合わさるかと思った、その瞬間「ごほんっ」と強めの咳払いにパッと目を開いた。

「——大変眼福ではございますが、続きはどうか、人の目のないところでなさってくださいませ」

あ。

にっこり、光り輝くエフェクトマシマシな聖女スマイルにコチン、と体が固まった。恐ろしくって周りを見られない。

「やっぱり、お二人は好い仲でございましたのね。とってもお似合いでございますよ」

途中で、僕もつい周りのことを忘れてエディだけを見てしまったから何も言えない。恥ずかしい。恥ずかしすぎる。羞恥に焼き殺されそうだ。

関係がばれて、殿下が悪く言われたらどうしよう……とか思い悩んでいたのはどこのどいつだ。

「バレてしまったね、ヴィンス」

「……バレ、ちゃいました、ねぇ」

悪戯っぽく笑うの、やめてほしい。希少価値の高い表情は軽率に僕の寿命を縮めてしまう。

そぅ、っと伏し目がちに周りを見渡す。驚く者、顔を赤くしている者、興味なさげな者。よほど、察しが悪くなければ、盗み見ていた彼らは僕とエディの関係に気づいただろう。

諦念を浮かべて溜め息を吐く。

「幸せが逃げてしまうよ」

「エディは、逃げないでしょう」

「うん？」

「え？」

「……つまり、ヴィンスの幸せは私、ってこと、」

「あーのーぉ、だから、続きはお部屋で、しましょう、ね？」

お手数おかけして申し訳ありませんフィアナティア嬢。

ここに彼女がいなければ、確実に口付けをしていた。だって、そういう流れだったもの！

なんだかよくわからないけれどエディと仲直りできたし、エディはご機嫌だし、僕も三日ぶりのエディでちょっとどころかけっこう浮き足立っているし！　キス、したかったんだよ！

フィアナティア嬢に目礼をして、ご機嫌に僕を抱きしめるエディを見上げる。なぁに、と甘く溶けた瞳に、僕も頬が緩んだ。

周囲の黄色い悲鳴なんて聞こえない。聞こえないったら聞こえない。

「エドワード様、その、そちらの、方は……」

僕とエディの間に割って入ったこの声の女子生徒が、エリザベス・ジェルセミームか。

顔を見てやろうとした僕だったが、胸の中に閉じ込められてしまう。さっきは遠目だったから、とてもはっきりした発色の黄色いショートヘア、ということしかわからなかった。

僕の顔を彼女に見せたくないのか、彼女の顔を僕に見せたくないのか、どちらだろう。

「私の可愛い可愛い戀人さ」

やけに生き生きした、はっきりとした声には熱がこもって、僕の胸を震わせる。

「恋、人……？　え、男同士じゃ、ないですか」

「それが何か？　今時同性愛なんて珍しくない。私が恋して、愛したのが、運命だったのがこの子だっただけのこと。――だから、これ以上付きまとわないでくれ」

酷く迷惑だ、おかげでヴィンセントのための時間が削れてしまったんだから、とこぼれ落ちた言葉に怒りを抱く。

やっぱり、彼女のせいでエディは僕のところへ来られなかったのだ。いや、その前に僕になぜか怒られると思って足を遠のかせていたのもエディだ。

ギリ、と強く歯を噛みしめる音が聞こえる。嫉妬に塗れた怖い顔をしているんだろうなぁ。嫉妬は一番、醜いのに。

「ら、ランチを、一緒にすると、」

「そんな約束、した覚えがないよ」

「どうして、交流学生は、エドワード様と」

「それは学校を代表する筆頭学生に限っての話だ。全員が全員、私が相手をしていたらキリがないだろう？　こう見えても私、暇じゃあないんだよ」

苦笑する殿下に僕をはじめとした周囲の生徒が大きく頷く。

知っていますとも。接待に加えて出場競技の訓練、通常授業に第一王子としての業務。エドワード殿下の一分一秒は金銀財宝にも勝る価値がある。それを、彼女の我が儘で消費していたなんて。

本当に、商家のご令嬢なのだろうか。家業を継げなくとも、次女なら他所へ嫁ぐだろうし、長女なら婚約して迎えた婿殿を彼女は支えなければいけない。それに、この交流会に選ばれたのなら優秀な生徒のはずだ。

なんだか、胡散臭い。

「私はこれでも王族でね。赤の他人の、何を仕込んでいるかもわからない手料理を食べるわけにはいかないのでね」

「そん、な……！」

「――ここにいるみんなも、今見たことは心にしまっておくように。それじゃあ私たちは失礼するよ」

泣き崩れる声がするけど、誰も動けなかった。気まずく彼女から目を逸らして、そっと散り散りにこの場を離れる。

行こうか、と差し出された手のひらに、手を重ねる。

す、と息を吸った。――ようやく、まともに息が吸える。

＊　＊　＊

姉妹校交流会は三週間の期間をかけて行われる。

定期的に開催されるわけではなく、聖女の神託により、数十年と間が空くこともあれば、半年と経たずに行われることもある。前回行われたのは五年前、エディが一学年の時だ。

学園にやってきた交流学生たちはそれぞれ用意された宿舎で三週間を過ごす。

交流会期間中はお祭り状態だ。授業は午前で終わり、午後は交流しなさい――というのは建前で、七日ごとに行われる対抗戦に向けて訓練をしなさい、というのが本音だ。

第一週は戦士志望生徒によるトーナメント戦。エディが出場する。

第二週は魔法使い志望生徒によるトーナメント戦。……ベティが出場する。

そして、第三週。魔法使い・戦士・文官志望生徒混合チームによる郊外演習だ。ちなみになんと驚くことに、僕は文官枠で出場することになっている。とっても辞退したい。

成績上位者は問答無用で出場エントリーされる、なんて知るわけがないじゃないか。知っていたら上位者になんてならなかった。……嘘。最優の成績を維持しないと、父に怒られてしまうからわざと落ちるとかもできない。詰んでる。最悪だ。

くるり、くるり。手首で器用に杖を回す第二王子を見て、エディに及ばずともこの人もたいがいオールマイティだな、と現実逃避に興じる。

「んで、お前は何ができるんだ？」

「魔力を発散させることしかできません。あとは魔獣を誘い出す、もしくは退魔の陣を敷くくらいですよ。――正直なところ、レオナルド様について行くだけで精一杯かと」

「文官枠でそれだけできりゃ十分だろ。兄上に押し付けられたから、わざわざこの俺様が組んでやるんだからな。……ベアトからも、口酸っぱく言われたし。ほんと、なんなんだよお前」

驚くことに、僕のチームメイトはまさかのレオナルド様。もちろん魔法使い枠。チームは三人一組のスリーマンセル。戦士枠のもうひとりは？　という疑問もすぐに解消された。

「殿下のとても大切なお方です。レオナルド様といえど、あまり、」

「あーはいはいハイ。わぁってるっての……なんで、よりによってもうひとりがコイツなんだよ」

最後のひとり、騎士枠はアルティナ・アンヘル先輩。エディの側近候補であるアンヘルきょうだいの片割れだ。

男女の双子だというのに、アンヘルきょうだいは瓜二つだった。一瞬リリディア嬢と見間違えてしまうときがある。あまりにも瓜二つすぎる。声だって男声で、背だって高い。性格もリリディア嬢の方が活発。だというのにも関わらず、見間違えてしまった。男子制服を着ていたのに。

立ち振る舞い、喋り方、仕草動作が似通っているレベルじゃない。同一なんだ。きっと、入れ替わっても僕は気づかない。

交流戦に出場できるのは四学年以上、そして生徒には各々ポイントが割り振られ、合計ポイントが二十を超えないように出場選手を選ばなければいけない。なおかつ、混合チームを組むにあたってもポイントの制限がある。プラチナ・ゴールド・シルバーとランクが分けられ、各ランク帯からひとりずつ組まなければいけないため少々面倒臭い。

僕は文官枠のシルバー、レオナルド様は魔法使い枠のゴールド、アルティナ先輩が騎士枠のプラチナだ。うまい具合にチーム編成がぴったりと当てはまっている。

学園の掲示板に出場生徒が発表された瞬間、レオナルド様に首根っこを掴まれ、もうひとりを探しに行こうとしたところをアルティナ先輩に声をかけられてこのチームが出来上がった。

「退魔の陣は討伐ミッションですから使わないでしょうね。もうひとつの、魔獣を誘い出すとは？」

「音で、僕の場合はハープですが、奏でた音で誘い出すんです」

きょと、と目を瞬かせるお二方。

「――音遣いなのか？」

「そんな大層なものじゃありません。ただちょこっと、そういうのができるだけです」

音遣いとは、魔法使いとは違う技術的専門職のひとつだ。奏でる音だけで魔法みたいなことができる特殊技能を極めた人たちのことを呼ぶ。

宮廷音楽隊にも何人か音遣いがいる。聖教会の聖歌隊にもいると聞いたことがある。もしかしたら、フィアナティア嬢のあの場を清めた聖歌、音遣いの修練も積んでいるのかもしれない。

レオナルド様が貸し切りにした広い訓練場に三人。あらかじめ「それぞれの実力を測る」と聞いていたため、愛用のハープも持参してきていた。ケースから取り出して、片腕に抱える。

「……今回の郊外演習は、静寂（しじま）の森に放たれた魔獣の討伐数を競う。ロズリアのそれは役に立つな」

「そうでしょうね。あとは、場を整えるくらいでしょうか」

「ふむ、軽く伐採するか」

「それがよろしいかと」

本来なら文官枠の僕が作戦を立てなくてはいけないのだが、レオナルド様もアルティナ先輩も非常に頭脳明晰な成績優秀者だ。

学園の看板を背負う出場生徒に選出されてしまったので、しかたなく僕もキャリーされているだけではいけないからハープを引っ張り出してきた。僕がハープを奏でられるのを知っているのは、この学園ではベティくらい。こんな機会じゃなければ使うこともなかっただろう。

僕のハープは片手で抱えられるサイズだし、森へ持ち込んでも移動の邪魔にはならない。

「そんじゃあ、軽く対人戦でもやるか」

「えっ、あの、僕、戦えませんが」

「んなこと知ってるっつの。お前はひたすらに攻撃を避けろ。まずは俺とお前対アルティナだ。アルティナは俺に一撃を入れるか、ロズリアを拘束すれば勝ち。それが終わったら今度は攻守逆にしてやるぞ」

出場するからには、一位を目指す。

眩い髪をかき上げ、ニヒルに口角を上げたレオナルド様に、出そうになった溜め息を飲み込んだ。

目立たず騒がず大人しく――どうやらそれは叶いそうになかった。

数十分後、僕はお二方から信じられないものを見る目で見られている。

「おまッ……十分音遣いを名乗れるだろ……！」

わなわなと震えて僕にビシッと向けられた杖の先から、炎の渦が巻き起こる。

抱えたハープに指先を添え、しゃらん、とかき鳴らす。ふわり、と毛先やジャケットの裾が浮き上がり、衝音が炎を打ち消した。

そうして今度は裏取りをしてきたアルティナ先輩の斬撃を、ぽろん、と音の壁で弾き返す。

静けさの中に響く弦音。

単音でしかそれを使えない僕は、曲を奏で、効果を付与する音遣いは到底名乗れない。ベティはもったいないと言ってくれるけれど、僕には音を極めるつもりはなかった。――以前の僕なら、そう思っていた。

「はぁ……一旦休憩挟むぞ」

「まさか、ロズリア君がこんな才能を隠し持っているとは思いもしませんでした」

「シルバー帯って嘘だろ。頭も冴えて、攻撃を防ぐ術も持ってる。ゴールド……いや、もっとそれを磨けばプラチナもいけるぞ」

レオナルド様は裏表のない、とても素直なお方だ。それはベティと接しているのを見ていても分かる。ベティが嘘を嫌うから、できるかぎり誠実であろうとしている。王族として、時には必要な嘘をつかなくてはいけないだろうに、とてもとても、誠実で真っすぐな人だ。

だから、僕に対する微妙な感情も隠せていない。

愛するベアトの幼馴染みで、ポチと呼ばれる特別な位置。敬愛する兄上の戀人（こいびと）。どう接するべきか、まだ探りあぐねている。

この、ハープだって、ベティが何か楽器をやりましょう、と無趣味の僕に教えてくれた技術だ。

楽器類なら何でも演奏できるベティに誘われて、ベティが教えてくれたから覚えただけ。拙い僕の演奏を聴きたいと言うから、下手な演奏を聞かせたくなくて頑張って練習を重ねた。

——そうしているうちに、音が変わった。奇しくも、ベティが到達できなかった領域に、僕は足を踏み入れてしまったのだ。

「音の防壁は、お二人にかけることもできます」

「上出来だな」

ご機嫌に笑みを浮かべるレオナルド様の、お眼鏡に適ったらしい。足手まといと言われることはなさそうだ。

少しくらい、エディにかっこいいところを見せたいじゃないか。いつも、守られてばかりなんだもの。

「注意すべきはシュヴェルトか。四学年に神童がいる」

「すでに神聖騎士団入りが確定しているとか」

「トーナメント戦に出場しなかったんですね」

「青龍騎士団長がいるからだろう。ま、勝つのは俺らだ」

「酷いなぁ。俺たちは眼中にもないってことかい?」

僕たちしかいないはずの訓練場に、声が響く。

あぁ、二度と聞きたくない声が聞こえてきた。

サッと顔色を悪くする僕に、レオナルド様は眉根を寄せた。

「やぁ、宝石の君(バオシー)。一向に来てくれないから迎えに来てしまったよ」

で、出たぁ～～～!!

黒衣に身を包んだ光雨公子が、入り口で笑みを携え佇んでいらっしゃった。

「バオシー？　誰のことだ？」

「どなたのことを呼んでいるかは存じませんが、あの方はサシャラの公子殿下ですね。レオナルド様に御用なのでは？」

「兄上ならまだしも俺は初対面だぞ」

だらだら汗を垂らして、そぅっと、一番体格の大きいアルティナ先輩の陰に隠れる。

お二人が僕の不審な行動に何も言わず、横目に窺ってくるから必死に首を横に振った。勘弁してほしい。なんで一国の王子がわざわざ出向いてくるんだ。

「……お前、また何かやらかしたな？」

「断じて、何も、していません……！」

風評被害である。

「公子殿下。ここには貴方の言う〝バオシー〟とやらはいらっしゃいませんが。それに、貸し切りの訓練場に足を踏み入れるのは少々、なんと言いますか、無作法なのでは？」

「なぜ？　俺は公子なのだから、どこを行こうが俺の勝手だろう？」

にっこり。首を傾げ、一歩、踏み出してくる。

先輩は苦虫を噛み潰しているのに、レオナルド様は「確かに」とウンウン頷いている。なんで納得をしているんだこの人は。

「宝石(バオシー)の君、かくれんぼかい？　俺は我慢強くないから早く出ておいで」

脅しじゃないか。

心配の色を浮かべた瞳で見てくる先輩に苦笑いを返して、そっと影から出る。

「……一体、何の御用ですか、公子」

「嗚呼、やっぱりいたんじゃないか。話し相手になってくれると約束しただろ。龍雲殿(ロンユンディエン)へ行こう」

手が、差し伸べられる。

これ、断ったら、どうなるんだろう。ベティに、エディに、何かされるのが一番恐ろしかった。

彼の公子の力は未知数で計り知れない。今日はハープが側にある。あらかじめ防御壁を張っていれば、香の煙も吸い込むことはない。飲み食いもしなければ、なんとか切り抜けられるはず。小龍はわからないけれど、静李はおそらく公子とグルだから信用できない。

震える呼吸をぐっと押さえて、足を踏み出す。

「――まぁ、待てよ」

肩を、レオナルド様に掴まれ引き留められた。

「サシャラ國の公子殿下、お初にお目にかかります。チエロ・ベッラが第二王子・レオナルドと申します。よろしければ公子殿下、私のサロンへいらっしゃいませんか？」

「うん？　――嗚呼、そなたが聖国の獅子か」

外面を取り繕う別人なレオナルド様は、後ろ手に僕へ下がれとハンドサインを出す。

驚き、目を瞬かせる僕へ先輩が耳打ちをする。

「殿下より、貴方と彼の王子をふたりきりにするな、と言伝られています」

クッと奥歯を噛みしめて、湧き上がる歓喜をこらえる。嗚呼、嬉しい。だけど、少しだけ悔しい。

公子に身分で同等のレオナルド様に、近接に優れたアルティナ先輩。エディに頼まれたと二人は言った。どこまで行っても、僕は守られている。僕も、エディのことを守りたいのに。

「ふむ、いいだろう。招かれてやろう」

尊大な態度にレオナルド様のこめかみから音が鳴った。

サロンって、もしかしてこのメンツで行くの？

とっても嫌だ。行きたくない。途中で逃げてもいいかな。

「……殿下とともにいられない今、レオナルド様と一緒にいるのが、最善ですよ」

わかってるよそんなこと。

エディは、明日のトーナメントに備えて最終調整をしている真っ只中。僕だってさすがに彼に会いに行くのを自重しているんだ。

機嫌が急降下しているレオナルド様のご機嫌を取るために、ベティに連絡をしようか悩んで深く溜め息を吐いた。

＊　＊　＊

男が四人、テーブルを囲んでいる。

僕は帰りたくて仕方がない。

「せっかくなら、お前たち揃って龍雲殿（ロンユンディエン）へ招待すればよかったな」

高慢に、傲慢に、不遜に。

三対一（僕が勝手に思っているだけ。数で勝っているって思わないとメンタルを保てなさそうだった）なのに、余裕を崩さない公子に対して、僕はどんどん余裕が失われていく。

やっぱり、この人、苦手だ。——エディとは全然違うのに、どうしてかエディを連想させる。

月の光を映す灰銀の髪に、光すら吸収する射干玉の髪。

緩やかに弧を描く冷たく凍えた冬の瞳に、猛禽類を思わせる切れ長の波の花が咲く瞳。

花の甘い香りに、濡れた雨水の匂い。

白と蒼をまとう人、黒と紅をまとう人。

あげればあげるほど正反対なのに、どうしてこんなにも連想させられるのか。

唯一同じ共通点と言えば、国を継ぐ長子、くらいだろうか。

「ロンユーディエン？　……あぁ、貴方たちが滞在している宿舎のことですね」

「うん。とても美しい景観に風情のある殿だ。ここよりも幾分か開放感があるな」

ピキッ、とレオナルド様から音がする。

このふたり、というか公子とレオナルド様は反りが合わないタイプだ。

エディ？　会わせちゃいけないと僕の第六感が告げてる。

「宝石の君は来たことがある。どうだった？」

「お前、他寮への立ち入りは、」

レオナルド様の物言いたげな視線に舌の根を噛む。むしろ噛み千切る勢い。

言われなくたってわかってますよ！　でもあれは不可抗力でしょ、手を取ったらワープするなんて思わないじゃん！

「湖面に浮かぶ、霧に包まれた風流な御殿でした。寮というよりも、森の奥にある屋敷とか、そういう雰囲気でしたね」

二度と行きたくないけど。

「また、来たいだろう？」

「アッ、はい」

こっわ。こわ。なにこの人。怖すぎるんだけど。

心を読まれているんじゃないだろうか。瞬くたびに不思議な虹彩の瞳がこちらに微笑みかけてくる。背筋が粟立つ感覚に吐き気がした。

乾ききった口内を紅茶で潤す。

アルティナ先輩が入れてくれた紅茶は甘味があって、とても美味しい。シュガーを入れない自然の甘味で、初めて飲む茶葉だ。あとで先輩に種類と入れ方を教えてもらおう。

ベティに入れてあげたいし、エディがいつもこれを飲んでいるのなら、この入れ方をしたかった。

「明日はついに騎士によるトーナメントですが、公子殿下は何に出場されるんです？」

「明日の総当たりに出る」

クッキーを摘まんで事も無げに言う公子に目が点になった。僕だけじゃない、レオナルド様も先輩も驚いている。

明日が出番だというのに、この御方、暢気にお茶なんてしてる場合じゃないだろ。最後の調整とかしなくていいのか？　エディですら、気を落ち着かせたいからってこもっているのに。それとも、よっぽどの自信があるの？

黒衣に包まれた体はパッと見、痩躯(そうく)でとても剣を握るようには見えない。

「……お茶をしていてよろしいんですか？」

「ウン。宝石の君(バオシー)に会いたかったから」

にっこりと、美しい笑みを浮かべられる。苦虫を噛んだ。

会いに来ない僕が悪い、と責められているみたいだ。

レオナルド様のジト目がものすごく突き刺さってくるので、「ハハハ、アリガトウゴザイマス」と片言に乾いた笑いを絞り出すことしかできなかった。

気の利いた言葉が出てこない。文官枠に選ばれているのに、臨機応変な対処ができない僕の脳みそは本当にポンコツである。

「その、バオシーとは、ロズリア君のことですよね？　どういう意味なのですか？」

場の空気を変えようと、先輩がとってもナイスな質問をしてくれる。気になっていたけど、今更聞くこともできなかったんだ。

「宝石のように美しいだろう」

「えっ、まぁ、……そうですね」

「だから、宝石の君(バオシー)だ」

答えになっていない言葉に、レオナルド様が肩を竦める。アレは理解することを放棄した表情(かお)だ。

かく言う僕も、意味がわからなかった。

公子は満足げにひとりで頷いて、クッキーを摘まんでいる。これ以上の説明は求められなさそうだった。

多分、公子は、自分の世界で完結しているんだ。

自分が良ければそれで良い、烏は白、雨は甘い、花はお菓子――彼がそう言ったならきっとそうなのだろう。否定されるとも、拒否されるとも思っていない根っからの王子様。

さらに説明を求めたところで「なぜわからない？」と、逆に問われるに違いない。

「明日の総当たり戦、誰が勝つと思う？」

ふ、と。意味深な笑みを浮かべる公子は、またよからぬことを考えている。

愚問だった。僕は、あの方の勝利しか見えていない。

「エドワード様です」

「殿下ですね」

「兄上だろう」

おかしなことに、ぴったりと三人の声が揃った。

思わず、顔を見合わせた。レオナルド様は苦虫を噛み潰して、アルティナ先輩はにっこりと満面の笑み。僕は気恥ずかしくなって、逸らした目の先にあったクッキーへ手を伸ばした。

白百合の君。純白と蒼の似合う、美しい花の人。

学年も違うし、専攻する学科も違えば、授業でかち合うことなんて皆無だし、エディの剣を見たのは、あの旧講堂でのみ。だけど、あの一瞬ですら見惚れてしまう美しい剣技だった。

僕には、エディが勝つ以外のビジョンが見えない。

「王子殿下は、随分と腕達者で信頼が厚い人物のようだ」

クッ、と喉を鳴らした公子を見る。口の端を上げた、愉悦の中ににじみ出る嫌悪。

何か言わなければ、と口を開いたが音は何も紡がれず、はくり、と無意味な吐息だけがこぼれた。

「興が削がれた。俺は殿へ戻る」

「出口までお見送りいたしましょう」

「いらぬ。茶、美味かった。うちでも仕入れるように言おう」

急ににこにこ浮かべていた笑みを打ち消し、立ち上がった公子。

黒衣を翻し、扉へ向かう公子が肩越しに振り返った。

「宝石(バオシー)の君」

「……なんでしょうか」

「もし、俺が王子殿下に勝ったらどうする？」

僕は、その問いに返事をできなかった。眉根を寄せ、逡巡する僕に「冗談だ」と言葉をこぼした。

公子の眇められた波の花が、一瞬赤く染まったことに誰も気が付けなかった。

パタン、と扉が閉じ、雨の匂いが掻き消える。

はぁ、と深く息を吐き出すレオナルド様に苦笑して、労いの言葉をかける。

「あの、ありがとうございます。レオナルド様。貴方がかばってくれなければ、僕はまた、あの御殿に行かなければいけなかったでしょうから」

本当に感謝している。

とても美しい場所だった。神様が住んでいるみたいに綺麗だったが、もう一度行きたいかと問われれば全力で拒否する。美しすぎて、現実味のない空間だった。それに、多分もう一度行ったら、外へ出られない、そんな予感がした。

走っても走っても、一向に見えてこない出口。強くなる水の匂い。外へ出られたのは、静李がいてくれたから。――否。出られないようにしていたのが、静李だったんだ。

「お前、アレはやべぇぞ」

「わかってます。だから、お二人がいてくれて」

「ちげぇよ。そういうんじゃない。あの、お前を見る目。……怖いくらいの執着だ。俺やアルティナが、ロズリアと会話するたび、殺気で殺されるかと思った」

殺気？

僕には、何を考えているのかわからない笑みを浮かべているようにしか見えなかった。殺気なんて放っていたか？

「厄介な方に、好かれましたね」

「好かれるようなこと、なにもしていないんですが」

なんで好かれているのか心底わからない。

不思議に首を傾げたらドン引きされた。どうして……？　というか、公子のあれは好意なのか？

「あの、公子の実力ってどれほどなんですか？」

気になったわけじゃない。去り際に不安になるようなことを言ってくるのが悪い。エディが負けるとも思っていないし、あの自信に満ちあふれた言葉はなんだったんだ。

勝てると思ってる？　勝つ保障がある？　勝てると、確信している？

なんにしたって――気分が悪い。

「わからん」

「……えっ？」

「リュークステラの奴ら、訓練場に一切姿を現さねぇんだよ。あの公子殿下だけじゃない、ほかの奴らも未知数だ。どんな戦法でくるかもわからねぇし、あの公子がどれだけできるのかもわからん」

「いずれにしろ、油断できません」

「そう、なんですね」

リュークステラ学園は、ほかの学園に比べ、貴族様が多いマンモス学校だ。

武術は二の次、マナーや教養、芸事に力を入れており、ある意味、公子の「眼中にない」という発言も的を射ている。実際、レオナルド様は眼中にもなかったのだろう。

思い出されるのは、公子が使う魔法ではない力。仙法、と言ったか。話に聞いた限りでは魔法には劣る、そういう印象だった。あえてそういう風に話をしていたとしたら。敵を騙すには味方からというが、あの話はどこまでが本当だったんだろう。

「とりあえず、ロズリアは、交流会の期間中はひとりになるな」

「わかっています」

「わかってたら、あん時、あのコウシサマの手を取りに行こうとなんてしてねぇだろ。どうせ、ベアトやら兄上のことやらを小難しく考えてたんだろ」

ぐうの音も出ない。図星すぎて困った。

「次、アレのとこに行こうとしたら、兄上に密告するからな」

「ッ!?　ま、ちょ、そ、それはダメですから！」

「――へぇ。何がダメなんだい？」

背筋が凍った。

ぎ、ぎ、ぎ、と油の切れた機械のように振り返ると、花の笑みを浮かべたエドワード殿下がいらっしゃるではないか。

なんでここに？　今日は一日こもっているのではなかったの？

「迎えにきたよ、ヴィンス。さ、帰ろうか」

手が、差し出される。

誘われるがままにそっと、手のひらを重ねるときゅっと指先が絡まり、腕を引かれた。

「――あー、兄上。藪蛇なんだが」

「なんだい、レオ」

「あんま、変な癖つけさせねぇほうがいいぜ」

組んだ足の上で頬杖をつくレオナルド様は、呆れた表情だ。頭の上でエディが、くすくす喉を鳴らした。

空いている方の手で頬を撫でられる。嬉しくなってもっと、と頭を押し付ける。

「言われなくてもわかってるよ」

「……わざとかよ」

「飼い主を間違えるなら、躾をしなくてはだろう？」

「砂糖吐きそう」

「レオ、教えてくれてありがとう」

エディは、だんだん僕を撫でるテクニックが上達している。初めの頃はただ撫でるだけだったのに、今では撫でられるとだんだんふわふわして気持ちよくなってしまう。

快楽的な気持ちよさも、もちろんある。撫でられるたびに凝り固まっていたところが解れて、蕩けて、ゆるゆるになってしまう。

ココアに入れられたマシュマロみたいに、ドロドロと、ふわふわと、甘やかに包まれる。

手を引かれてレオナルド様のサロンをあとにして、てっきり僕は寮へ帰るものだと思っていた。

玄関へ向かう途中にある、特別棟と教室棟を繋ぐ渡り廊下でエディは足を止めた。

「エディ？　どうしました？」

「お仕置きが必要かなぁ、と思って」

「オシオキ？」

くるり、と振り返ったエディは、笑顔を浮かべているのに目が笑っていなくて怖い顔をしている。

怒ってる。笑顔だけど、絶対に怒ってる。僕、何か怒らせるようなことをしてしまった⁉

ワタワタ慌てる僕なんて構わず、ガラス窓に両手をついて、腕の中に僕を囲う。エディは怒っているのに、とても楽しそうだった。

楽しそうならいいのか……？　とはならない。だって怒ってる。

「エディ……？」

「そんな表情（かお）で、アイツのことも呼ぶの？」

アイツって、誰？

「レオが間に入らなければ、手を取っていくつもりだったんでしょ」

――アッ、もしかして、公子のこと、か？

「お前が手を取っていいのは私だけなのに。一度なら許した。けど、二度も許せるほど私の心は広くないよ」

「ち、違いますッ、だって、あの人、何をするのかわからなくてッ」

「言い訳は聞きたくないなぁ」

「ンっ、ぁ」

捕食するような口付けだった。ガラス窓に押し付けられた背中が冷たい。

強引に唇を割って入ってきた熱い舌先が、頤を撫で、抱えられた腰を手のひらが撫でる。

尾てい骨をぐりぐりと親指で刺激されて、ジャケットの内側に滑り込んだ手のひらが脇腹から下腹部を撫でていく。

口付けと一緒に覚え込まされた快感が呼び覚まされる。薄い腹を撫でられるたび、体は熱を上げてしまう。

「う、ぁ、ぁ、んンンぅ」

「ッ、はっ、」

飲み込み切れなかった唾液が顎先を伝い、ちゅ、ちゅ、と可愛らしい音を立てて舐め上げられる。

口付けだけなのに、僕の体は煮詰めたジャムみたいにとろとろだ。

エディから与えられるそれを、僕は拒否できない。要らない、と言うなんてもったいなさ過ぎる。

エディから与えられるものなら、すべて受け入れたい。あふれさせてでも、受け入れたかった。

ここが寮の部屋でも、サロンでも、給湯室でもないことに気を回せるほど余裕なんてない。見晴らしのよいガラス窓で、誰に見られるかもわからないのに、そんなことを考える思考はとっくに宇宙の彼方へ投げ出されていた。

「お前の飼い主はだぁれ？」

「エドワード殿下、です」

「お前を一番愛しているのはだぁれ？」

「エディ、です」

「──ヴィンセントの、戀人は？」

「えどわーどしか、いません……ッ」

三つ問答に、ようやく満足したエディは再びキスをしてくれる。今度は優しくて、しっとりと濡れたキスだった。

嫉妬したのか。公子に。僕が、エディ以外の手を取ったから。

口付けとともに送られてくる魔力が、僕の体を満たしていく。いつもなら、ある程度吹き込まれたら終わるのに、今日はいつまで経っても終わらない。

甘く柔らかい、子供みたいに可愛らしいキスを繰り返す。エディの魔力でいっぱいになってしまった僕は、いつも以上にふわふわする頭に、酩酊感で立っていられなくなってしまう。

「私だけ。私だけだよ、ヴィンス」

「ン、ふっ、は、は、えでぃ、え、でぃー」

「もし、お前がまた間違えたら、今度こそ、外へ出してやれなくなってしまうからね」

ふわふわゆらゆら。ぐらぐらぐるぐる。

ぼんやりする意識の中、はっきりと聞こえたエディの言葉に、エドワードにだったら、囲われても僕は喜び受け入れるだろうに、当の本人が、それをわかっていないのがもどかしかった。

僕は、エディが思っているよりもずっと、エドワードのことが大好きなのに。

蒼く白い光の差し込む氷の湖の中。愛しい人のキスで目覚める。

「──おは、よーございます……エドワード」

「おはよう、ヴィンセント」

息が吹き込まれ、魔力が吹き込まれ、優しい目覚めで朝を迎える。

白の椅子に座るエディの後ろに立って、丁寧に髪を梳く。

寮の中にいると、より一層蒼く輝く髪は背の中ほどまであり、いつからか結い上げるのは僕の役目になった。

試合中、邪魔にならないように高い位置でキツく結ぶ。ロイヤルブルーのリボンをきゅっと結んで、毛先を手櫛で直した。

髪の毛一本一本に、僕の魔力が行き渡るように梳いていく。白さを増した髪に、冬の瞳が色濃くなる。

「ありがとう」

頬へキスが落とされる。

ただの訓練試合なら、いたって普通の訓練着だったが、今日は学園をあげての対抗戦だ。

イヴェール寮の正式な寮服をまとうエディは、本当に冬の王子様で、雪の精霊のように美しくて、海の神様よりもかっこいい。

純白の騎士服。黒のシャツに、白のベスト。ジャケットには蒼いラインが入り、釦や留め具はシルバーで統一されている。左肩にだけかけたペリースマントは、裏地は海よりも深いロイヤルブルーで、表地は白く、花紋であるユリと剣が絡み合った紋章が細かく刺繍されている。

白銀髪を片耳にかけたエディが、蒼を翻して僕を振り返り微笑む。

世界で一番美しい彫刻よりも完成させられた美貌に、頬が熱くなる。嗚呼ッ、僕の戀人がこんなにもかっこいいんだ。

「惚れなおした？」

「っ……はい、とても、素敵です。かっこいい。こんなに素敵な貴方に、きっと、みんな夢中でしょうね。……僕は、それが嫌です。僕だけのエディでいてほしいと思ってしまう僕は、嫌いですか」

「ふふ、嫉妬してくれるのかい？　とっても嬉しいよ。可愛らしいジェラシーだ」

きゅ、と抱きしめられる。

「お前も、似合っているよ」

「そうですか？　……寮服は、あまり着る機会がありませんので」

出場生徒が所属する寮の生徒は、寮服の着用が義務付けられている。

イヴェール寮は白と青がメインカラーで、それに伴った寮服が専攻科ごとに用意される。

シフォンブラウスにオリエンタルブルーのリボンタイ、同じ色のベストにスラックスを穿き、白いジャケットに袖を通す。文官の僕が身に着けているのは白いハーフマントだ。蒼い裏地には白薔薇が咲き乱れている。

「花の妖精みたいだよ」

「そういうエディは、冬の精霊みたいです」

「ふふっ、妖精さんは、私に祝福をくれないの？」

もう行かないといけない時間だっていうのに、この人はまたそんな戯れをするのだから。

「――エドワード、しゃがんで」

でも、この些細な戯れが、どうしようもなく幸せを実感するんだ。

片膝をついたエディに逸る鼓動を押さえながら、両頬を手のひらで掬う。平たく、冷たい額に唇をあてて、小さく、祈りと祝いを込めて祝福を紡いだ。

「〝聖母マリアが貴方を祝福して、貴方が守られますように。太陽が貴方を照らし、貴方が恵まれますように。月が貴方を照らし、貴方に平穏が与えられますように。〟――ヴィンセント・ロズリアの愛が、エドワード・ジュエラ・レギュラスをすべての障害から守るでしょう」

この世界の聖書の一説に、僕の祈りと祝いと、守りの言葉を付け加えた。

エドワードにこんなことできるの、きっと僕だけ。

恍惚を浮かべた瞳に、麗しい戀人を映す、しゃらり、と白金のカーテンが影を落とす。見つめ合い、口付けを――

ゴーーン。ゴーーン。ゴーーン。

鐘が、鳴る。

「……ッぷ、はは、あははっ」

「………はぁ、行きましょう。エディ」

「そうだね。——勝利を、私の最愛に捧げるよ」

「——はい。お帰りをお待ちしています」

トーナメント戦が、始まる。


拡張魔法が施された、一番大きく広い演習場。観戦生徒たちが寮ごと、学校ごとに固まって座っている。

出場生徒は総勢二十名。出場順は厳正なるクジ引きで決められた。エディは——一番。こんなところでも一番を取らなくたっていいのに。

「一番と、二十番か。あたるなら決勝しかないな」

「……どうしてわざわざ口に出してしまったんですか」

「気になっているかと思ったんだが」

「ちょっと、わたくしを挟んで会話をしないでくれるかしら」

「ごめんベティ」

「すまないベアト」

ベティを挟んで右隣に僕、左隣にレオナルド様。ちなみに、後ろの列にはアンヘルきょうだいが座っていらっしゃる。

レオナルド様はエスターテ寮なのでひとりイエローの寮服を身に着けている。

白と青の中に黄色がひとり、とても目立っているが気にしていないどころか、ベティと一緒に観戦できることにご機嫌だ。

浮いている黄色に通り過ぎる寮生たちがぎょっとしているが、それが第二王子で、隣にベティが座っていることに気が付くと、とたんに微笑ましい表情になる。学園じゃすっかりおしどり夫婦ならぬ、おしどりカップルとして認知されていた。

同じ学年で同じ魔法使い専攻科。寮やクラスは違えど、授業がかぶることも多く、自然と行動が一緒になる。ベティが幸せなら僕はそれでいいんだけど、ふたりが行動を共にするのに鉢合わせるたびに、僕へ向けられる同情の目がほんとうに腹が立つ。

僕は！　ベティにそういう感情を抱いていないいったら!!

「ポチ。隠せていないわよ。そんな顔をするのなら、公表してしまえばいいのに」

「……そうだね。エディが、優勝したら、この人は僕のなんです、って言っちゃおうかな」

はらり、と扇子を広げる内側で笑みを浮かべるベティ。

ワァー――歓声が、空気を揺るがす。

出場選手の入場だ。

蒼が、翻る。ロイヤルブルーをはためかせ、白銀が揺らぐ。

透き通った氷の瞳が、確かにこちらを見た。

ぶわ、と熱が咲く。ローブについたフードを深くかぶって、両腕で体を抱きしめた。隣から、呆れた溜め息が聞こえる。だって、ベティ、あの表情はダメだよ。

シードありの全十七試合。AとBのふたつのブロックに分かれ、同時進行で試合が進められていく。時間制限ありの、可視化されたポイントを多く削った方が勝利だ。

映像魔法で上空にリアルタイムで試合状況が中継され、購買ではブロマイドなんかも売られたりする。エディは『白百合の騎士王子』という二つ名が書かれていた。いや、別に買ったわけではないんだ。どこぞの親切な聖女候補様が「ぜひ」と押し付けてきたんだ。

別に、生徒手帳に挟んでたりしない。綺麗な笑顔だった。きらきらエフェクトが光っていて、こちらに微笑みかけている。僕以外の、その他大勢に微笑みかけているんだ。うっかり破りそうになって、冬の美貌に思いとどまった。

「大概、こじらせてるわよね」

「ベアト、藪蛇だ」

「出てくるのが蛇だったらいいですけれどね」

Aブロック第一試合、エディの相手は大聖マリア女子學院の五学年。すらりと細い長身に、淡い金髪のショートヘアの凛々しい少女・プリメラ。

武器は、大剣(クレイモア)⁉

会場内にどよめきが走る。

背負った大剣は身の丈とほぼ同じ。後ろ手にぱちんっと留め具を外し、ズシンッと地面に突き刺さった。木の棒でも握るかのように、片手で振り払うプリメラに、さすがのエディも目を見張った。

何か、言葉を交わしているようだけど、さすがにここまでは聞こえない。

審判の合図が鳴り響いた。

先に動いたのは、プリメラだ。

「あら、素晴らしい魔力の循環ね。風の魔法をまとわせているのかしら」

「彼女……『晴嵐の乙女騎士』と呼ばれる生徒か」

二つ名持ちの実力者か。

風のように走り抜け、ゆるりと佇むエディに大剣が振り上げられる。

「――ごめんね。私、今日はとっても調子がいいんだ」

光が、奔（はし）る。

この世で最も速いもの、それは光だ。

エディによる光撃の一閃。

「さすが兄上。一瞬だったな」

「えぇ。いくら『乙女騎士』と言えど、相手が悪うございましたね」

チラ、とふたりの目がこちらを見る。背中にも視線が刺さる。

良かった、フードをかぶっていて。この体の中で昂るエディの魔力に、顔は真っ赤だ。あられもない声が出ないように、口を塞ぐので精一杯。それでも、エディの雄姿を目に焼き付けようと、目をしっかりと開けている。瞬きすらもったいない。

イヴェール寮の観覧席は、エドワード殿下への歓声とレスポンスで盛り上がっている。うるさい、ちょっとこの感情に浸らせてほしい。

はぁ、と熱い吐息をごまかして、次の試合に向けて退場していくエディの背中を見送る。

芯が一本入った、真っすぐな凛とした立ち姿。僕が朝、彼へ送った魔力が流れていると思うと滾ってしまう。

「この試合は確かシード枠でしたね」

「兄上が次に出てくるのは……」

「八試合目になります。ロズリア君、殿下のところへ行きますか？」

うん、と頷いた僕を、アルティナ先輩が人込みをかき分けて連れ出してくれた。

熱気と活気であふれる観覧席を出ると、とたんに冷たい空気に包まれる。

出場生徒にはひとりずつに控え室が用意されている。静まり返った廊下は音がよく響いた。静かすぎる廊下は、誰かが通れば足音が控室にまで伝わるし、当然他校の人間も行き交っていた。

どこかで、接触はしてくるだろうと思っていた。

「激励の言葉でもかけに来てくれたのか？」

陰から、公子が姿を現す。

「……申し訳ありませんが、対戦相手を応援することはできません。僕は、殿下が勝つと信じています」

「ロズリア君。行きましょう」

促されて、壁に寄り掛かる公子の横を通り過ぎる。

――とても強い、水の匂いがした。

「エディっ！」

ワイシャツ姿のエディが、笑みを浮かべて腕を広げる中に飛び込んだ。

「見てくれた？」

「えぇ！　かっこよすぎて、心臓が、止まってしまうかと」

「ふふっ、私も、ヴィンスの真っ赤な顔がよく見えたよ」

触れるだけのキスをして、備え付けのソファに並んで腰かける。

アルティナ先輩は部屋の外で番をしているとのことだった。ひとり外に立たせておくのも、と渋ったのだけれど、「俺がいないほうが、その、よろしいでしょうし」と苦笑いが返されて、気を使わせてしまったことに顔が熱くなった。

「『晴嵐の乙女騎士』でしたか」

「お前、そういうのに興味はないと思っていたけど……あぁ、レオが教えてくれた？　あれはあぁ見えてミーハーなところがあるからね」

「エディは、僕を世捨て人か何かかと思っていらっしゃる？」

そこまで情弱ではないんだけど、と溜め息を吐けば「だって有名人とか興味ないだろう」と言われてしまった。まったくその通りなので、話を変えることにする。

「そういえば試合が開始されたとき彼女と、何を話されたんですか？」

「――王族といえど手加減は致しません、だってさ」

くすくすくす。鼓膜を震わせる音に、見上げて頬を引き攣らせた。人にはちょっとお見せできない凶悪な表情(かお)をしていらっしゃるんだもの。

よほど、王族だからと侮られたことが腹立たしいようだ。

「だから私も、女性と言えど騎士なのだから、精一杯の力でやらせてもらったんだ」

「……そうですか。気は晴れました？」

「うーん、あんまり」

うふふ、とお上品に笑っているけど、全然お上品じゃない。でも、エディが楽しそうだからそれでいいよ。

控え室にも現在行われている試合の映像がリアルタイムで流れており、ちょうど第三試合が始まるところだった。

「彼――右側のシュヴェルトの彼。青龍騎士団の現団長だ。勝ち上がってくるだろうな」

「学生で団長なんですか」

「大抜擢さ。青龍騎士団がＡ級(クラス)魔獣の討伐に向かった先で待ち構えていたＳＳ級(クラス)魔獣の群れに襲われて壊滅の危機に陥ったところを、まだ学校に通う前だったかな、彼がたったひとりで負傷した団員たちを護りながら討伐したんだ。スカウトされないわけがないだろう」

「……エディと、当たるんですよね」

そんなに強いのか。つい上擦った声がこぼれてしまったけれど、エディは余裕の笑みを崩さない。

「妖精さんは、私の勝利を信じてくれないの？」

「まさか！　僕は、エディを信じています。……だけど、あまり無理はしないで」

「うん。五体満足で、お前の元に帰ると約束をするよ」

つかの間の休息だ。目を閉じて、肩にもたれかかるエディの頭を撫でながらどんどん進んでいく試合映像をぼんやりと眺めた。

エディの言う通り、青龍騎士団長殿にかかれば、訓練を積んでいるだけの生徒など瞬殺。準々決勝まで順調に進んでいった。

「――！　――っ⁉」

部屋の外が、にわかに騒がしい。

エディはやはり、連日の疲労が溜まっていたようで、僕の膝に頭を乗せて仮眠を取っている。なだらかな眉間にグッとシワが寄る。穏やかな休息が妨げられてしまう、と慌ててローブの中からハープを取り出した。

せっかくエディが休んでいるのに。無作法者が入ってくる前に、防音と退魔の陣を構築する。

ポロン。まずは一音。退魔の陣を。

退魔の陣は魔獣に対して使われることが多い。物は考えようで、僕が『害悪である』と判断したものすべてを防げる。

ポロロン。そしてまた一音。防音の陣を。

外の音が一切遮断されて、再び静かな平穏が訪れる。エディが次の試合へ向かうまで、張っていてもいいかもしれない。

「……ヴィン、ス？　何か、音がしたけど」

「ウン。僕のハープです。気持ちを落ち着かせる曲を、特別に弾いて差し上げます」

弦を爪弾く。

一音一音、緩やかに繋げて、夢想曲を奏でる。協奏もいいが、僕はハープの単独奏が好きだ。

目を閉じて、耳を傾けていたエディから静かな寝息が聞こえてくる。やっぱりここ連日の疲れが抜けきっていないんだと眉を下げた。

「僕は貴方を祝福します。太陽が貴方を照らすように。月が貴方を照らすように。貴方は僕にとって光で、愛しい幸せの形なんです」

バンッ、と。もし防音の陣を広げていなければそんな音が響いていただろう。

せっかく休んでいたのに、エディも騒音で目を覚ましていたに違いない。

弦を爪弾く手を止めず、横目に扉を見る。間抜け面の、黄色いショートヘアの女学生がそこにいた。退魔の陣に防がれて、バンッバンッと見えない壁をパントマイムでもしているかのように叩いている。

――クロムイエローのショートヘア。

ばちん、と輪郭のぼやけていたパズルがぴったりと当てはまったかのように、鮮明に記憶を思い出す。エディに付きまとっていたエリザベス・ジェルセミームか！

ジャラン、と、つい乱れてしまった手元を咳払いでごまかした。僕にとって、エディにとって害悪であるジェルセミーム嬢を見やる。何か言っているが、防音の陣のおかげで一切聞こえない。

彼女の暴挙を止めてくれていたアルティナ先輩を呼んだ。

「先輩は入れますよ」

訓練の時に説明した退魔の陣の効果を思い出したのだろう。ジェルセミーム嬢の横をすり抜けて部屋の中に入ってくる。

「彼女は？」

声を潜め、状況を尋ねた。

「殿下のお世話をしにきた、と」

「お世話？　彼女が？」

頷いて苦虫を噛む先輩に目を瞬かせる。

まだ入り口で騒いでいるジェルセミーム嬢だが、あれだけ騒いでいればほかの控え室にも響いているだろう。

誰かが回収してくれることを願いながら、エディの平穏をめちゃくちゃにする彼女に腹が立つ。――邪魔をしてきたのはアッチからだ。あそこまでやるってことは、仕返しされてもいいってことだよね？

「ね、先輩」

「なんでしょう」

「――彼女より、僕の方が可愛いと思いませんか？」

にっこりと、満面の笑みを浮かべて見せる。外からの声を遮断しているだけで、僕たちの会話は彼女には丸聞こえ。

まぁるく目を瞬かせたアルティナ先輩は、薄く笑みを浮かべて「そうですね」と率直な感想を述べてくれる。

そうだろうとも、そうだろうとも！　あーんな、十人並みの女学生よりも、エディのために日々努力している僕のほうが可愛いに決まってるじゃないか。性格が悪い？　なんとでも言いたまえ。ジェルセミーム嬢はお世辞無しなら十人並み。蝶よ花よ宝石よ、と常日頃からエディに言われている僕のほうが可愛くって綺麗に決まっているじゃないか。

より一層、外の彼女は酷く喚きたてているが全然聞こえないので僕たちには無意味である。

「嫉妬して、とぉっても醜い顔になっていますよ」

嗚呼、エドワードのためなら、僕は悪役にだってなんだってなれる。

「エドワードの迷惑です。眼中にすら入っていないのだから、大人しくしていらしてくださいよ」

エディの形よく整った頭を優しく撫でた。仲睦まじさをわざと見せつける。

よくやるよ、みたいな顔をするアルティナ先輩には申し訳ないけれど、正直悪役ムーブがとっても楽しい！

怒りに、嫉妬に白い顔を真っ赤に染め上げ、湯気でも角でも出そうな表情(かお)に笑いがこみあげてくる。

エディを起こさないように先輩と小声で相談をする。生憎と、ベティの伝書鳩は今手元にはいないので、ジェルセミーム嬢を突破しなければ避難もできなかった。

やはり誰かが助けに来てくれるのを待っているしかないだろうか。諦めの境地に達していたところ、なんと、誰かしらはクレームを言いに出てくるだろうと思っていたが、まさかの試合終わりの青龍騎士団長がお出ましだ。

青い髪に、端整な顔立ちを嫌悪に顰めている。誰だって、ある程度の教養やマナーを躾けられているなら彼女の異常行為はマナー違反どころの話じゃない。

「説明をしてきます。殿下をお願いしますね」

後ろ手に扉が閉められる。

閉じる瞬間、緑の目がこちらを見たのを見計らって、僕から体温の移った暖かい頬へキスを落とした。

叫びたいのを押し殺す表情が扉の向こう側に消えていく。我慢できなくって、肩を揺らして笑ってしまった。
ン、と身動ぎをするエディに「あ」と声を漏らして、笑みをひっこめ、努めて柔らかな声で囁いた。
「エディ、まだ、寝ていて大丈夫だよ」

きゅっと、体を休める愛しい人を抱きしめて、扉の向こうで喚きたてる毒花に胸中で呪詛を吐き出した。

僕は皆が思っているほど、綺麗な存在じゃない。

心の中はいつも、エディへの恋があふれそうになるのを押さえるのに必死で、その他大勢へ心を配る余裕なんてどこにもないんだ。

「ポチお前、今度は何に首を突っ込んでいるの」

観覧席へ戻ったとたん、ベティにキツく睥睨されてしまった。どうしたってベティに隠し事は通じないのだ。

「アッ、え、うーんと、僕から喧嘩を売ったんじゃないんだ。向こうから喧嘩を売ってきたのだから、これはノーカウントじゃないかな……？」

「お・ば・か！　もう！　ほんっとうに、お前頭が良いのにどうしてこう時々ポンコツになるのかしら！」

ぷんぷん、と頰を膨らませるベティは今日も可愛い。

自分がいくら何を言ったって、僕が「可愛いなぁ」としか思っていないのをわかっているベティは、溜め息を吐いて閉じた扇子で額をぐりぐり突いてくる。これ、地味に痛いんだよ。

「お前にとびっきりのプレゼントが届いていたからとりあえず焼いておいたわ」

わぁ。バイオレンス。とりあえず焼くっていうところが最高に痺れる。それも僕宛てなのに、僕に確認をしないところとか。

「黄色い髪のご令嬢だったわ。一体何をしたの」

親の仇でも見るような目だったわ。

黄色い、髪。このタイミングで来るなんてジェルセミーム嬢しかいない。――しつこいなぁ。

溜め息を吐いた僕の額を扇子が小突く。

「ポチ。お顔」

パチン、と額を叩かれた。どうやら、人に見せられない表情をしていたらしい。

「ん、ごめんね、ベティ。面倒ごとの処理をしてくれて」

「わたくしはただ目障りだったから処理しただけよ」

つん、と顎を持ち上げるベティがプレゼントについて教えてくれた。

見た目は購買で売っている、ラッピングされた普通のクッキー。けれどそれは見た目だけ。お粗末な幻覚魔法がかけられた呪詛の塊だった。

悪意を隠しきれていない上に、魔法使い見習いとして最優であるベアトリーチェにかかれば、お粗末すぎる魔法なんてかかっていないのと同じ。

受け取りもせず、彼女の手の中で燃やしてやったわ、と。

「それで、その生徒は？　喚きたてた？」

「それは、彼女が喚きたてる可能性があったというの？　レディとは思えない形相でこちらを睨み付けて去っていったわ」

「――そっか。もし、ベティにも何かしていたら、今度こそついうっかり、手が出ていたかもしれないよ」

「お前のうっかりはうっかりじゃないのよ。わたくしは怪我も何もないのだから我慢なさい」

「はい、ベティ」

ベティがそういうのなら、聞き分けないといけない。とっても不本意な表情（かお）をしていたのだろう。

ベティが溜め息を吐いた。

エリザベス・ジェルセミームは僕が思っているよりもずっと、エディに執着している。少し探ってみれば、彼女は熱心なエドワードファンらしいじゃないか。

僕とエディの邪魔をする奴らなんて、みんないなくなってしまえばいいのに。じわり、と心の奥で黒い澱みが湧き出る。時々、想像する。僕と、エドワードだけの世界を。

ぶくぶく、どろどろ。

エディへの綺麗な恋心が、醜い感情に侵食されてしまいそうになる。そういう時は、エディとの幸せを思い浮かべるんだ。

恋とは、僕が思っていたよりもずっと苛烈な感情だった。些細な事で嫉妬してしまう。エディに触れられるたび多幸感でふわふわして、僕以外に優しくしてほしくないと、我が儘な自分が出てきてしまう。

彼の人がいない日常なんてもう考えられないくらい、僕はずぷずぷとエドワードに依存していた。ダメなのに、依存したら、もう戻れないとわかっているのに。花の甘い蜜の中で、僕は幸せすぎて溺れてしまう。

「ほら、お前の愛し人が出てきたわよ。相手は青龍騎士団団長のオーウェン・レーヴ様。殿下と言えど、一試合目のようにはいかないのではないかしら」

「今代は特に粒揃いだな。兄上は剣聖、俺は賢聖。神童ミハイル。龍を殺す剣（ドラグニル）オーウェン。純潔の乙女フィアナティア。金の天才ヴィクトリア——最上の魔女（レディ）ベアトリーチェ」

「黄金世代、なんて言われてしまっていますからね」

ふたりの会話を聞きながら、試合が開始されるのをじぃっと食い入るように見つめた。

運良くシード枠に当たり、それなりに休憩を挟んだからか、それとも一試合目にさほど労力を使わなかったからか、送り出したエディはとても好調だった。


「おれは、貴方が第一王子殿下であろうと油断するつもりはありません」

「龍を殺す剣（ドラグニル）にそう言ってもらえるなんて光栄だね」

「王族であるのがもったいないほど、貴方の剣は素晴らしい」

一閃一閃が洗練され、剣を交えるたびにオーウェンの威力が、速さが上がっていく。

戦いにおいて、オーウェン・レーヴは鬼才だった。戦いの中で成長していく。そしてその成長は止まることを知らない。

オーウェンにとって、戦いとは恐れるモノではない。至上の高みへと昇るための踏み台だった。

自身に敵う者が居らずとも、それを驕ることなく、ストイックに自らの業を磨き続ける。ただひとり、孤高になったとしても歩みを止めることなく、終わりの見えない階段を上り続けた。

その先で、同じ階段を上る者がいることに気が付いた。——それが、エドワード殿下だった。

才能が有ってこその魔法ではなく、己の習練が実を結ぶ剣を選んだ秀麗皎潔（しゅうれいこうけつ）な殿下。

長身で細身、それなのに振るわれる剣からは斬圧が飛び、ビリビリと震えるほどの殺気に心が躍ってしまう。

――愉しい。

誰も彼も弱い。他の騎士団の団長も敵ではない。打ち合える者などいないと思っていた。

「おれは、殺すしかできないけれど、貴方は護ることができる剣だ」

「私は、護りたい人がいるから強くならなければならないんだ。だからこの勝負、私が勝たせてもらう」

魔力が巡る。爆発的な光の魔力だ。エドワード殿下は剣の道を選んだだけであって、魔法が使えないわけではない。

光の剣が殿下の周囲に現れる。細く、じりじりと光をまとう剣を左手に、蒼剣を右手に。

まさか、双剣遣い⁉

そんな情報、一度も聞いたことがなかった。初出しにしては構え方も、使い方も様になっている。

嗚呼、この御方は本当に退屈しない。いつまでも楽しませてくれる。

全力には全力を返すのが礼儀。

青龍の名に相応しい、青く透き通った水の魔力を全身に巡らせ、血液に行き渡らせ、剣へと圧縮させる。

オーウェン・レーヴが、本当に得意としているのは『抜刀術』――剣を納めた状態から素早く抜き放ち、さらに追撃を加える居合いと呼ばれる東方の武芸。愛剣――否、オーウェンの得物は片刃の細長く薄い刀身をした『刀（カタナ）』。刀身を納める鞘は左腰に提げられて、この試合中には殿下の光撃を防ぐ頑丈さを見せた。

納刀し、体勢を低く構える。

最速と謳われる抜刀術と、この世で最も速い物質である光が交差する。

光と水がぶつかり、弾け、観覧席にまで衝撃が飛んできた。ざぁざぁと、雨のように水が降り注ぐ。

光熱により蒸発した水が白い煙となって会場を覆い隠した。

奇妙な静けさが会場内を包み込む。

雨が止み、やがて白煙が晴れる。――人影は、ふたつ。どちらも立っていた。

「――おれの、負けだ」

苦さを含んだ声音が響く。

「あ、武器が、」

オーウェン・レーヴの刀が、パキンと折れていた。対するエディは、左手に持っていた光の剣が消滅しているが、魔力によって具現化された光の剣はあと九本、彼の周囲を守護している。

オーウェンは武器を失い、エドワードの決勝進出が決定した瞬間だった。

イヴェール寮の観覧席が沸き立つのと同時に、Bブロックからも歓声が上がる。

「彼の公子も勝ち上がったみたいだな」

「……けれど、勝つのはエディです」

奇しくも、決勝戦は王国の第一王子対東国の第一公子となった。

アンヘルきょうだいが買ってきてくれたドリンクは、試合観戦に相応しい炭酸飲料だった。飲みなれないベティは炭酸特有のジガジガに喉をキュッと鳴らしていた。可愛いポイント加点です。

学園を上げてのお祭りである交流会は、試合当日になると、購買付近に出店がいくつも並んで賑わいを見せる。丸一日が交流戦に当てられ、大食堂や出店からテイクアウトしてきたランチボックスを観覧席で食べる生徒たちもいた。

「ロズリア君、このチュロスもどうぞ」

「わ、ありがとうございます。あの、あとでお金を」

「いえ。殿下から預かっていますのでお気になさらず」

「……ありがとうございます。よければ、半分こにしませんか？」

エディが一緒に居ない間はアルティナ先輩が側にいてくれたからか、クラスメイトよりも親しくなってしまった。

時間が空くと、先輩により美味しいお茶の入れ方を伝授してもらったり、逆に僕が先輩の訓練のお相手をしたり。初めのうちは少なかった会話も、今では自発的に行われている。

リリディア嬢が波打つ海のような女性なら、アルティナ先輩は包み込む森のような男性だった。

「殿下を差し置いて、貴方と分け合うなどできません」

「それじゃあ、俺と半分こしようか」

いつの間にか、気配なく僕の隣に座っていた光雨公子に体が飛び跳ねた。

「哈哈哈！　すまない、驚かせた」

さりげなく腰に腕を回そうとしてくるのを阻止する。一体、いつの間に隣に座った？

ベティもレオナルド様も、アンヘル兄弟も驚いているのを見れば、誰も公子に気が付かなかったんだろう。

こんなにも強い水の匂いがするのに、気配を感じさせずに移動するなんて不可能だ。思えば、この方はいつだって神出鬼没だった。

「半分こ、してくれないのか？」

にっこりと、人好きのする笑みを浮かべてグイ、と距離を詰めてくる。反対隣にはベティが座っていて、これ以上避けることもできない。素直に半分こしたら避けてくれないかな。

「……どうぞ」

半分に割ったチュロスの、包み紙のほうを差し上げる。別に口をつけたわけでもないし、買ってきてくれた先輩には申し訳ないけれど、丸々一本は多かったのも事実。先輩が食べないのなら、まぁいいかな、と公子へ手渡した。

それなのに、なぜかきょとんと眼を丸くする公子。本当にくれるとは思わなかったようで、笑うのに失敗した表情(かお)をした。

「いらないなら、返してください」

「いや、いる」

やけに食い気味に否定して、半分のチュロスを一口齧る。

さっくりとした食感に、しっとりと甘い中にシナモンが効いている。口の端に粉砂糖をつけて、赤い瞳をパチパチと瞬かせる公子は「なんだこれ、美味いなぁ」と呟いた。

チュロスを食べたことがないとは絶滅危惧種か何かで？

「口に、シュガーがついてますよ」

「ウン？」

「あ、反対です。もう、子供じゃないんだから」

つい、お世話したがりな僕が出てきて、懐から取り出したハンカチで口元の砂糖を拭おうと手を伸ばした。

グイ、と真後ろからローブの襟首を引っ掴まれて、ひっくり返りそうになった。

「目を離すとすぅうぐに浮気するんだもの。泥棒猫はすっこんでなよ」

「――嗚呼、お忙しい第一王子殿下じゃあないか」

エディ、と目を輝かせた僕だったけれども、おや、この状況はまずいのでは？　焦りが喜びを上回った。

絶対に会わせちゃいけない二人が、ついに出会ってしまった。

いつの間にか周囲からは人がはけていて、綺麗な円ができている。

うそぉ、ベティもいないんだけど！

ぎょっとして首を巡らせたら、レオナルド様に抱きしめられた格好のベティと目があった。なるほど、どさくさに紛れて避難したらしい。僕も連れて行ってほしかった！

襟首を掴まれたまま、ズルズルと一段引き上げられて、エディの小脇に抱えられる僕。

「俺と愛しい人の逢瀬を邪魔するなんて野暮だな」

「誰と、誰が、愛しい人だって？　まったく、本当に私のヴィンスは魅力的すぎて困ってしまうね」

「ははは、殿下ともあろう御人が、人を物扱いかい？」

「そういう公子殿下は、敵陣で堂々と間食できるほど、図太いらしい。それとも、私なんて眼中に無いと仰るのかな？」

恐ろしい。バチバチと火花どころじゃない、稲光が走っている。龍と虎がそれぞれの背後で威嚇し合う幻覚が見えた。

威嚇し合うなら僕を挟まないでやってくれ。

「ヴィンセント」

「はいッ！」

「誰彼構わず餌を与えては駄目だろう。うちはペット禁止なんだから」

「宝石の君(バオシー)に飼われるのなら喜んでペットになるぞ」

ああ言えばこう言う。ふたりしてよく口が回るものだ。頭の上で舌戦が繰り広げられているが、僕は一切口を挟めない。というか挟んだ瞬間銃口がこちらに向きそうで恐ろしい。

落ち着いて、と気持ちを込めて、触れているところからエディに僕の魔力を流す。

こういうとき、治癒魔法は便利だ。相手を鎮静させることもできるから。

「エディ、落ち着いてください」

言葉を飲み込み、僕を見る。その瞳には焦燥が浮かんでいた。

僕は、またエディを不安にさせてしまったのか。

「宝石の君も、そんな束縛の強い王子様より、俺のほうが好いよな？」

僕に、手のひらを差し伸べる。けれど今ならはっきりとわかる。公子は、エディじゃない。ベアトリーチェの王子様がレオナルド様だけのように、僕の王子様はエディだけ。

もう二度と間違えない。

ほのかに赤色を濃くする瞳は、ロスティー嬢の魅了を思い出させた。おそらく、同じ類なのだろう。無意識に認識をさせて、好意をすり替える。原理はわからないが、原因がわかれば対処できるというもの。

魅了のときと同じように、絶えず魔力を循環させて、意識を活性化させればいい。

「申し訳ありません、公子」

ゆるりと、頭を横に振る。

僕を捕まえる腕を軽く叩いて、下ろしてもらう。不安がるエディの手を僕は掬い上げた。

「――僕の王子様は、この方だけ、エドワードしかいないんです。だからごめんなさい。貴方の好意には応えられない」

エドワードだけを見つめる。

彼のことしか考えられないのに、愛しい人を不安にさせてしまうなんて僕は馬鹿だ。ベティの言う通り、ポンコツに違いない。

「それは、僕には効きません」

赤い瞳が、色を失う。瞬きをすると、あの波の花が揺らぐ美しい虹彩の瞳へと戻った。

公子が瞬きをするたび黒い気配が薄れていき、敵意も、悪意も失われていく。

長い長い溜め息を吐き出して、脱力して椅子にもたれかかる。無言でもくもくと残りのチュロスを食した公子は、唇についた砂糖を舐め取った。あの自信に満ちあふれた笑みではなく、疲れた笑いをこぼした。

「そうか。俺の勝ち目はないか」

「はい。残念ながら、一ミリもありません。僕の心は、エドワードで満たされてしまっているから」

きゅ、と握られた手に力がこもる。

本当に、エディったら公子くらい自信満々でいてもいいのに。

僕は貴方が思っているよりもずっとエドワードに恋をしていて、愛して、依存しているんだから。

当て馬野郎はお呼びじゃないんだよ、くらい言ってもいいと思うんだ。

僕に何をしたいのか、僕と何をしたいのか、僕に何をしてほしいのか。全部全部、口に出してくれないと僕は鈍ちんだからわからない。

公子殿下が入る隙間なんて、はじめからゼロなんだ。

「あーあ。俺、初恋だったのに」

「初恋は実らないってよく言うじゃありませんか。まぁ、僕の初恋はエドワードですが」

「えっ⁉　それ、初めて聞いたよ⁉」

「わ、ちょっと、エディっ、待って待って、言ってないですもんっ、ちょっと、」

大人しく話を聞いているだけだったエディが、急に意識を持った人形のように、上擦った声で僕を抱きしめた。

今まで惚れた腫れたの話題がなかったし、ベティ一筋の僕だけどベティはそういうのじゃないから、それなら僕の初恋はエディになる。

エディの初恋も僕だったらいいのに、というのは口に出せない我が儘だ。過去の想いはどうすることもできないのだから、ないものねだりはしない。

「はーあ。なんだよ、らぶらぶじゃないか。本当に俺は脈無し？　顔は良いし、金も、身分も揃ってる。そこの第一王子殿下並みには優良物件だとは思うのだが」

「しつこい男は嫌われるよ」

自分のことを棚に上げているけれど、初期のエディもだいぶ強引だったけどな。

「あー……悲しい。失恋とはこんなにも胸が苦しいのか……」

俯いた公子は、黒髪が帳を下ろしてしまい、表情を窺えない。泣いているのだろうか。

「公子！　光雨公子！　こちらにいらっしゃったのですね……！　そろそろ試合の準備をしなければ、」

「出ない」

しん、とかすかなざわめきさえ掻き消える。

そろそろ出場準備の時間だと探しにきた小龍は、ぽかん、と呆けてしまった。

「無理、出ない。こんなに胸が苦しいのに、試合になんて集中できない。カッコ悪すぎるだろう、俺。なんだよ、恋がこんなに苦しいなら、恋なんてしたくなかった。でも宝石(バオシー)の君のことを好いているんだ」

暗い。暗すぎる。どんよりと、公子の周りだけ雨が降っていた。

つい慰めて差し上げたくなるのを堪えて、無言を貫いた。

「ツバカですか、アンタ！」

バコンッ、とそれはそれは良い音を立てて公子の頭を叩いた小龍。

えっ、アレって従者としていいのか？

「失恋くらいでへこたれないでください！　アンタはいずれ、東国を率いる皇帝になるんですよ！　さっさと次の恋でも愛でも見つけて、ぽやぽや幸せになってください！」

最後にもう一度バシンッとダメ押しをする小龍に、僕もエディも驚きだ。

……ていうか、公子、僕のこと、そんなに好きだったの？　そっちにも驚き。やっぱり、王族ホイホイとか特殊スキルで持っているんじゃないだろうか、僕。

小龍は大声で「サシャラ國第一公子・紫光雨は棄権致しますので!!　そのようにお願いします!!　――御前を失礼いたします。チエロ・ベッラの王子殿下」と言うと、きっかりと斜め四十五度に頭を下げる。フンス、と鼻息荒く公子の襟首を掴み野次馬をかき分けて去って行った。嵐のようだった。

静まり返る観覧席に、僕の独り言が落ちる。

「…………エディが、優勝？」

「不戦勝だけどね」

不本意ながら、と付け加えたエディ。周囲で野次馬していた寮生たちが爆発的な歓声を上げて、喜びにもみくちゃにされてしまう。

こうして交流戦トーナメントは、様々なトラブルがありながらも、無事に終幕となった。

＊＊＊

イヴェール寮の寮監督教師により、広く拡張された談話室でエディの祝勝会が行われている。我らが殿下が優勝したのだ。いくら自由参加と言えど参加しない寮生はいない。

当初拡張した広さでは、約百名を超える寮生たちが入りきらず、監督生たちがさらに拡張魔法で談話室を広げていた。

「王子様！　優勝、おめでとうございます！」

「僕たち、一年生から、お祝いの花束です！」

中央付近で、大勢に囲まれているエディの前に並んだ一年生たちが、代表して花束を抱えていた。

真っ白い百合と、どこまでも蒼い薔薇の花束だ。選んだ人はセンスが良い。エディにぴったりの花束だ。欲を言うなら、薔薇が白なら僕だったのに、とちょっぴり残念な気持ちは胸中に押し留めた。

大量の料理が並んでいるテーブルから、フルーツゼリーを取って壁際で食べる。ベティはフルールのお嬢様たちと話に花を咲かせ、周りの生徒もそれぞれグループで固まっている。

他の三寮に比べると、理智的で冷静、クールな生徒が多いイヴェール寮だが、他寮へのライバル心はどこよりも強い。仲間意識、身内意識が強く、同寮生がやられたのなら倍にしてやり返す精神がモットーだ。

狭く深くといった親交を築くイヴェール寮生は、決まった友人と行動を共にする生徒が多い。あの生徒がいるならもうひとりも近くにいるだろ、みたいにニコイチだとかサンコイチが当たり前になっている。

ベティがいるなら僕もいるだろ、みたいな。ここ最近は、ベティと僕、ではなくエディと僕、に変わりつつあった。

「センパイ、殿下のところに行かなくていいんですか?」

ゼリーを消費するのに一生懸命な僕の隣に、腰かけてくるモノ好きな後輩。

チラチラと視線を投げてくる生徒はいても、いざ話しかけてくる勇者はいない。だから思わずびっくりして、咽かけた僕の背中をさすって、ドリンクまで持ってきてくれる後輩にお礼を言った。

甘みのある絞りたてオレンジジュースはさっぱりとしていて、咽喉に引っかかった何かを流し込んでくれる。

「んんッ……ありがとう。えぇっと、君は、」

「三年のエルヴィス・マリーっす」

吊り目がちな大きな瞳の、可愛らしい顔立ちの少年だ。女装とか似合いそうな顔立ちをしている。

「それで、いいんすか？　行かなくて？」

首を傾げるエルヴィスに、僕も首を傾げる。

周囲がニコイチで扱っているだけで、いつでも一緒にいるわけでもない。

時間が合えば共に過ごしているだけで、僕たちはニコイチじゃなくって戀人関係だもの——と言えれば僕もすっきりするのだけど。

「僕が行ってどうするの？」

「え？　殿下は喜ぶんじゃないすか？　センパイにお祝いされたら」

「お祝いの言葉ならもう贈っている。ほら、今は下級生たちと話しているから」

「……え～、なんとも思わないんすか？　センパイ、ひとりじゃん。殿下のこと待ってんでしょ？」

やけに食い下がってくる。そんなに僕とエディを一緒にさせたいのか。

訝しげにエルヴィスを見れば、わかりやすく歯を見せて笑う。——誰かの差し金に違いなかった。

「ベティもフルールの御令嬢と楽しんでいるから邪魔をしないようにしてるだけさ」

「ローザクロスお嬢様は関係ないっすよ。先輩と殿下の話をしてんの！　ね、ぶっちゃけ、どんな関係なんすか？　マブにしては距離近いっすよね。殿下の部屋に泊まってんでしょ？　どんな部屋なんすか、王子様の部屋って」

ほんの一瞬、視線がズレた。目が大きいから、瞳の動きがわかりやすい。ズレた視線の先を振り向けば、数人のお嬢様たちが固まってこちらを見ていた。

僕が視線を向けると慌てて顔を背けた。彼女たちの差し金のようだ。

「アッ、エット、あの、センパイ、」

「僕は何も話さないよ」

「や、ほんと、違うんすよ～！　別に茶化そうとかそういうのじゃなくって、」

学生間の金銭のやりとりは校則で禁止されている。おそらく、食べ物かテスト範囲の山か、何かを対価に僕とエディの関係やらなにやらを聞いてこいと言われたのだろう。

目に見えて焦りを滲ませるエルヴィスに溜め息を吐いて、食べることに集中した。今度はサラダでも取って来ようかな。

大量の料理はすべて寮監督教師からの差し入れだ。深いインディゴのドレスが似合う淑女(レディ)で、白髪交じりの頭を気にして、灰色に染めている可愛らしい女性である。

への字口の厳格な寮監だが、エディの優勝が正式に決まったときなんて誰よりも喜んでいた。自寮の生徒が一番可愛いと豪語する寮監にとって、交流会におけるイヴェール寮生の優勝は数十年ぶり。喜ばないわけがなかった。

今にもダンスを踊りだしそうなほど喜んでいた、ご機嫌な寮監に遭遇したイヴェール寮生たちは驚き固まったという。

「お願い、ね、センパイ～！　可愛い後輩に免じて、ちょっとだけでいいから教えてくださいよ〜！」

「可愛い後輩は自分で可愛いって言わないものだよ」

「……うぅ、俺の今月の食費がかかってるんすよ、ちょっとだけ、ね、じゃあ俺にだけ教えて？」

パーソナルスペースが狭いな、コイツ。

顔が可愛いから相手に不快を与えないだけであって、ムサい男子にやられたら魔力で吹き飛ばしていた。可愛いからってぶりっ子をするな。似合っててちょっと可愛いのが腹が立つ。

ぐいぐい距離を詰めてくる後輩に眉を顰める。いっそのこと、ベティのところへ避難しようかな。

「近づきすぎだよ」

「エディ、ふふ、ずいぶんと可愛らしい姿ですね」

エルヴィスの首根っこを掴んで引き戻したエディ。下級生から贈られた花束を腕に、頭には白く小さい花の冠が乗せられていた。

「何の話をしていたの？」

蛇に睨まれた蛙の如く、襟首を掴まれたまま縮こまっているエルヴィスは、まさかエディが中央から抜け出してくると思わなかったらしい。顔色を青くして、しどろもどろに「あ」とか「う」とか単語ですらない音をこぼしている。

萎縮した姿がさすがに可哀そうで、苦笑いをしながら「僕とエディがどんな関係なのか気になるんですって」と明け透けに教えた。

青い顔をしながらも、僕たちの会話にしっかりと耳を傾けているエルヴィスは、将来きっと大物になるだろう。

言葉を探しあぐねているエディに、関係を内緒にしてほしいと言ったのは僕。でも、きっとこの優勝を機会に、エディへ恋心を抱く生徒は増えるだろう。

殿下に婚約者がいないのは周知の事実。自分にもチャンスがある、と勘違いしてしまうお嬢様たちが増えてもおかしくなかった。例えば、ジェルセミーム嬢のように。

「——いいですよ、教えても」

言わないで後悔するより、言って後悔したほうがいい。

エディの隣に並ぶのだから、すべてを受け止める覚悟がないと。——時間を要してしまったが、覚悟は、決まった。

僕の隣はエディで、エディの隣は僕。誰にも譲らない、一等大切で愛しい場所だ。

「……ほんとうに？　公言して、構わないのか？」

「えぇ。もともと、僕の覚悟が足りていなかっただけです。もう、僕は大丈夫」

パッと、襟首を放されたエルヴィスは尻餅をついて視界からフェードアウトする。いつの間にか周囲の視線は僕たちに集まっていて、息づく音がよく聞こえた。

「私のヴィンセント」

長い足でこちらに一歩踏み出したエドワードは、抑えきれない喜びをあふれさせ、白い顔(かんばせ)を熱で紅潮させて僕を腕の中に抱き寄せた。

「あっ、わっ」

「嬉しい。とっても嬉しい。もう、我慢しなくていいんだね」

「ウッ、本当に、僕の我が儘でごめんなさい。——うん、エディのしたいように、してくださっていいんですよ。だって、僕の戀人さんなんですもの」

照れてしまって、小さくなった声は、それでも静まり返ったフロアによく響いた。驚きに寮生たちが何か言う前に、エドワードが高らかに宣言した。

「ヴィンセントは私の宝物で、愛しい人で、可愛い人だ。もし、この子に恋煩っている人がいるなら、まず私に声をかけるように。——正々堂々、勝負をしよう。まぁ、勝っても負けても、ヴィンセントが愛するのはこの私ただひとりだけどね」

爆発的な悲鳴だか喜声だかわからない声が寮を揺らし、からからと楽しそうに笑うエドワードの手を引いて、混乱の渦中にある談話室から脱出した。

きっと明日は質問攻めだろうなぁ。面倒臭い、と思いつつも、エディの嬉しそうな表情を見ると、明日なんてどうでもよくなってしまった。


時計の針は十二時を回り、青い光に照らされる寝室。

談話室も賑やかさを潜めている頃だろう。

広いベッドの上で枕を背に、本を読んでいるエディはまだ眠らないみたい。——試合への昂りと、不戦勝になってしまった決勝戦への不完全燃焼な感情が燻ぶっているのだ。

読書の傍ら、横になる僕の頭を撫でる手は優しい。

閉じていた瞼を持ち上げて、一定のスピードでページを捲る戀人を見上げた。

「エディ、眠れない？」

「そうだね。気分が、高揚してて。私のことは気にしないで、寝ていいんだよ」

穏やかに緩められた瞳の奥に、熱が見える。我慢しなくてもいいのに。柔く頭を撫でる手を取って、劣情を駆り立てるように指先を食む。

言葉を止めて、動きを固めたエディに、そっと囁いた。

「僕に、してほしいことはありませんか？　その、優勝した、ご褒美です。今なら、なんだってして差し上げますよ」

エディの存在を感じたかった、僕の強がりなお誘いだ。優勝したからご褒美ですよ、と理由を付けないと、恥ずかしくて褥すら誘えない。

いつもはなんとなくそういう雰囲気になって、キスをしていたらいつの間にか服を脱がされているのに、今日は一向にキスをしてくれないんだもの。

「――ちょっとくらい、酷くしてくれてもいいんですよ」

痛いのは嫌だけど、と付け加えて、指先を舐る。

ごくり、と喉仏が唾を呑み込み上下する。もう一押しかな。舌先で爪の間をなぞり、関節を唇で食んで、指の股を短い舌を伸ばしてキャンディーみたいに舐める。

「……私を煽るなんて、悪い子だ」

唾液を飲み込み、ぎらりと熱を晒す瞳に優しさなんてない。劣情と下心と、欲望が真っすぐに僕を見つめている。

「なんでも、してくれるんだろう？　ね、ヴィンセント」

「……できることに、かぎりますけど」

「ふふ、大丈夫、できることしかお願いしないから」

早まったかもしれない。心臓がバクバクと音を立てて、ほんのちょっぴりの後悔と、何をさせられるんだろうという期待で高鳴った。


荒く不規則な呼吸が紗の中で繰り返される。

「無理ッ、むりむり、もうだ、め」

「無理じゃない、よ。ほら、頑張って、あともうちょっとだから」

何度も首を横に振って、できない、無理、と幼子みたいに繰り返す。なのに、エディは「ヴィンセントならできるよ」と笑みを浮かべて、薄っぺらい体を撫でてくる。

できないものはできないのに、これ以上どうすればいいのかわからない。枕を背にしたエディの腰に跨がり、彼の肩に両手をつく僕と、僕の腰を両手で押さえるエディ。

自分で私のモノを挿入れて見せて、と無邪気に言われて、入れるくらいならできるかも、と思った僕をぶん殴りたい。

慣らすところから、僕ひとりでやらされた。

だって、いつもエディがすべてやってくれるのに、僕は自分で後ろに触れたこともない。ベッドの上でひとりストリップさせられて、足を開いたところを見せるのが恥ずかしいから、四つ這いになり、体の下を通して後ろに指先をぴとり、と触れたところで頭がパニックになった。

いつも、エディはどうしてたっけ？

女性ではないこの体は濡れてくれないし、ぴたりと閉じた菊座は潤滑油が無ければ指を飲み込んでくれない。

思い出して、頭をひねって、そういえば、唾液でやってた、気がする。恥を忍んで、これはエディへのご褒美のため、エディのため、と噛んでいた唇を緩め、指をしゃぶった。唾液で濡らして、絡めて、指と指の境目に溜めた唾液を押し当て、濡らし、おそるおそる指先を沈めた。

くぷん、と爪先が飲み込まれて、強い異物感に驚いて思わず抜いてしまう。エディに触れられるのとは違う、未知の感覚だった。え、なんでいつもあんなに気持ちいいのに。これ、ほんとうにできる？　僕ひとりでできる？

助けを求めて、エディを見るけど「なぁに？」と緩く首を傾げて先を促される。わかっているくせに、助けてくれない。

意地になって、僕ひとりでだってできるんだから、と同じことを何度か繰り返した。

やっと、指一本根本まで挿入れた頃には息も絶え絶えで、全身から汗を拭き出した。

肩で上半身を支えて、尻を高く持ち上げた不格好な姿を晒している。飲み込んだはいいけれど、慣らすには広げないといけないのに、きゅうきゅうとナカが指を絞めつけて放さない。抜こうとすれば、吸い付き締め付けてくるナカも引き摺りだされそうで、二本目を入れることなんて全然できない。

一息に抜いてしまおうと息を止めればナカが締まる。力を抜こうとすればするほど、わからなくなっていく。

「えでぃ、エディっ、できないっ、できないよっ」

えぐえぐと、ついには涙まで出てきてしまった僕に、眉を下げてキスをしてくれる。

「手は出さないつもりだったのになぁ。本当に、甘えるのが上手になったね」

「エディ……！」

「はいはい。ちょっとだけ、手伝ってあげるよ」

抱き寄せられて、キスをして――潜り込んでくる指の圧迫感に目を見開いた。

「んっぐ、ぁ、ぁ、ぁ、はいりゃ、はいら、ないぃ……！」

「指よりも太いモノをいつも咥えているだろう、もう、生殺しなんだよなぁ」

はぁ、と耳元で熱い吐息がこぼれて、頭が溶けちゃう。

僕の中指を巻き込んで、僕よりも太い指がぐちゅぐちゅと抜き差しされる。「ここがヴィンスの気持ちいいところだよ」としこりを圧し潰された。

ずりゅ、と三本も咥えていた指を引きずり出された。くぱくぱと寂しそうに口を開いている。

「ね、次はどうするの？」

「い、言われなくたって、」

わかってる、と続けた言葉は語尾が震えて小さくなった。

まだ挿入れてすらいないのに、半分以上体力が削られていた。

服を着ているエディの胸元に、素っ裸の僕は預けていた体をそろりと起こして、彼の服に手をかける。僕ひとりだけ裸っていうのもムカツク。

「脱がせてくれるんだ」

「僕が、全部やらないといけないんでしょ……！」

キッと眦をキツくして見るけれど、エディの瞳を見たらもうダメだった。ドロドロに砂糖を煮詰めて、トロトロの蜂蜜を垂らして、熱く滾った欲を真正面からぶつけられて、息が止まった。

ハッと目を逸らして服を脱がし、下肢に触れて、また体が熱くなる。うそ、いつもより大きいんだが。

「は、はいんないよ……」

「ヴィンセントの、必死な痴態を見ていたら興奮してしまった」

はぁ、と詰まった熱を吐き出すエディに、腰を掴まれる。

「ひっ……！」

「腰を上げて」

「う、ウン……」

「片手で後ろを開いて、もう片方の手で私のモノを支えるんだよ」

熱で倒れてしまいそう。震える手で言う通りにして、先っぽをぴとり、と孔に当てる。

他の人のなんて知らないけれど、僕の陽物に比べてエディのは一回りは太くて長い。先っぽはぷくりと膨らんで大きく、たった指三本で慣らしたとてすんなり入ってくれない。

ゆっくり、腰を下ろして、押し当てた先っぽを飲み込んでいく。歯を食いしばって、呼吸が浅くなる。膨らんだ先っぽが引っかかってうまく入らない。

一度、腰を上げて、もう一度。

「ん、ンンぅっ、ぁ、あ、は、はいんないっ」

「挿入(はい)る挿入(はい)る。息、ちゃんとして。止めたらダメ。ほら、頑張って」

腰を掴んでいた手のひらがペチン、とおしりを軽く叩いた瞬間、先っぽがぐちゅんっと入って、しこりを圧し潰し抉られてしまう。

一度は耐えたのに、ナカでさらに質量を増したそれに息を飲む。全身に走る快楽に力が抜け――ズチュンッ、と腰骨と尻肉がぶつかって、最奥まで挿入(はい)ってきた。

「～～～～ッ!!　ッ!!」

声にならない叫びに、仰け反って曝け出された咽喉にエディが噛みついた。ぱた、ぱた、と衝撃で達してしまったそれは白濁を垂らしてエディの腹を濡らした。

「――ヴィンセント」

飛びかけた意識を呼び戻される。

「がんばって、私をイかせてね♡」

「………うそでしょ、」

天を仰いでしまった僕は、下から突かれ揺り動かされる衝撃に甘く甲高い嬌声をこぼしてしまう。

いつもと、位置が逆なだけでこんなにも感じ方って違うの？　それとも、僕が感じやすいだけ？

腰に添えられた手が緩く動くのに合わせて、尻を持ち上げたり、前後に動いたりを繰り返す。息ができなくなると唇を合わせて息を吹き込まれて、体はもう僕の意志で動かせなかった。

全身に広がる快楽に脱力して、ぐったり、べったり、力が入らずエディにもたれかかる。

「こら、まだ寝ちゃだめだよ」

「も、やぁ、できない、もの」

「かわい子ぶらないでよ、イジメたくなっちゃうだろ」

指先が胸の芽をつまみ、丹念にこねくり回す。舌を絡め、突き上げられるたびに涙がぽろぽろ零れた。

「なんで、イってくれないのぉ……！」

僕はこんなに気持ちがいいのに。

ぱ、と顔を持ち上げたら、目の前でギラギラと奥歯を噛んで耐えるエドワードに目を見開いた。

「お前が、可愛いから、我慢してるんだよっ」

ぐっちゅんっ！

「はっぁ、アッアッ、」

ぐりぐりと、押し付けられて、奥の奥まで入っていく。コツン、と一番奥の壁をノックされると、頭の奥が痺れて真っ白になった。

届いちゃいけないとこに届いてしまった。

腹の奥が脈打って、熱い楔を感じてしまう。

ざわざわ、ざわざわと肌が粟立つ。これ以上は駄目だ。頭の奥で警鐘が鳴るのに、恐怖もなにもかもを上回る快楽に、自然と奥がエドワードを招き入れて、くぽんっ、と輪っかを通り抜けてしまう。

「んっ、ぐ、ぁ……！　ははっ、挿入(はい)っちゃったね、お腹のナカ♡」

「ッ、ン、ア、あ、あ、あっ、なに、やら、やらっ、きもちィ……！」

ぐぽんっ、と腹の中で音がする。

腰を持ち上げられて、あ、と足に力を入れる前に体が落ちた。

――ぐぽんっ
星が飛ぶ。快楽に包まれる。気持ちイしか考えられない。頭、馬鹿になっちゃう。

「ここが、腹ン中だよッ……ふは、ぎゅうぎゅう締め付けてくる、私のことを放したくないって言ってるよ」

「ぁ、ん、エデ、ィっ」

「――このまま、お腹のナカに出したら、赤ちゃんできちゃうね」

汗を滲ませたキスはしょっぱかった。

男同士で赤ちゃんはできないのに、何言ってんの、と笑い飛ばすよりも、彼と、僕と、僕たちの子供を想像してしまった。なんて幸せな光景だろうか。きっと、僕に似ても、エディに似ても、子供は可愛くて美しいに違いない。僕の髪色にエディの瞳でもいいし、エディの髪色に僕の瞳でもいい。

　ありえない未来がよぎり、気持ち良さと幸せで蕩けきっていた僕は、だらしのない顔ですんなりと言葉が口から出てしまった。

「エディとのあかちゃんなら、できてくれたら、うれしぃなぁ」

　スンッと表情を消して、野生を剥き出しにしたエドワードは僕を抱えてベッドに押し倒し、唇を貪るキスをする。

　酸欠でクラクラする頭に、低くかすれた、余裕のない声が響いて律動が激しくなる。

　一度潜り抜けてしまった輪っかは、きゅっと閉じる前にエディを受け入れ、ぐぽんっぐぽんっと音が響くたびに衝撃と快楽が同時に襲ってきた。

　ひっきりなしにあられもない声がこぼれて、涙も一緒にこぼれて、キスをするとあふれる幸せすらこぼれてしまいそうだった。

「は、っ、……だすよ、ッ！」

　詰まった息が吹き込まれて、ずっとずっと、一番奥を抉られて、腹の中に熱が広がる。

　ぱた、ぱた、と汗が垂れてきて、上り詰めてしまった僕は高みから降りられない。じんわりと広がる快楽に、熱く溶けて、エドワードと混ざってしまう。

　境目がわからなくなり、とめどなくあふれる幸せの涙をエドワードが飲み込んだ。

「――あかちゃん、できると、いーね」

　ふっ、と意識が暗転する。

＊＊＊

腰が痛い。喉も痛い。足に力が入らない。

しゃりしゃりしゃり、とエディがリンゴを剥いて、「はい、あーん」と口元へ運んでくれる。

王子ってリンゴ剥けるんだ。レオナルド様はできなさそう。僕はベティのためにウサギリンゴも作れる。

起きたら昼過ぎだったとき、人は諦めて二度寝をキメる。

一度目覚めたら時計の針が十時を過ぎていたから、普段ならきっかり六時に起きる僕は諦めて瞼を再び閉じて、すやすや眠るエディにくっついて丸くなった。

今日が休日なのが幸いだ。

四年間無遅刻無欠席のとっても真面目な優良生徒の僕が、無断欠席なんてした日には先生が驚いて、部屋まで来てしまうかもしれない。まぁ、自室に僕はいないのだけど。

そもそも、体の疲れが取れてない。原因は言うまでもなくご機嫌な戀人さんのせいである。

昨夜の記憶は、途中からぷっつりと途切れていた。

ものすごく恥ずかしかったが、とても興奮して、夜で一番盛り上がった。死んでしまうくらい、気持ち良かった。腹上死って、こんな感じなのかな。

できれば二度とやりたくないけど。一から自分でやって、なんてお願い、もう聞かない。起きてから「またやろうね」なんて言われたけど断固拒否する。拒否するったら拒否する。良い顔でお願いされても、絶対に拒否するんだからなっ！

最終的には絆され流され、丸め込まれて頷いてしまうかもしれない。けれど、それはしかたない。だって、エディの方が上手なんだもの。でもしばらくは絶対にやってやらないんだから。

「夕食はどうしようか。大食堂まで食べに行く？」

「むしろ、どうして僕が行けると思ったんですか？」

「んっ、ふはっ、ごめんごめん。そうだよね、立てないんだもんね」

「立てなくした人が何か言ってるよ……」

「お姫様抱っこしてあげようか？」

「けっこうです」

プン、と頬を膨らませてそっぽを向いた。

珍しく自主的に、学園街に出かけようと計画していた予定がすべて狂ってしまった。

足腰だとか喉の痛みだとか、治そうと思えば治せる。けど、僕のお世話を嬉々として行うエディに、今日一日はこのままでもいいかな、と思ってしまう。

ついエディを甘やかしてしまう。あくまでも僕は甘やかされてあげているんだ。

学園の周辺には大きな町があり、通称学園街と呼ばれている。休日になると町へ降りる生徒たちで賑やかになり、飲食店や服飾店はもちろん、小さな雑貨屋さんや、路地裏には妖しい占い師がいたりする。人が住むというより観光向けな作りだ。

優勝のお祝いに、何か形に残る物をエディに贈りたかった。

蒼いピアスか、ペアリングか、それとも守護魔法のかけられた魔法具の類か。いろいろ考えたけど良い案は浮かばず、それなら品物を直接見て決めよう、と外出許可証もすでにもらっていたのに。

まぁ、明日でもいいか。近頃バタバタ忙しなかったから、今日くらいゆっくりくつろぐ日にしよう。

「リリディアたちに何かテイクアウトを頼んでくるよ」

「あの、そろそろ僕、おふたりに刺されたりしないですかね。あくまで僕はエディの戀人なのに、おふたりには僕のためのお願いのほうが多いから」

「ヴィンスが死んだら、お前を殺した奴を私が殺して、私もすぐにあとを追うから安心してね」

何一つ安心できなかった。そもそも僕が死んだら契約でエディも死ぬんだからそれは無理だ。

「リリディアもアルティナも、ヴィンスのことを気に入っているから心配しなくていいよ」

「……それなら、いいんですけど」

「うん。大丈夫。私が保証するから。だから私がいないときに何か困ったことがあれば、ちゃんとふたりのことを頼るのだよ」

そんな状況に陥らないのが一番だけれど。

素直に頷いた僕を「イイ子」と撫でて、少し出てくるからね、と紗(うすぎぬ)の向こうへ姿を隠してしまう。

そんな状況が、やってくるかもしれない。気持ちが落ち着かなかった。肌を逆撫でられて、遠くから悪意の這いよる音が聞こえる。

早く帰って来ないかな。手持ち無沙汰にリンゴをつまんで一口齧った。

は、と瞼を持ち上げる。いつの間にか眠ってしまっていた。

天蓋の黒じゃない。

体を起こして左右を見渡す。右も左も、どこまでも深く黒い闇が広がっていた。深淵の黒は、恐ろしいはずなのに優しさを感じる。

エディの部屋で眠っていたはずなのに。なぜ、どうして？　どうやって、侵入をしてきた？　僕は、攫われたの？　——エドワードは、無事なのか？

さぁ、と血の気が引き、頭がくらりと揺れる。唇が震え、指先が冷えてしかたない。

「ここは夢の中。落ち着いて息を吸って。君も、君の大切な人も無事だよ」

突然聞こえた声に、顔を上げる。声は右から聴こえたようにも、上から聴こえたようにも感じた。

「ワタシは君を害さない。だから安心して」

女性のようにも、男性のようにも聞こえる声は徐々にはっきりと輪郭を持っていく。低すぎず高すぎない音は、波立っていた心を落ち着かせた。

エディの手で撫でられているかのように気持ちが落ち着いていく。

浅かった呼吸をゆっくり深く吸って、ゆっくり吐き出す。深呼吸をすれば自ずと頭の中もすっきりして、冷静に状況を考えられる。

一寸先も見えない闇なのに、自分の体はとてもはっきりと視認できた。声の主が言う『夢の中』というのもあながち本当なのかもしれない。

明晰夢。夢を見ていると自覚しながら見ている夢もある。

「貴方は誰ですか」

「ワタシはリュフェル。君と話がしたくて、夢の中を渡って来たんだ」

ぱちん、とスイッチを入れるような軽い音とともに、大きな円を描いて僕を取り囲んだ燭台に青い炎が灯る。

風もないのに揺らぐ炎は闇の中を明るく照らした。闇が照らされ、少し離れたところに立っている人影から声は聴こえる。

「貴方は……！」

姿を視認して、目を見張った。

背中で揺れる黒髪は白く、波の花が浮かんだ瞳は赤い。オリエンタルな顔立ちは異国情緒にあふれた美しさを秘めている。

サシャラ國の光雨公子殿下が、闇の中に佇んでいた。

「なぜ、公子が!?」

「——嗚呼、この器と知り合いだった？」

器？

公子じゃ、ない。

目の前の人は、公子の姿をした別の誰かだ。髪の色も瞳の色も違う。最もたる違いは、声だ。公子の声は、もっと低く艶やかに濡れた音をしていた。

「ワタシはこの器を借りているモノに過ぎない」

「器とは？　公子はどうしたんですか？」

「器は器さ。この器の人格に言わせてみれば、魄の中に魂がふたつ入っている状態だとかなんとか小難しいことを言っていたね。簡単に言ったら、二重人格のようなモノさ。この器の人格は今眠っている。夢と夢がリンクして、君を呼べた」

魂魄とは、東国の宗教における概念のひとつ——と教えてくれたのも公子だった。魂とは精神、魄とは肉体を表し、人は死ねば魂は天へと上り、空っぽになった魄だけが残る。

二重人格とはまた別じゃないか。どちらかと言うと、悪霊に取り憑かれているとか、そう言った方が正しいように思う。

公子よりも気安い性質をしている『リュフェル』と名乗ったそれは、ぱちん、と指を鳴らすとどこからともなく椅子を取り出した。

「どうぞ、座って。ゆっくり話をしよう」

「僕にはゆっくりする時間はありませんので、手短にお願いします」

「あはは、可愛い顔して手厳しいね」

右も左も闇。上も闇。下ももちろん闇だ。

出口のない空間に諦めて、椅子に腰を据えると、公子——ではなくリュフェルも腰かけて悠然と足を組む。

「それじゃあ手短に話そう。——君は、人間の罪を知っているかい？」

そして始まったのは、途方もない、神代の夢物語だった。


それは傲慢。

それは強欲。

それは嫉妬。

それは憤怒。

それは色欲。

それは暴食。

それは怠惰。


人を死に至る罪へ導く罪源（ざいげん）は、人間を人間たらしめる欲望と感情であり、切っても切れない、延々と生まれてくる罪である。

数百年前、聖女はそれらを『七罪』と名づけた。存在を明確に証明し、罪によって生まれてしまった悪魔を封じることにした。

悪魔とは、悪を象徴する魔族であり、神と敵対をする闇に連なる者たちだ。

現代の魔族は人に近しい姿をしているのに対し、神代の魔族は人成らざる姿で描かれていることのほうが多い。

聖女によって封印された『七罪』は深い眠りについた。

三界の争いは、大罪が引き起こしたとも歴史書に書かれており、諸説あるが、はっきり言えることとは『七罪』を目覚めさせてはいけない、ということだ。

「封印された『七罪』はどうなったんですか」

「魂を引き抜かれた体は、灰になるまで焼かれたり、分割して地面に埋められたり、海の底に沈められたり。――魂は今もなお、復活の時を待ち望んでいるのさ」

嗚呼、嫌だ。気づきたくないことに気づいてしまった。リュフェルの話は悪魔側から見たかのように鮮明だった。

「まるで、見ていたかのように仰るんですね」

聖女は体から引き抜かれた魂を封印して、空っぽになった身体を散り散りにした。そうすれば封印から目覚めたとしても、魂が戻る体はない。

リュフェルは公子を『器』と呼ぶ。

公子の体には、公子本人とリュフェルの魂がふたつ入っている。おそらく、あの赤い瞳は、リュフェルの力だ。

「――貴方、『大罪』なんじゃないんですか」

にぃんまり、と唇が弧を描いた口を開いたリュフェルは、不意に天井を見上げた。

パリンッと黒い天井にヒビが入る。パラパラと黒い欠片が落ちてきて、ヒビから白い光が差し込み、大きく穴の開いたところから、愛しい人が降ってきた。

「エドワード⁉」

「……ヴィンセント、怪我はない？」

片手に蒼剣を持ち、緩やかな笑みは鳴りを潜めている。

「今代の蒼剣の遣い手か」

「私を招いたのはお前か。一体何者だ」

羽根のない、骨の翼が闇に広がる。

「ワタシはリュフェル。——『七罪』が一柱、傲慢を冠する者、ヴァヴィロンの王。天上より追放された、輝きを失った明星である」

かつて天上界の最上位天使だった『×××（リュフェル）』は神へ謀反して、魔界まで堕とされた。

「なんやかんやあって悪魔にまで堕ちてしまったけれど、別にワタシは復讐しようだとか、天上界へ攻め入ろうだとか考えてるんじゃない。君を此処へ呼んだのも、蒼剣の遣い手を招いたのも、話しておきたいことがあったから。攻撃をするつもりはない、ただ、ワタシの話を聞いてほしいだけなんだ」

聞いていると心が穏やかになっていく不思議な声だ。警戒しなければいけないと思う頭とは反対に体はリラックスしていく。

「ワタシが目覚めたということは、ほかの『大罪』も目覚めたかもしれない。対処しなければ、人間はまた過ちを、罪を、死を繰り返すことになる」

「しかし、魂が目覚めたとしても体がないのなら——もしかして、そのための、『器』？」

目の前に、体がなくとも意志を持って動いているリュフェルがいる。

『大罪』が目覚めた。蒼剣の遣い手が現れた。聖女の次代交代。——魂の契約。魂の契約を結んだ彼の王女と王子によって、大戦は終幕となった。戦争を憂いた聖女により、大罪の悪魔は魂魄を引きはがされて封印された」

「私とヴィンセントは死ぬつもりなどない。そしてこの国に、戦火を巻き起こすつもりもない」

厳しい表情のエディに、諦念を浮かべた困り顔でリュフェルは頷く。

『大罪』が目覚めたとき、魂の契約を結ぶ戀人同士が現れるというのなら、僕とエドワードが恋惹かれるのは、仕組まれた運命だったというの？

いいや違う、とリュフェルは首を振った。

定められた運命ならば、初めから決まった運命なら、王子と惹かれ合うのは王女の血を引く者だけだ、と。君からは彼の王女サマの気配はしない、と言い切られた。

しかし、かつてと似通った舞台が、運悪く出来上がってしまっている、とも付け加えた。

「ワタシはこのまま、時代を見守る。けれどほかの大罪は違う。自らの欲望のままに、したいようにする。悪魔とはそういう生き物だ」

「大罪の悪魔は、何が目的なんだ？　聖女への復讐？　それとも天上界への侵攻？」

どれも違う、と首を振る。

「——悪魔が求めているものはいつだって腹を抱えて嗤えるほどの『愉悦』だ」

面白ければいい。楽しければいい。人間が右往左往する様を、騙されてあほ面を晒す様を、屈辱に、恥辱に、汚辱に塗れる様を見たい！

欲望のままに、快楽のままに、彼らは人間を騙し、極上の味がする人間を食べる。

「それだけ……？　たったそれだけのために、戦争が起こされたとでも言うのですか」

「そうだとも。悪魔とは、欲望にとぉっても素直なのさ。楽しい、嬉しい、面白い、気持ちいい。一瞬の、目先の快楽を求めて行動する。リリンと会ったんだろう。アレは最もわかりやすい悪魔だ」

「スウィートちゃん♡」と僕のことを呼んできた、過激な服装の悪魔を思い出す。

忘れるには、衝撃的な出会いすぎた。――思えば彼女は、ロスティー嬢の中から出てきた。

まるで、魔族みたいな姿となったロスティー嬢。目の前にいる公子殿下も、人としての姿を保ちながら、人成らざる姿をしている。

「やはり、あの時何が何でも斬っておけばよかった」

「リリンは人誑かしも逃げるのもうまいからなぁ」

しみじみと語るリュフェルは老々とした雰囲気で記憶の懐古に浸っている。

被害にあった僕たちからしてみれば、苦い記憶でしかない。忘れたいのに忘れられない、嫌な記憶だ。思い出とすら呼びたくない。

一時の愉悦を得るために、国を、世界を滅ぼされたらたまったもんじゃない。

魂だけの大罪の悪魔は、適性のある人間を『器』として寄生する。魔力や生命力、精神力を吸い取り、体を生成するための力を蓄える。

セレーネ・ロスティーの欲望と、リリンの悦楽が合致した結果、体を作り出すことに成功してしまった。

この話、僕たちじゃなくてフィアナティア嬢たちにしたほうがいいんじゃないのか。なんで僕たちなんだ。――変なことに、僕とエディを巻き込まないでほしい。

「聖女の系譜は、精神世界や夢にわたる隅々まで守護されているから、こうしてお邪魔することができないんだよ。だから君たちから、聖女の彼女たちに伝えて欲しいんだ。大罪の悪魔が目を覚ましている、と」

「誰に寄生しているのか、わからないの？」

「無理だ。寄生した人間の魂を隠れ蓑にしているから、よほど近付いて見るか、復活間際でない限りワタシでも悟れない」

対処のしようがない。

舌打ちを隠さないエディは、頭を抱えて溜め息を吐いた。

完全復活を遂げた『七罪』は、一夜で国を滅ぼせるチカラがある。この国に生まれた王子として、次期国王として、エドワードはそれらを防がなければいけない。

エドワードだけで済ませられる話ではなくなってしまった。

聖教会や魔法協会にも話をしないといけない。そしてきっと、完全復活したこれらを討伐する隊を率いる長として、エドワードは選ばれてしまう。

唇を噛む。エドワードの立場は理解している。国のために動かなければいけない人だもの。でも、僕は嫌だ。危険なことをしてほしくない。僕の知らないところで傷ついてほしくない。僕がいれば、死にさえしなければ治せる。

気分が悪い。息が苦しい。頭がぐらぐらと痛みを訴えた。

「けれど、数ならわかる。今目覚めているのはワタシを含めて三柱。ワタシと、リリンと、もうひとりはレィビー」

——アイツはこの学園内にいる。

強い強い、黒い嫉妬を抱いたあの子。きっと、孵化ももうすぐだろう。

＊＊＊

静寂(しじま)の森は学園の北部に広がり、野生の魔獣が生息している。授業や訓練で使用されるが、三学年以下の生徒は立ち入りは禁止されていた。

「始まったな」

上を見上げるレオナルド様につられて空を向く。ドォン、と開始の花火が青空を鮮やかに彩った。

——あっという間に、団体交流戦の当日。

今日まで特にトラブルも起こらず、不気味すぎるほど平穏に時が過ぎた。

リュフェルが言っていた『レィビー』が目覚め暴れることもなければ、エディのストーカー勘違いお嬢様が突撃してくることもなく、本当に平和な日常だった。

学園と王宮を行ったり来たりして、忙しいエディに代わってアルティナ先輩やレオナルド様が、僕と一緒にいてくれた。団体戦に備えての訓練や、準備で忙しかったといった方が正しい。

二日に一度、小龍の監視の下、光雨公子が僕をお茶に誘いに来るので、二回に一回は周囲を巻き込んで誘われてみたりもした。ベティも一緒に誘ったり、時にはどこからともなく現れたフィアナティア嬢も誘ったり。公子はどうやらフィアナティア嬢が苦手のようで、おそらく聖女(光)とリュフェル(闇)が反発し合うモノだからだろう、と言っていた。

魔法使い志望生徒たちのトーナメント戦は、フィアナティア嬢の圧勝だった。

圧倒的な魔力量と魔法技術、そしてなによりも、穢れた土地や不浄の土地の浄化へと赴く聖女見習いたちの経験値は、ほかの生徒たちは足元にも及ばない。中でもフィアナティア嬢は先見の明があるかのように、その場を一歩も動くことなく、対戦相手たちを完封してみせた。

不動のフィアナティア嬢を崩したのが――ベアトリーチェだ。

拮抗する魔法展開速度で大地に穴を開けたベティに、光の翼で上空に逃れたフィアナティア嬢。会場内にはどよめきが走り、二撃目で勝負は決した。

繰り出される疾風を、ひらりひらりと避けたフィアナティア嬢は口元に笑みを浮かべ、聖なる調べを紡ぐ。天より弓矢の雨が降り注ぎ、地面に縫い留められてしまったベアトリーチェの首を取ったのだ。

悔しくも準優勝となったベティに、会場中が盛大な拍手を送った。あの聖女候補第一位のフィアナティア嬢を、一歩どころか魔法を使って回避させ、二撃目まで繰り出させたのだ。

「手っ取り早く広げるか。下がっていろよ」

足首まであるロングローブの裾を払い、杖を構える。

魔法使いは魂とも言える杖作りから始まる。

生涯を共にする杖を探し当てるか、作り上げなければ、魔法使いとしてスタート地点に立つことすらできない。道端に落ちてる枝の時もあれば、ガラスを溶かして型に嵌めて造らなければいけないときもある。杖は、魔法使いとしての証しなのだ。

レオナルド様の手に握られた杖は、花のついた細い小枝で、可愛らしいお嬢様や蝶よ花よと育てられたお姫様が持っていそうな、ずいぶんとファンシーな杖である。

「風よ、切り倒せ」

突風が吹き荒れる。

白い風の刃が渦を巻き、ゴウゴウと音を立てて、茂っていた雑草や木が刈られていく。可愛らしい杖とは裏腹に、レオナルド様の魔法はとても強力だ。

普通の魔法使いが十の魔力を込めて十の魔法を放つところを、レオナルド様はその半分の魔力でそれ以上の威力の魔法を放てる。

まさしく、魔法を極めし者・賢聖の名が相応しい。ベティの夫となるのだから、それくらいの実力は当たり前だけどね！

「ふむ、これくらいでいいか？」

「えぇ。立ち回るには十分ですね」

これが実戦であれば、僕たちもこんなまどろっこしい戦い方をしない。けれど、騎士・魔法使い・文官のスリーマンセルを組んだこれは討伐演習ミッションだ。どのチームが一番多く、魔獣を討伐できるかを競っているんだ。やみくもに魔獣を探して走り回るのではなく、知恵を働かせなければ頭ひとつ分も跳び抜けることはできない。

粒ぞろいのエリートが競っているんだ。探して追うのではなく、招いて退治したほうが余力も残せていいだろう。

僕たちを中心に円形に草木が切り取られ、見晴らしのよいちょっとした広場が出来上がった。

「ロズリア君。お願いします」

レオナルド様が杖を構え、僕は抱えていたハープを構える。

僕が爪弾くハープの音を、レオナルド様が魔法で森中に反響させる。より多くの魔獣たちが誘いの音を聴いて、ここに集まってくる。

曲ではない。ただ音を、奏でる。一音、一音、弦を弾いて、音を反響させていく。

「――来たな」

ざわり、と空気が不自然に揺らいだ。

ハープを抱え、爪弾く僕を挟んで、各々の武器を構える。音と音の切れ間、一瞬の静寂に木々が波打ち、黒い衝撃波が飛んできた。

「ハアッ！」

白銀の刃で黒い衝撃波を両断したその陰に、魔獣が潜んでいる。黒と銀の毛が入り交じった狼型の魔獣だ。狼のような、とは言うがその大きさは狼よりもずっと大きい。

月喰狼（ツキバミオオカミ）のハーティだ。体胴長は二メートルはある。狼と比べれば大きいが、同種と比べれば小さな方だった。獰猛性は他の狼型の魔獣に比べると大人しいが、それは夜の場合に限る。月夜にだけ現れるのは、月光を主食としており、日中は巣穴にこもっているからだ。

もし、明るいうちにハーティを見つけたなら、人々は必ずこう言う。

「日の下にいるハーティには近づくな。月光を求めて追いかけられるぞ」と。

「アルティナ、任せるぞ」

「かしこまりました。――腕慣らしには、ちょうどいいサイズです」

咆哮を上げ、地を蹴ったハーティはダラダラと口元から涎を垂らしている。ここ数日は月が隠れていた。つまり、ハーティは食事ができていない、飢餓状態だ。

静寂の森がなぜ『静寂』と呼ばれるのか。

緑が生い茂る中に生息しているのが、動物ではなく魔獣だからだ。言葉を交わし、人間と同等かそれ以上の知能を持つ魔族とは違い、魔獣は本能で生きている。腹が減ったら食事を、眠くなったら睡眠を。そして多くの魔獣が肉食であり、柔らかな肉――子供の肉を好むのだ。

生き物たちは息を潜めて、魔獣に気づかれないように密かに暮らしている。だから、静寂の森と呼ばれた。

最低限の動作でハーティを避けた先輩は、鼻っ面を剣先でいなし、重力を感じさせない軽やかさで跳躍をする。

ぐるん、と影を追ったハーティの頭を、重たい蹴りが襲う。空中で身を翻した中からの足蹴り。

軽業に見えるが、その足蹴は体胴長二メートルに及ぶ魔獣を数メートル吹き飛ばす勢いがあった。

「ゴリラかよ」と思わず言葉にしたのはレオナルド様。

キャインッと甲高い鳴き声を上げて吹き飛ばされたハーティは、口内にあふれる唾液で地面を濡らしながら空を見上げて、ひときわ大きく吠えた。

「遠吠えみたいだな」

「――まさしく、遠吠えですよ。ハーティも群れで行動する性質をしています。僕が奏でる必要なく、集まってきそうですね」

あおん、あおん、あおん。――あおん。

鳴き声が止んだ。

ポロン。弦をはじく。

僕は強くない。剣だってイマイチだし、魔法だって魔力を固めて放出することしかできない。だからこそ、僕にできることをする。

一音、レオナルド様の周りに。また一音、アルティナ先輩の周りに。

魔獣には等級がつけられている。D級からB級は騎士ではない人間でも、がんばれば追い払える厄介な動物と同等。A級は騎士や軍人など、特殊な訓練を積んだ人間でないと討伐ができない。S級は訓練をした者たちが、隊を組んで討伐に挑む。SS級はもはや災害、天災、天変地異の前触れだ。

――というと、SS級魔獣をたったひとりで、大勢の人間を守りながら討伐したオーウェン・

レーヴは規格外というわけだ。そしてトーナメント戦で、その規格外に勝ったエドワードは最高にイカしてる。かっこいい。素敵。さすが僕の戀人様！

脱線してしまったけれど、このランクは魔獣単体を当てはめての等級だ。

小魚が群れを作り、大魚に見せかけて敵を追い払うように、A級のハーティが群れになると、その等級はSランクへと格上げされる。

「どうしますか？　避難信号を上げますか？」

「フン、必要ないな。そうだろう、アルティナ」

「えぇ、これくらいの群れ、どうってことありませんよ」

なんとも、頼もしいパーティーだ。僕はさっさと逃げ出したい。ハーティに食われるなんて絶対に嫌だ。

「…………はぁ。僕、死ぬときはエディと一緒って決めているんで」

「そんなの、俺だってベアトと一緒がいい」

「俺は、リリと」

「リリ？」

「リリディアです。俺のきょうだい。お会いしてるでしょう？」

「あー、こいつらのきょうだい仲に首つっこまないほうが身のためだ。言ったぞ。俺は確かに忠告したからな」

苦い顔をしたレオナルド様に、アルティナ先輩はにっこりと綺麗な作り笑顔を浮かべた。

トーナメント戦の行われていた会場に、投影魔法で映し出された交流団体戦の様子を、生徒たちは一堂に会して観覧応援をしていた。

扇子の内側で不安を隠す、険しい表情のお嬢様を横目に、エドワードも気が気ではなかった。

音遣いと呼ぶには拙いけれど、ハープを使って衝撃やハーティそのものを弾き飛ばす戀人にハラハラしっぱなしだ。そもそも音を使えるなんて聞いてない。

「ポチに楽器を教えたのはわたくしです」

「ローザクロス夫人は、音楽に愛された人だったね」

「えぇ。ですから、わたくしも音楽を、楽器を愛していました。わたくしにしか興味を抱かないポチに選択肢が増えれば良いと思って勧めたのがあのハープです。なんとなく弾いているだけだったのに、気づいたら上達していて、さらに気づいたら、音まで使えるようになってたから本当に驚きですわ」

懐かしさに目を細めるベアトリーチェは、嫉妬を滲ませる男を横目に見て、幼馴染としての余裕を見せる。

「ポチ、ああ見えてもけっこう負けず嫌いなんですよ」
ス、と投影されたヴィンセントたちに視線を戻した。
「わたくしは、愛しい人のことを誰よりも一番に信じていますわ。——殿下は、ポチのことを信じていらっしゃらないんですの？」

「――まさか。あの子なら、この状況を突破できるさ。なんて言ったって、この私が見染めたんだもの」

前のめりになっていた体を、どっしりと椅子に腰かけなおす。

私があの子を信じなくってどうするの。無事に帰って来た時にかける言葉を探しながら、ヴィンセントの姿を目に焼き付ける。

背中合わせの三人が、黒い波となったハーティの群れに囲まれている。レオナルドが杖を構えて、魔法を放つよりも早く、ヴィンセントが動いた。口元が動き、何か呟いたのがわかるが、音まではこちらに伝えてくれないことがもどかしい。

音が、奏でられる。息を吸って、止めて、より一層繊細な指先が弦を爪弾(つまび)いた。

がちんっ、と今にも飛びかかろうと駆けだしたハーティたちが動きを止める。

映像を超えて、音が、旋律が聞こえてくる。――否、魂の契約で繋がっているエドワードにだけ聞こえる音は、悲しいほどに澄み切って、透き通った、真っ白な旋律だった。何も考えられない。考えたくない。心の奥底に問いかけてくる苦しくなる音だった。

「殿下？　どうなさって、」

「――音が、聞こえるんだ。ヴィンセントの奏でる、とても悲しい音」

命を注いで、削って、奏でている音だ。

ハーティたちは動きを止めて、首を傾げて空を見上げる。一匹、また一匹と目を閉じて、その毛並みを真っ白に染めながら横たわっていく。

命を刈り取る、終わりの旋律だった。

音を鳴らすことしかできなかったヴィンセントが、覚悟を決めて、思い描いた未来のために音遣いになろうとしていた。


ドッと汗が噴き出して、止めていた息を吐き出した。かすかに震える指先は痛みを訴え、目を向ければ血が滲んでいた。二人にバレない程度に魔力を回して、出血を止めた。

目の前がくらりと揺らいで、ふらついた体を左右から支えられる。

「……お前、」

「ぁ、すみませ、ん。ちょっと、ふらついて」

「すげーな」

「えっ」

「攻撃手段、持っていなかっただろう。音遣いは、なろうと思ってなれるものじゃない。ロズリア、お前は今、その境界線を飛び越えたんだ」

胸が、熱くなる。

レオナルド様は良くも悪くも素直な人で、嘘がつけない。だからこそ、心からの言葉だとわかる。ぐ、と言葉を飲み込んで、赤くなる顔を俯けた。……ありがとうございます、と震える声で言葉を紡いだ。

映像越しに見ていたエディとベティが頬を引き攣らせているとも知らなかった。僕たちは乗り越えた一難に、ほっと笑みを綻ばせた。

一時の休憩を挟み、アルティナ先輩が指先に包帯を巻いてくれた。

無理をしなくていい、とレオナルド様も先輩も言うけれど、血が滲んだ程度ならすぐに治せてしまえる。なんならもう治してしまったのだけども、それをおふたりに教えることもできない。

大丈夫です、優勝するんでしょう、と強く言えば、ふたりは不本意そうな表情をしながらも、納得してくださった。治癒魔法のことを伝えられれば一番楽なのに。

誘い、討伐、それを繰り返し、討伐数が二百を超えた。この森にどれだけの魔獣がいるかはわからないが、これはさすがに、来すぎではないか。レオナルド様も、アルティナ先輩も疑問に思ったようで、一度ほかのチームを探して移動することになった。

広い森に全十五チームが散らばっているが、探知魔法で探ればすぐに出会えるはずだった。――そう、はずだったんだ。

「……エリザベス・ジェルセミーム嬢？」

アルティナ先輩の固い声が、やけに大きく聞こえた。

森の中心部手前まで移動した僕たちが目にしたのは、緑のワンピースドレスを赤く濡らした女子生徒。チームメイトがふたり地面に倒れ伏す前に佇んだ、ジェルセミーム嬢だった。

「どうした、まさか魔獣にやられたのか？　それならすぐに避難信号を、」

「――……よ、」

「なんだ？」

平坦な声音だった。感情の波を感じさせない、人形じみた声。

倒れる彼らの状態を確認しようと、足を踏み出したレオナルド様の腕を掴んで引き留める。

何か、おかしい。地面を血で濡らすほどの怪我をチームメイトが負っているのに、どうして、彼女だけ返り血に濡れているだけなんだ。

ごくり、唾を嚥下する。

——不意に、彼女がこちらを振り向いた。

真っすぐ、僕を見据える瞳は爛々と黄色に輝き、憎悪と嫉妬の炎が渦巻いていた。

「お前のせいよ、ヴィンセント・ロズリア」

目の前に、茨棘が迫る。

音もなく、気配もなく、ジェルセミーム嬢の足元からするりと荊棘の蔦が僕の目に向かって伸ばされた。

チリ、と先が眼球の表面に触れる。エドワードが、綺麗だと言ってくれた瞳なのに。

きゅるりと表面を撫でて瞼の裏側に潜り込もうとした荊棘が——ザン、と斬り捨てられる。

「ロズリア君、無事ですか」

「先輩のおかげでなんとか」

ぽたりぽたりと視界が赤色に染まるが、大丈夫、すぐに治せてしまえる。

片眼で良かった。両目だったら何も見えなくなってしまっていたから、すぐにでも治癒せざるを得なかった。

「どうして？　ねぇ、なんでよ！　なんでアンタなの？　エドワード様の隣は私のはずなのに！　なんでよぉ……エドワード様はどうして私を見てくれないの？　こんなに好きなのに、愛してるのに……！　苦しい、息ができないの、ねぇ、教えてよ……！　なぜお前みたいなモブがエドワード様の寵愛を受けているのよ!!」

ぐわり。闇が、広がった。

黒い炎が飛び散って、彼女の周辺の木々が腐り落ちていく。

「熱烈だな。兄上はさすが、厄介なモノに好かれる」

「僕のことも厄介だと仰ってますか？」

「それよりアレは誰だ？　兄上はアレのことを認知しているのか？」

「それより？　それよりで片付けちゃうんですか？」

「ロズリア君、今はジェルセミーム嬢を優先しましょう」

黄色の頭をかき乱し、黒く穢れていく大地に膝をついて俯く彼女の表情は窺えない。――彷彿と思い出させられるのは、旧講堂でのロスティー嬢だった。

ただ違うのは、セレーネ・ロスティーは僕に好意を、エリザベス・ジェルセミームは僕に悪意を抱いているということ。

他者から向けられる感情なんて、面倒臭いだけなのに。僕が原因なのか、そう思考を巡らせて苦虫を噛み潰した。

僕はエドワードがいてくれたら、それ以上何も望まない。

「僕のことをモブというけれど、君、鏡を見てから出直して来たら？　どこからどう見ても、誰に聞いても僕の方が可愛いし綺麗って言うでしょ」

だからつい、本当についい、勘違いしてる彼女にイライラして口から出てしまった。

「それにエドワードは僕にゾッコンだからね。モブの君には見向きもしないよ」

ついでに、嘲笑まで出てしまった。

嗚呼、うっかりうっかり。落ち着かせるつもりだったんだけどなぁ！

「おっまえなぁ……！」

「だって、レオナルド様も考えてみてくださいよ。どこぞの馬の骨ともわからない男がベアトリーチェに相応しいのは自分だ！　って現れたらどうします？　それもその男は家柄も、容姿も、能力も、レオナルド様には及ばない三流のジャガイモです」

「よし、殺す」

「待って待って待って。殺したらいけません。彼女は捕縛して、」

「アルティナ、置き換えて考えろ。兄上、ベティの立場にリリディアを置くんだ」

「…………。瀕死までなら正当防衛で通じるのでは？」

うーん、過激派！

揃いも揃って、パートナーに激重感情を抱いているからストッパーがいない。

「さて、現実逃避もこれくらいにしましょうか」

「……そうだな。アレ、放置はまずいだろう」

会話をしながらも視線はジェルセミーム嬢から外していない。

黒い泥があふれて滲み、彼女の足は膝まで浸かっている。

「ゆるさない、ゆるさないわ、エドワードを愛しているのは私だもの、私なのよ、エドワードに愛されるべきは私で——貴方じゃないの……!!」

闇が広がる。悪意が滲む。憎悪が、嫉妬が、滲み出す。

どろり、と黒い涙が頬を濡らす。手指が闇に彩られていく。黄色い髪が、黒く染まっていく。

「ああ、ああ、ああ！　たすけて、神様、私の神様……！　許せないわ、この身を焦がす感情が燃えているの！　お願いよ、あの人を私にちょうだい、そのためならなんだってするわ……！」

「——それじゃあその身体をもらおうかな」

ジェルセミーム嬢の声に、男の声が重なる。

とぷん、と泥に包まれてしまう。

「救援信号、送りました」

「モニタリングもされているから、すぐに会場の誰かが異変に気が付くだろ」

「……多分、これ、セレーネ・ロスティーの件と同じです。おそらく、『七罪』の悪魔が関わっています」

嫌な予感しかしない。肌が粟立つ。ざわざわと、ざわざわと。

ハープを抱える。いつでも行動に移せるように、瞬きすることすら惜しい。

どろり、と黒が弾けて、再び姿を現した。そこにいたのはエリザベス・ジェルセミームではなかった。

少女めいた面影を残しながら、その顔立ちは少年であり、身長は頭二つ分も伸びている。ドレスワンピースだった制服はスラックスとベストに変わっており、まるで別人だった。

「はぁ～～～？　んっだよ、この体……魔力はすかんぴんだし、見た目もびっみょーだし。クソじゃん。やっぱオレは妬む側だってか？　羨まれる側にはなれねぇってかぁ？」

背が高く、ひょろりと長い。長身痩躯で顔立ちも見られないわけではないのに、だらりと背中の曲がった猫背のせいで、どこか陰鬱な雰囲気をまとっている。

「『レィビー』？」

「あぁん……？　うわ、なにオマエら……顔面偏差値高すぎかよ、はぁ？？？　むかつく、むかつく、むかつく！　イライラすんなぁ！　妬ましいなぁ！　恵まれた才能？　恵まれた環境？　ハックソくらえよ！」

瞳の小さな三白眼がギロリと順番に僕たちを睨みつける。

「――ぜぇいん皆殺しにしちまえば、オレのこの息苦しい醜い衝動も収まるかな」

『七罪』が一柱、嫉妬を冠する者、海の魔獣を統べる者。すべてを妬み、羨み、永遠に底辺を這いずることしかできない大嘘つきのレィビー。

魔力が膨張する。敵意に、悪意に、害意に、震える奥歯を噛みしめた。

会場からここに来るまで、どんなに早くても三十分はかかってしまう。

気まぐれで一国を滅ぼせる悪魔に、すでに半分ほど体力や魔力を削られている僕たちが敵うとは思えない。ジリ貧だ。けど、持ちこたえなければいけない。

死んではいけない。生きなければいけない。——僕は、エドワードと一緒に生きたい。

黒い泥が蠢いて、僕たちに押し寄せてくる。違う、泥じゃない。大量の蛇が、波のように蠢いているのだ。

「焼き払え」

業火が燃え盛り、炎の壁となって蛇を焼き払った。

ジュウジュウと、肉の焼ける臭いが充満して、炎が黒に侵食されていく。

「ああああ〝あ〝あ〝あ〝あ〝あ〝あ！　羨ましいなぁ‼　その魔法の才能、オレにくれよぉ！」

業火を突き破ったレィビーが黒く鋭い爪を振りかぶる。

「王子！　伏せて‼」

ひゅ、と紙一重で体を伏せたレオナルド様の後ろから現れた先輩が剣で黒爪を防ぐ。三白眼がアルティナ先輩を捉えて愉悦が滲んだ。

ぽろん、と弦を弾く。守護の陣を展開した直後、パキンと軽い音を立てて剣が真っ二つに折れた。

「その腕、オレにちょぉだいよ」

黒爪が切り裂くと思われた瞬間、僕の守護の陣に弾かれて、レィビーは数メートル後ろへと飛ばされた。

ぶっつけ本番の突貫工事だったが、うまくいって良かった。二本の弦を奏でたことで守護の陣に守護と退魔、二つの効果を織り込んだ。

守護をメインにすることで、退魔がうまく付与されなくても攻撃を防ぐことはできる。ついでに退魔がちゃんとついてくれたら、魔そのものである存在のレィビーをノックバックもさせられる。

「よしっ……！」

イメージをしろ。魔法とは想像だ。できないはずがない。僕は音遣い未満だけど、音を遣うことはできる。僕は魔法使いにはなれないけど魔力がある。音に魔力を込めるんだ。

しゃらん。らん。らん。ぽろん。

音を鳴らせ。

音を奏でろ。

魔力を、命を、魂を込めろ。

できる。僕ならできる。ベアトリーチェが教えてくれた楽器の奏で方。エドワードが認めた、愛してくれた僕なら、なんだってできる。

変わるなら、今この瞬間しかない。

白い弦を血が伝い、包帯に赤色が滲む。治した指先がまた傷ついて、痛むけれど手を止めるわけにはいかない。

思い出すのは、脳裏に描くのは、フィアナティア嬢が紡いだ聖なる旋律。浄化なんてしたことないし、できるとも思わないけど――できると信じるんだ。少しでも、レィビーの動きを止めて、時間を稼ぐ。

エドワードは、必ず来てくれる。僕が助けを求めたらどこにだって駆けつけるって、約束をしてくれたんだ。

弾け。鳴らせ。奏でろ。

「……なんだよ、オマエ、その不快な音、やめろよ。キモチわりぃ。吐き気がする。やめろって。なぁ、聞こえてんのか、いますぐやめろっつってんだよ!!」

黒い泥があふれる。アレに触れたらいけないと第六感が告げるけど、今、僕は回避することはできない。少しでも意識を逸らしたら、この音が途切れてしまう。

人の言語とは思えない、叫び声をあげるレィビーは確かに苦しんでいる。口から白く濁った唾液をあふれさせて、瞳は血走って頭をかき乱していた。

あともう一息だ。呼吸を止めて、文字通り魂を削る。それくらいしか思い浮かばないから。命を代償にすることはできない。だって僕が死んだらエドワードも死んでしまう。でも、魂なら。魂を失っても、体が無事ならそれは生きていると言える。

もちろん、そう簡単に死んでやるつもりはない。最後まであがいてやるさ。そのための、手段だ。

思いついたのは、リュフェルから魂魄の話を聞いたとき。魂魄とは精神を司る魂と、魂が宿る体である魄をふたつ合わせた人間のこと。

魔法を使うときに大切なのは想像力と強い精神力。

命あるいは寿命と呼ばれるそれは、エドワードのものだから捧げることはできない。だから代わりに、魂を捧げることにした。

――ばつん。

「え」

ぱち、と目を瞬かせる。

弦が、切れて、音が、途切れた。

「止まった、なぁ？」

遠くで、レオナルド様が叫んでいる。

弦が切れた。守護の効果も途切れてしまった。

ぱち、と瞬きをした僕の目の前に、レィビーが歪な笑みを浮かべて現れる。右手が僕の首を掴んで、力任せに持ち上げた。

ぎりぎりと握られた首が、ジュウジュウと音を立てて瘴気に焼かれた。喘ぎ、呼吸を求めて口を開き、上を仰いだ。

「いぃいモノ、オマエにやるよぉ」

空いている手で、黒く尖った鋭い爪を自身の目にぐちゅりと差し込むレィビー。いいモノもなんにもいらないから、この息苦しさから解放してほしい。

エディ、エディ、エディ、はやく、はやくきて。

黄色い目玉が、ぬちょ、と手のひらに転がり、指先で摘まんだそれを僕の目の前に翳される。いいモノって、それのこと？　目ン玉のどこがいいモノなんだよ、それ、どうするつもりなの。

気づきたくない。恐ろしいことに気が付いてしまった。はくり、と酸素を求めて大きく開いた口の中に、それを、目玉を落とされる。

「いーい匂いするからなァ！　殺すには惜しい。だからおすそ分け♡」

舌の腹を転がって、喉奥にぶつかる。滑っていて、生暖かくて、鉄臭さが口内に広がった。嗚呼、嗚呼、嗚呼！　悍ましい、怖い、嫌だ。

恐怖に目を見開く、首を振る。声も出せない。

がちん、と鳴った歯が、柔らかい球体を噛み潰す。ちょっと弾力があって、ぱちゅん、と口内で弾けた。

緑をすり潰した青臭さと、泥臭さ。ぐちゅりと潰れた球体はぬちゃぬちゃと口の中を動き回って、喉奥へと滑り込んでいく。

「……ッ！　……‼」

涙が滲んで、息苦しさと、異物感にこぼれた唾液を、こくん、と飲み込んでしまった。

喉が焼ける甘さ。鼻の奥に広がる泥臭さ。

食道をずるり、ずちゅり、とゆっくりゆっくり下がっていく感覚がする。息ができなくて、酸素が足りなくて頭が真っ白になる。

息ができない。苦しい。目の前がチカチカと明滅を繰り返す。

ずしゃり、と首を離されて泥の中に崩れ落ちた。

地面を掻いて、爪の間に泥を詰まらせて、ヒュウヒュウと喉を鳴らして喘ぐ。ぽたぽたと閉じられない口から唾液が落ちて、異様に熱い喉を掻きむしった。

「ふひゃはっ、ははっ、どうなるかなぁ、どうなるかなぁ！　楽しみだなぁ！　恵まれたオマエが、地面に、地の底に堕ちていく様が！　とぉっても楽しみ、だ、――ぐ、ぁ……あ？」

「――遅くなった、迎えに来たよ、ヴィンセント」

レィビーの胸から、蒼剣がずるりと生えて引き抜かれた。

呆然と、赤が滲んでいく胸元を押さえるレィビーを蹴り飛ばしたエディは、僕を抱き起こした。

「え、ど」

「……治せそうかい？」

耳元で僕だけに聞こえる声で囁かれた言葉に首を縦に振った。

時間はかかるが、ゆっくりと、ゆっくりと魔力を全身に巡らせればどうにかなりそうだ。

息苦しさと喉が痛み、ガラガラとひどく醜い声に涙が出そうになる。名前を呼ぶことすらままならない。

喉の、体内の異物感が拭えない。ぱちゅん、と弾けた気持ち悪い感触が今もまだ残っている。

「まったく、殿下が先行してどうするんですか」

「フィアナティア嬢、ヴィンセントを見て頂けるか」

「あら、あらあら、もう、愛しい人のことしか見えていないんだから」

エディだけじゃない。フィアナティア嬢までいる。一体、どうやってここまで来たんだ。箒で来るにしろ、こんなに早く来られるとは思えない。

「俺をお忘れかな、宝石の君（バオシー）」

黒の長衣が風に揺らめく。光雨公子、と呼びかけた口元をフィアナティア嬢に指先で押さえられる。喋ってはいけません、と言われた。

「彼の公子殿下が、東国の秘術で私たちを連れてきてくださったのです。ローザクロス嬢は先生方への連絡をしてくれています」

「ま、俺の腕は二本しかないから、王子殿下と聖なるお嬢様しか連れてこれなかったんだけどね」

あの御業だ。リュークステラ学園生が滞在する寮に連れて行かれた時の、空間転移だ。

でもまさか公子が来てくれるとは思わなかった。だって、僕、公子の想いには応えられないとはっきり断ったのに。

驚きを隠さない僕の視線に、気まずげに頬を掻いた公子はぽつり、と呟く。

「……そんなにすぐ、初恋を忘れられるわけがないだろう。まぁ、あわよくば王子殿下に恩を売ろうとも思っているからな！」

ぱちん、とウインクをした公子の襟首を遠慮なくエディが掴んで隣に無理やり立たせる。よく見れば、公子殿下の手にも剣が握られていた。

「公子殿下、無駄話もそこまでに。まさか、トーナメントを棄権した貴方と共闘することになるなんて思いもしなかったよ」

「そりゃ俺だってそうさ。けど、目的は一緒だ」

「ええ。あの悪魔、ぶっ殺してやろう。レオ、アルティナ、援護を任せた」

「宝石（パオシー）の君を傷つけた罪は重いぞ」

「二対、一だぁぁぁあ？　そりゃぁズルいんじゃぁねぇの？　んだよ、オレには仲間も必要ねぇってか？　ことごとくオレに無いモンばっか見せつけてきやがって……！　ひとりくらい、オレにくれたっていいじゃねぇかよ。あぁ、羨ましいなぁ……！　オレだって、できるなら明るいとこで、光の下で生きてみてぇよ……！」

ズズズズズ、と闇と泥が範囲を広げていく。泥に触れた草木は生命力を吸い取られ、細く枯れていってしまう。

聖剣に数えられるエドワードの蒼剣で胸を貫かれたというのに、レィビーの力は衰えるどころか増幅をしていく。広がり続ける泥に触れたらひとたまりもない。

「喉に触れても構いませんか？」

僕に断りを入れてから喉元に触れ、聖なる魔法でまとわりついていた瘴気を払われる。す、と息がしやすくなる。蛇口を固く締められていた感覚がなくなり、僕の魔力が急速に身体の中を走り始めた。

首を絞められた鬱血痕が薄くなって、咽喉の痛みも引いていく。声を出そうとすると、やっぱり引き攣って咳き込んでしまった。

「口を開けてください」

「ン、ぁ」

「……一体、何をされたのですか」

は、と表情をより一層険しくするフィアナティア嬢にジェスチャーを交えて、たどたどしく説明をした。

殿下たちは、ジェルセミーム嬢がレィビーへと変異してすぐに、武器を取りに走ったらしい。そして公子の秘術でここまで転移をしてきた彼女たちは、僕に起こったことを見ていなかった。

「目玉を、飲み込んでしまった、ですって……⁉」

悪魔が身に宿すモノ、それすなわちすべて人間と相いれないモノである。

流れる血は毒となり、体液は心も体も乱す薬となり、魔力は闇の属性のみ。人間が悪魔の血液や体液を摂取することは、死と同等の意味を持つ。

いわば即死性の毒なのだが、僕は生きているし、治癒魔法がうまく作用したのだろうかと考えていた。喉の痛みは、目玉の中に含まれていた体液によるものだろう。

「何か異常は？」

「ずっと、けほっげほっ……甘ったるい、感覚が、抜けなく、て」

「甘ったるい、感覚……私のこれまでの経験上、おそらくそれは闇の魔力です。ロズリア様、大変お伝えしにくいことですが、今の貴方からは闇の魔力が感じられます」

「――は、ぁ？」

死を回避した代わりに、瞳を飲み込んだことで闇の魔力が体内で精製されている。早急に大聖堂にて、浄化あるいは聖職入りをすることをオススメします、と言われて目が点になる。

光の魔力は天使が持ち、稀に人間も持って生まれる。けれど、闇の魔力だけはそうもいかない。闇の魔力そのものが、人間にとって毒だからだ。

強く、悍ましい闇は確かにどの属性よりも強力だが、ただの人間には過ぎたチカラだ。人はやがて闇に浸食されて死ぬか、堕ちるかのどちらかしかない。

セレーネ・ロスティーが身に宿していた闇の魔力は、悪魔リリンのモノだった。リリンが体から完全に抜け出したことで、植物状態ではあるものの、ロスティー嬢の命が繋がっている。

闇の魔力を浄化するには、毎日高位聖職者の祈祷を受けてあふれる瘴気を浄化するか、自らが聖職に就いて身も心も浄めるしか方法はないと、フィアナティア嬢は言う。

考えてもいなかった、頭が真っ白になってしまう。聖職者となれば、聖教会に属しなければいけない。

そうなれば、エドワードと共に過ごすことは永遠に叶わなくなる。北の雪原に居を構える聖教会――王族ですら、許可なく足を踏み入れられない不可侵の土地。

何かを言おうと開いた口は、レィビーの叫びに閉じざるを得なかった。

「うぅぅぅぅぅう！　ぜぇぇぇんだよ‼」

瘴気の風が吹き荒れる。もはや風とは呼べない、凶悪な黒い竜巻がいくつも発生して巻き起こり、踏ん張れなかった僕の体は地面から浮かび上がって離れてしまった。

「ツロズリア様！」

風に巻き込まれ、飛ばされた先にいた公子と目が合う。

「宝石の君（バオシー）、手を！」

パシン、と伸ばした手は公子に掴まれて、引き寄せられる。

胸の中に抱かれて、二人そろって地面の上を転がった。

「危機一髪だね」

「ッあり、がとう、ございます……！」

「ウン。本調子でないようだ。――俺の中にも、闇の魔力があるのを宝石の君（バオシー）は知っているだろう」

『七罪』の悪魔が一柱リュフェルが身を潜めているのは知っているが、公子自身から闇の魔力を感じたことはなかった。

訪れる厄災について説明をした時、フィアナティア嬢にも『中』にいる存在について明かしている。公子自ら事情を説明しなければ、体に悪魔を宿しているなんて気が付かなかった、と言っていた。

「祖国の宝物庫を探検していたときだ」

「公子？」

「瓶の中に、薬品漬けにされたひとつの目玉があった」

黒き風が吹き荒れる中、フィアナティア嬢も自分を庇うのが精いっぱいで、こちらに来ようにも立ち往生している。

どぷり、とあふれた闇が、エドワードの光の花々に塗り替えられていく。

「どうしてだろうな、今思うと俺は頭がおかしかったんだろう。瓶の蓋は固く、どうにもこうにも開けられない。だから地面に叩きつけて割ったんだ」

「目玉は……？」

食べてしまった、とあっけらかんに笑う。言葉を失った。

頭がおかしいの一言で片付けられない。何をどう思って、誰の物かも、ナニかもわからない目玉を食べようと思えるのだ。

「あとからわかったことだけど、その目玉はリュフェルのモノだったのさ。魂が目覚めかけていたリュフェルは、目玉を通して外を見ていて、ちょうどそこにいた俺に目玉越しに暗示をかけて俺にそれを食わせた。――そうしたらあら不思議、数か月寝込んだ末、いつの間にか頭の中にリュフェルがいた。……そのリュフェルが言っているんだ。同胞が増えた気配がする、って」

同胞。それはまさか、僕のこと？

「いずれ、声が聴こえるようになる。それは悪いモノじゃない。うまく使えば、己のチカラとなる」

「……あの、レイビーみたいになったら？」

「ならないさ。お前なら。俺がなっていないんだもの。それに――この国では愛の力は何物にも負けないのだろう？」

「光雨!!　私のヴィンセントに近づきすぎだ!!」

「ほら、旦那が怒った。せっかくだ、届けてやろう」

にんまり、口角を上げて笑う公子は上機嫌だ。こんな状況なのに、命を落としてもおかしくないのに、誰よりも楽しそうで、誰よりも嬉しそうだった。

片手に握っていた剣を宙に放って、その空いた手で人差し指と中指を揃えて刀印を結ぶ。

荒れ狂う竜巻に巻き込まれていった剣が、意志を持ってヒュンッと風を切りこちらに戻って来た。

「花恋（ファリェン）、二人分だ、踏ん張ってくれよ」

僕の腰を抱いて抱えて、身軽に剣の上に両足で乗る。公子がしっかりと抱き留めてくれているからか、箒よりも安定した乗り心地に驚いた。

いつかのお茶会で、王国の魔法使いが箒で空を飛ぶように、東国では仙師は剣に乗って空を飛ぶのだと教えてくれた。が、まさか剣の上に立って飛ぶのを体験するとは思わなかった。

黒き風を物ともせずに飛び、傷ひとつなくエディの元までたどり着く。険を滲ませるエディへ向かって空中から放り投げられた。

あまりにもぞんざいな、物みたいに落とされた。驚きすぎて身構えることもできなかった。「ヴィンセント!!」と焦るエディに抱き留められて事無きを得たが、公子、絶対に許さないからな。それなりの高さから落とされたものだから、とんでもなく怖かった！

「何をする光雨!?」

「なぁに、目には目を歯には歯を。闇には闇を、だろう？」

何か、企んでいる顔だった。剣に乗ったまま、レィビーの攻撃が届かない距離を保って近づく公子。

僕を抱きしめてくれる低い体温だけが、ここは安全なのだと教えてくれる唯一だ。

「なぁ、嫉妬を冠する魔の者よ」

「なんだぁぁぁあ？　まぁたオマエか！　オレに敵わなかった、底辺のオレよりも弱いグズじゃないかあ！」

「弱いモノほどよく吠えるなぁ」

嘲り、嗤う。

ピキリ、と顔面を引き攣らせるレィビーは、他者への負の感情を糧に力を蓄えている。羨望、執着、嫉妬。負の感情が、コンプレックスが強ければ強いほどレィビーは強くなる。

「俺がいつ、本気を出した？」

「何？」

「――リュフェル。力を貸しておくれ」

瞳が紅く染まる。

ぶわり、と瘴気に煽られた黒髪が白に侵食されていく。

「天使、みたいだ」

黒い瘴気の中で広がる白はどこか神々しくて、セレーネ・ロスティーやエリザベス・ジェルセミームと同じ、『七罪』を宿した姿とは思えない。

「ま、さか……!!　オマエ!!　ルチルフェリア＝ヴァヴィラヴィアか!?」

「はは、残念ながら、リュフェルはお前のような弱きモノの名前など覚えていないそうだ」

「なぜ!!　なぜオマエなんかが傲慢の君の器なんだ!?　あぁ、あぁ!!　腹が立つ!!　ムカつく!!　殺してやる!!　殺してやるぞ!!」

号哭だ。余裕の笑みなどとうに消し去って、泥の腕を公子へ、リュフェルへと伸ばす。

「くだらぬ」

一刀。

宙に腰かけ、剣がひとりでに空を舞う。

「傲慢に嫉妬するしかできない底辺の虫が、俺に敵うなどと思い上がるなよ」

——すぱん。

ぽーん、と目を見開いたレィビーの首が飛んだ。

「あ、あ、あ、あ、憎い、憎い、羨ましい、オレも、冠を、玉座を、誰にも負けない、力を、……」

黒き風が晴れていく。

レィビーの頭はさらさらと、風に攫われて黒い砂塵となり、首の無い、女子生徒の亡骸だけがそこに残った。

あまりにもあっけない幕引きだった。


あそこまで同化していたら、彼女は人間には戻れないし、もはや精神も消滅していた。

そう語ったのは、人間の姿に戻った公子殿下だった。

事が落ち着いてから駆けつけてきた教師に呆れたのは僕だけじゃない。

怪我の有無を確認して、フィアナティア嬢が主体で状況の説明をした。交流会に来ている聖女見習い全員で場の浄化を行われる。

大小それなりの怪我を負っていた僕たちは揃って医務室送りとなり、ちょっとだけ楽しみにしていたダンスパーティーは見学になった。

――エディと踊るの、楽しみにしていたのに。

「だから、俺とリュフェルは共存しているから検査など不要だと言っているだろう」

「いいえ。いけません。聖女見習いとして見過ごすわけにはいきません。えぇ、えぇ、マリベル様なら尻を引っぱたいてでも大聖教会に連れて行っていたはずです」

「連れて行ってどうするんだ？　リュフェルを浄化するのか？　それとも監禁か？」

貸し切り状態の医務室には僕とエディ、レオナルド様にアルティナ先輩、大事を取って公子殿下が入院中だ。

治癒魔法でカバーしきれなかった火傷や裂傷を負った僕と、実は両腕を骨折していたアルティナ先輩、瘴気を大量に吸い込んでしまったレオナルド様が一番の重傷だった。

聖力で瘴気も邪気もフッ飛ばしていたフィアナティア嬢は、毎日僕たちの医務室を訪れては祈りを捧げ、聖歌を紡いでくださる。そして毎回、公子と不毛な言い争いをしている。

「はぁ……別に、私は、魔の者の全員が全員悪である、と言っているわけではありません」

「じゃあ、一体どういうことなんだ？」

「マリベル様――当代の聖女と謁見していただき、彼女から承認を受けていれば、もし人にあの姿を見られたりしても言い訳ができますでしょう。人々に紛れて暮らす魔族もいますが、彼らはほとんど人と同じ姿をしてる。厳密には、魔族と悪魔は別物なんです」

頭が痛い、と額を手で押さえるフィアナティア嬢は公子から視線を外して、僕を見た。

「ロズリア様の状態も見てもらったほうが良いでしょう。浄化できるならした方が良いし、できないならまた別の、」

「――僕は、このままで良いと思っています」

腹の奥で、ナニカが渦巻く感覚がある。それは時折拍動して、脈打っている。

初めは荒れて暴走していた闇の魔力も、今は不思議と落ちついているのだ。

「お前、何を言っているのか、わかっている？」

氷よりも冷たく、鋭く、耳に痛い声に唇を噛む。

僕の状態をフィアナティア嬢から説明されて、真っ先に大聖教会へ行くべきだと言ったのはエドワードだった。

焦りと、怒りと、悲しみと、いろいろな感情が渦巻く瞳を、場違いにも美しいと惚けて見とれてしまった。

「わかっています。『七罪』の悪魔はわかっているだけで四柱。行方知らずがリリンと名乗った少女の悪魔に、退魔したレィビー。公子殿下のリュフェル。――そして、僕の中にいる一柱。僕が、この体で抑えられるのなら、僕にできるのなら」

「――それで、お前が死んだら、どうするんだ」

「死にません」

きっぱりと、言い放つ。エドワードの目を見て、決して逸らすことなく、「僕は、エドワードを置いて死にません」とゆっくりと繰り返した。

「僕が死んだら、エドワードも死んでしまうじゃないですか。僕はエドワードを死なせたくない。僕は、エドワードと一緒に生きたいんです」

「――医務室は痴話喧嘩するところではなくってよ」

ヒートアップしそうな雰囲気に、ぴしゃり、と鶴の一声。

「ベティ……なんで、ここに」

「あら、愛しい婚約者様と幼馴染みが入院しているのよ。来たらいけない理由でもある？」

「ない、けど……」

嗚呼、今、ベアトリーチェには来てほしくなかった。きっと、ベティは僕が考えていることもお見通しだ。ベティに知られないうちに、なんとか話を丸く収めたかったのに。ベティに、僕の隠し事は通用しないから。

諦念の溜め息を吐き出す。エディも、公子もフィアナティア嬢も、わけがわからないと首を傾げた。

「ポチ、お前、今の冬季休暇ですべて終わらせてくるつもりだったのでしょう。それに伴って、手数は多い方がいい、とか考えているのね。たとえ使いこなせない強大なチカラだとしても」

「ベアトリーチェ、僕の家のことは、ここにいる誰にも関係のない話だよ」

「あら。王子殿下にはあるのではなくって？」

砂を噛み、苦虫を噛み、深く深く溜め息を吐く。

溜め息しかでない。ベアトリーチェの発言は僕の家が、ロズリア家が何かあると言っているようなものだ。

「ヴィンス。教えて。何をどうするつもりだったんだい？」

「あー……えー……うーん、ウン、その、僕の家はですね、とってもとっても仲が悪いんですよ。あんな家、僕はさっさと出たいんですが、父がそれを認めてくれないんです。だからちょっと、脅すのに使おうと思って」

「……そんなことの、ために？」

『『そんなこと』なんかじゃありません‼　僕がエドワードと生きるためには、そうしないと……！　……ぁ、ごめ、す、みません、急に大きな声を出してしまって」

「そんなこと」なんて。

エディにだけは言ってほしくない。僕は、あの家を出ないと、エドワードと一緒にはいられない。魂の契約だとか、エディと一緒じゃないと呼吸もできないのだとか、あの人には関係ないんだもの。だから、どんなことをしてでも、たとえ——殺してでも、僕は自由にならなくてはいけない。

——気が付いたら、エドワードに抱き寄せられていた。

「うん、うん、ごめん。ヴィンセント、ごめんね、だから泣かないで。私とのことを考えてくれていたんだよね。私も、ヴィンセントと一緒に生きたいんだ。だから心配なんだよ。浄化しなくてもいい、抱えていてもいいから、私と一緒に教会へ行こう。マリベル様に診てもらって、お墨付きをもらったらお前も安心できるだろう？」

「……そう、ですね」

「だから、一緒に、私と一緒に、大聖教会に行くんだ」

「……」

「ヴィンセント、お願いだよ」

声が、震えていた。

こくん、と小さく頷く。

エドワードの肩から、力が抜けていくのが目に見えてわかった。

「お話はまとまりました？」

「う、す、すびません、ぐすっ」

「ところでお聞きしたいんですけれど、ロズリア様が亡くなられたら、エドワード殿下も亡くなられるとは、一体どういうことでしょう？」

はた、とエディと目を見合わせる。

魂の契約についてこの場で知っているのって、ベティだけなんだった。

このあと、騙し討ちみたいな形で魂の契約をしたエディを、フィアナティア嬢だけじゃなくレオナルド様まで烈火のごとくお叱りになっていた。

光雨公子は「その手があったか！」みたいな顔をしないでください。

＊＊＊

ダンスパーティーに参加できないのなら、この医務室でちょっとした宴でもしましょうよ！　と提案をした静李に、まさか王族兄弟が乗るとは思わなかった。

まだ入院中、というよりも経過観察中の僕、レオナルド様、アルティナ先輩。エディと公子は昨日退院したはずなのだが、ベッドに居座って保健医さんを困らせている。

「ポチ」

「なぁに、ベティ」

医務室には今、僕とベティのふたりだけ。

「お父様は、ロズリア家を廃するおつもりだわ」

公爵閣下なら、いつかはそうするだろうなぁ、と思っていた。むしろ、よく今までしぶとく残っていたものだ。

僕の生家（ロズリア）はまぁまぁ腐っている。

ロズリア家当主には、ふたりの妻がいた。第一夫人と第二夫人。どちらかが正妻、というわけもなく、どちらも好きだし、どちらかひとりなんて選べないから、どちらとも結婚した、というわりとクソな理由だ。

僕の母は第二夫人で、とても美しく、清廉で、優しい女性（ひと）で、どうしてあんな父に嫁いだのか不思議だった。父が無理やり既成事実（僕!!）を作り、強引に結婚へと運んだのだとか。やっぱりクソだった。

優しくて美しい母は、僕が小さな頃に亡くなった。事故で片付けられてしまったけれど、僕は知ってる。——第一夫人が、父に溺愛される母を憎んで、仕組んだ事件だった。

母を失った悲しみに暮れる僕を、ぜひベアトリーチェの遊び相手に、と誘ってくれた公爵閣下には未だに頭が上がらない。

公爵閣下のおかげでベティに会えて、学園に通えて——エドワードと出会えた。

夢も希望も未来も、僕はベアトリーチェが幸せになってくれればいい。

でも——エドワードの隣に並んだ、幸せを思い描いてしまう。

髪を梳くごつごつした手指。低い体温が僕と触れ合うと、混ざり合って温かくなっていく感覚。光に透けると、白にも銀にも輝く月の髪。冷たい、冬氷の奥に渦巻く、人間らしい熱く滾った情欲。

頭を撫でられると嬉しくて、抱き合うと幸せで、口付けをすると夢見心地になる。

嗚呼、好きだなぁ、幸せだなぁ。この人と、ずっと一緒にいられたら、幸せになれるのに。

「叔父様は、一体何を考えていらっしゃるの」

「僕に、あの人の考えなんてわかるわけがないよ」

「じゃあなぜ、次期当主であるはずのヴィクトルよりも、ポチのほうが寵愛されているの」

両手で持っていたティーカップの中身が、水鏡のように僕を映す。紅茶が揺れると、僕の影も揺れて、遠い日にいなくなってしまった母の面影を思い出させた。

ヴィクトルは腹違いの僕の兄だ。兄らしいことをされた覚えは一度もない。剣も魔法も、領地運営も、何をさせても「天才」なお兄様。

素で高慢なところが第一夫人にそっくりな、大っ嫌いなお兄様だ。

「……僕が、お母様に似ているからかな」

「ロレーヌ、叔母様？」

「ウン。あの人は、本当にお母さまのことを愛していたんだよ。愛していたからこそ、おかしくなってしまった」

「だからって、ポチを溺愛……いいえ、執着をするのは違うわ」

「そうだね。あの人が求めてるのはお母様であって、本当は僕なんて見ちゃいないんだ」

血の繋がった実の父ながら、頭がおかしいんだ。理解もしたくない。分かり合いたくもない。

「公爵閣下は、いつ頃、ロズリア家を廃するつもりなのかな」

「早くても冬が終わってからではないと無理よ。いくらお父様でも、周りの意見も聞かずに一族に属する伯爵家を廃することはできないわ。ローザクロス家に与する一族の当主を集めて、議会を開くと仰っていたわ」

僕としては、今すぐにでもロズリア家を潰して欲しいんだけどね。そうしたら、僕が行動に移さなくても済む。エディに、余計な心労をかけなくてすむ。

「……わたくしは、ポチひとりなら引き取ってもいいと思っているのよ」

ぱち、ぱち、と瞬く。

ベティはずっと暗い表情をしていた。僕なんかのために、そんな表情しなくたっていいのに。

幼馴染みで、遠い親戚の女の子。完璧主義で、大好きな人の前でも気丈に振る舞うとても強くてカッコイイ、美しくて可愛い幼馴染み。

ベアトリーチェは、僕の憧れだった。彼女のようになりたい。自分の意志を貫いて、凛と背中を伸ばして立てるような人になりたかった。

「ううん。ベティの手は借りない」

「どうして……!!」

「もう十分、ベアトリーチェにはいろんなモノをもらったから」

美しい、夢のような日々だった。

「――それにね、もう、僕はエドワードから離れられない」

「ポチ……。貴方、意外と頑固よね」

はぁ、と溜め息を吐いたベティは、キッと眉を吊り上げる。「それなら」と続きの言葉を紡いだ。

「殿下にはどう説明をするつもりなの？　そもそも、ロズリア家が廃されたら、貴方、どうするつもり？　まさか教会へ身を寄せるだなんて言わないでしょうね？」

「――音遣いになる。そうすれば、エディの側にもいられる」

「音遣い、って……ポチ、貴方ね、楽師の中でも音遣いになれるのは一握りなのよ。確かに貴方は音を操れるけれど、曲を奏でられないわ」

心配して、厳しいことを言ってくれるベティに、淡く微笑んだ。

――コツなら、掴んだ。

傷ついてしまったハープが修理から戻ってきたら、すぐにでも試したかった。音が滑り、意志を持って揺れ動く感覚。あの感覚を忘れないように、何度も反芻した。

「まさか、ポチ、」

「ウン。できたんだ」

「ほ、本当？　嘘じゃないのよね？　お前はわたくしにしょうもない嘘はつかないもの！　境界を越えたのね！」

白い頬を紅潮させて、ベアトリーチェにしては珍しく、素直な喜びの表情をあらわにした。まるで自分のことのように喜んでくれるベティに、僕も嬉しくなってしまう。

ベアトリーチェの母君は、国内でも有数の音遣いだった。楽器に愛され、音楽を愛する女性で、彼女の周りはいつだって音に満ちあふれていた。そんな母君にベティは憧れていたし、僕も少なからず憧れていた。だって、ベティのお母様だもの！　ベティを産んでくれたことに感謝して、こんな僕にまで優しくしてくれる母君に感謝した。

音遣いは、ベティの夢のひとつだった。それは叶わない夢となってしまったけれど、それなら、僕がベティの夢を叶えたっていいじゃないか。

ベティの夢だったから叶えたいわけじゃない。

——エドワードの、ために、何かできないだろうかと考えたとき、思い至ったのが音遣いだった。

「すごい、すごいわポチ！　嗚呼、お祝いをしなくちゃ！」

「ふっふっ、ありがとうベティ、嬉しいよ」

抑えきれない喜びにいつもの完璧な淑女を忘れ去って、年相応の少女みたいに抱き着いてきた、というよりも抱きしめられて、柔らかな胸が顔面に押し付けられる。

待って、息ができない……！　それにフローラルな香りがする！

「さすがはわたくしのポチね！　とびきりのご褒美を用意しなくっちゃ！」

年頃の女の子と密着する、とかそういう意識はなかった。だって、昔はしょっちゅうハグしていたし、ベティに抱きしめられたら僕も抱きしめ返す習慣があったというかなんというか。

多分、ふたりきりじゃなかったらベティも飛びついてくることもなかった。僕も、ベティと久しぶりに二人きりになれて嬉しかったんだ。

「ローザクロス嬢のポチではなくって、私のヴィンセントなんだけどなぁ」

「ベアト……？　俺に嫌気が差したのか……!?」

宴をしましょう、と準備をしに行った静李たちや、教師に呼び出されていたエドワードたちがそろそろ戻ってくるというのが、頭からすっぽり抜けてしまっていた。

そっと目を合わせてぱっと体を離した。ベティは乱れたスカートの裾を直して、僕は手櫛で髪を直す。

「おかえりなさい、エディ。学園長とのお話はどうでしたか？」

「思ったよりも早く終わったんですね、レオ様。紅茶を入れるので、どうぞお掛けになってくださいまし」

にこにこにこにこ。何もありませんでしたよ、を装うけれど、しっかりがっつりハグしているところを目撃している王族兄弟は、対照的な表情で「説明を求める」と声を揃えた。

「浮気」の誤解は無事に解けて（エディはちょっとだけ不機嫌だったけど、浮気するなんて思ってないよ、と言ってくれた）、どこから用意したのかわからないソファにふたりで並んで座っている。

医務室内はすっかり様変わりした。

レオナルド様の魔法でベッドが端に片付けられた。電気が落とされた天井には、ベティの魔法で満天の星が映し出されている。それだけでは暗いからと、フィアナティア嬢の魔法で、聖なる白い炎が灯ったランプが宙に浮いている。魔法ってすごーい！

ベッドが寄せられて広くなった空間に、従者一同がソファやらテーブルやら食事やらドリンクやらをせっせと準備していく。僕はエディに、背中から抱きしめられながら見ているだけだった。

手伝いたかったのだけれど「安静にって言われただろう」と、声を低くして言われたら安静にしているしかない。だって、怒られたくない。

ちょっと明るいプラネタリウムになった医務室で、ホームパーティーのように、のんびりしながら食事をする。

ダンスパーティーに参加しなくてもよかったかも。ここなら皆知っている人ばかりだし、周りの目を気にせずエドワードとくっついていられる。

「エディ、エディ、このオムライス、とっても美味しいですよ！　ケチャップライスからバターの風味がして、玉ねぎもしっとり甘くて……！　なにより、卵がとろとろふわふわ！」

「そんなに美味しい？」

「はい！　エディも食べてみてください、ほら、あーん」

「…………」

「エディ？」

「いや、なんでもないよ。あー、ん。……ほんとだ、ケチャップの酸味と、バターの甘さがとっても美味しいね」

ちょっと夕食には早めの時間だけれど、と用意された料理はとっても豪勢だった。

大食堂からテイクアウトかと思いきや、食堂のキッチンの一部を借りて、リリディア嬢と小龍、アイリス嬢で作って来たらしい。

手の込んだものは時間が足りなかった、とリリディア嬢が不満げにしていた。僕から見たら、こんな短時間で美味しそうな料理が作れてしまうなんて尊敬する。

オムライスだけじゃなく、スープシチューやフルーツサラダ、鳥の照り焼きにパスタまで。スープシチューのお供に、バケットに入ったパンはきっとリリディア嬢お手製のパンに違いない。

丁寧に一口一口ちぎりながらパンを食べるアルティナ先輩に、リリディア嬢がキツイ表情を緩めている。

「せっかくの宴ですからね！　ぼくと小龍で余興でもいたしましょう！」

「は!?　おい、静李、お前、また勝手なことを……！」

キラキラと幼い笑顔を浮かべる静李はすっかりやる気で、どこからともなく扇子を取り出していた。やっぱり小龍は苦労してるみたい。大変だなぁ、公子殿下と同僚に振り回されるなんて。

「いいじゃないか。扇舞だろう？　それなら俺は二胡でも弾いてやろうか」

「ニコ？　楽器の類か？」

「祖国の伝統的な楽器のひとつさ。楽師ではないが、腕前にはそれなりに自信があるぞ」

これまたどこからともなく弦楽器を取り出した公子殿下に、小龍はもはや諦めて項垂れている。

「まぁ、海の向こうの文化に触れられる機会ですのね」

これまでも、これからも、小龍はこのふたりに振り回されていくんだろうな。

「エディは、扇舞とやらを見たことはありますか？」

「見たことはないが、知識として知っているくらいかな。とてもエレガントなダンスみたいだよ」

ひとり用の椅子に腰かけていた公子は、片足の膝上にもう片足の足首を置いて背筋を伸ばした。

黒漆の弦楽器を抱えて構える。ヴァイオリンに似た形状だけれど、立てて奏でるらしい。

波の花を閉じた公子は、滑るような動作で弓を走らせた。

腹の底に響く低音が緩やかに奏でられる。旋律は重く、嵐の前の静けさを表していた。

タン、と沓裏が地面を叩く。扇子を開き、顔を隠した小龍と静李が背中合わせに立った。音に合わせて扇子が揺らぎ、旋律が徐々に高く、速くなっていくと、黒衣を翻して二人は宙を舞った。

『静』の小龍と、『動』の静李。ぴったりと、一糸の乱れすらなく、はじめからふたりはひとつだったかのように、くるりくるりと舞い踊る。

社交ダンスとは違う、まるで芸術品のように完成された『扇舞』に、誰もが息を飲み、手に汗を握って食い入った。

旋律が天を昇って、やがて星空に吸い込まれて消えていく。ダンスというより、神へ捧げる儀式のようだった。

扇子で顔を覆い、一番初めの背中合わせに戻った。余韻が溶けて消えると、二人そろって頭を下げた。

「――どうでした⁉　ぼくたちの扇舞、良かったでしょ？」

雰囲気に呑み込まれかけていた僕たちを引きずり戻した静李は、額に滲んだ汗を拭って、オレンジジュースを一気飲みする。とても繊細な舞を披露してくれた人とは思えない豪快っぷりだ。

「すごいってものじゃございません。素晴らしい、とても美しく貴いものを見せてもらいました」

ぱちぱちぱちぱち、と手のひらを打つ音が広がる。かく言う僕も、エディも、無意識に拍手を鳴らしていた。

「お礼に、今度は私たちが歌を披露いたしましょう！」

フィアナティア嬢の生歌！　熱狂的なファンが知ったら、涙して羨まれるに違いない。もしかしたらレイビーがまた出てくるかも、なんてね、タチの悪い冗談だ。わりと笑えない。

アカペラで、伴奏も何も無いのに聖女見習い三人の歌声は美しく重なり合い、まるで声そのものが楽器のようだ。

「……楽しいね、ヴィンセント」

「ふふ、はい、楽しいですね、エドワード」

以前の僕なら、このような場には参加しなかっただろう。

楽しくて、嬉しくて、幸せだ。

「穏やかな日常をヴィンセントと過ごせるなんて、過去の私が知ったら羨まれてしまうね」

「未来の私ばかりズルい、みたいな？」

「そうそう。私ってば、心が狭いから過去でも未来でも、ヴィンセントを誰にも渡したくないのさ。たとえ自分自身だとしてもね」

星空を見上げて、そのまま頭をエドワードの肩に寄せた。

とくん、とくん、と音が聞こえる。

——生きている。

「僕、頑張りますね、貴方と生きるためなら、なんだってできるんですから」

「空も飛べる？」

「……箒が有りなら」

魔法使いにはなれないけれど、箒で空を飛ぶくらいならできる。やったことないけど、多分できるはず。

「ふっ……ふふっ、そっか、じゃあ私はヴィンセントの後ろに乗せてもらおうかな」

「いきなり二人乗りはハードルが高いかと……」

「だって、公子殿下とは二人乗りしていたじゃないか」

「あれは不可抗力ですよぉ……」

拗ねた声を出すエドワードに、僕もクスクスと笑いがこぼれた。

幸せだ。夢みたいだ。いっそのこと、夢ならいいのに。

あどけなく笑うエドワードに目を細めて、当たり前の日常を享受する。

賑やかでトラブルばかりだったけど、一生に一度の学生生活ならこういうのも思い出になるのかな。

交流会も、明日で終わりだった。

＊＊＊

トラブルだらけの交流会も、今日が最終日。

校門には、姉妹校の彼ら彼女らを見送る生徒で賑わっていた。この短期間で交友関係を築き、別れを惜しんで涙を見せる生徒もいる。

「殿下、ロズリア様、それでは来月、大聖教会にてお待ちしております。マリベル様にも、七つの件についてお伝えしておきます」

大聖マリア女子學院の一団から少し離れたフィアナティア嬢は、僕たちの元へ別れの挨拶をしに来てくれた。フィアナティア嬢から少し離れたところに、アイリス嬢とリコリス嬢の姿もある。

僕の視線に気が付くと、小さく手を振ってくれる。表情が薄く、何を考えているかわからないし、あまり話もしなかった。彼女たちがどういう人物なのかイマイチ掴みきれなかったけど、いい子たちなんだろう。ベティは、優しく親切にしてくれたと言っていた。

「助力、感謝します」

「七罪だなんて、御伽噺や神代のお話だと思っていましたのに。まさか、私が聖女の代で起こるなんて……」

「おや、次代の聖女は自分だと？」

「——あら、ちょっと口を滑らせてしまいましたね」

いけないいけない、と淡いリップを乗せたみずみずしい唇を手のひらで隠す。フィアナティア嬢は、悪戯っ子みたいに瞳に笑みを浮かべた。

あくまでも聖女候補第一位なだけで、まだ次期聖女に決まったわけではなかったはずだ。次期聖女が正式に決定するまでは、この順位も入れ替わる可能性がある。意外と野心があったりするのかな。

交流期間で聖女見習いたちの印象はぐるりとひっくり返った。

清らかで美しく、厳格と純潔を重んじる少女たちなのかと思っていた。恋バナに華を咲かせ、格好いい男の子に頬を染める、意外と普通の女の子たちだった。

聖女候補一位ともてはやされるフィアナティア嬢は意外とゴシップが好きで、大聖教会では食べられない庶民的な味の濃い料理を好んでいたのにも驚いた。

肉類やアルコールを禁止する宗派も存在する。この国で主流の、主神を聖母マリアとするマリヤ教は、普段の食事における禁止事項は設けていない。それゆえに入信する信徒も多い。

聖女マリアの子、聖なる子である聖女見習いたちが生活をする大聖教会では「過度な贅沢を控えましょう」という教えの元、基本的には質素な食事が振る舞われる。その反動なのか、大食堂のメニュー一覧を見てうっとり、と悦に入ったフィアナティア嬢は一時期話題になっていた。

「また会える日を楽しみにしております」

「私もだよ」

「お二人が健やかに、聖母マリア様の導の元、太陽が輝き、月が微笑みますように、お祈りいたしておりますわ」

淑やかに、胸元に手を当てて頭を下げる。フィアナティア嬢はスカートを翻してリコリス嬢とアイリス嬢を伴い、女學院の一団へと戻っていく。

大聖マリア女子學院が一番初めに立ち去るようだ。これから帰るのは北の雪原であるため、マフラーを巻き、コートを着込んでいる。フィアナティア嬢を筆頭に、学園に、校舎に、教師や生徒たちに華麗なカーテシーを披露して、杖を掲げた。これから行われるのは、女學院生たちによる大規模転移魔法だ。

全員が光の魔力属性を持っているからできる所業。まさに神の御業に近い。

聖女見習いたちが聖歌で場を清め、騎士見習いたちが魔力を注ぎ、魔女見習いたちが呪文を唱える。彼女たちを中心に魔法陣が表れて、光の粒子に包まれる。

フィアナティア嬢がにっこりと微笑んで、手を振った。

――振り返す間もなく、光に包まれて消えた彼女たちは、今頃大聖教会か女學院にいることだろう。話題性に事欠かない学校だった。

「聖なる乙女たちが一番に帰ってくれてよかったよ」

さりげなく、腰を抱かれてぎょっと飛び退る。

「光雨公子！　その、気配を消して現れるのやめてください……！」

「哈哈哈！　すまないな。宝石(バオシー)の君の驚く顔が見たくてね」

「さっさと帰りなよ」

いつからいたのか、公子殿下に溜め息を吐くエディ。すすす、と公子から離れてエディの横に張り付いた。

「――これを渡したかったんだ」

小さな小箱を差し出される。僕が受け取る前に、エディが「いらない」と突っぱねた。入れ物的に装飾品の類なのがわかったので、苦笑いをこぼす。

無理やり僕へ渡してくるか、諦めて殿下に嫌味を言いながら引き下がるかのどちらかかと思ったのだが、眉を下げる公子の表情(かお)に首を傾げた。

「戀人がいるのに、プレゼントを贈るのはマナー違反だろう」

「それはそうなんだがなぁ……。これは、闇の魔力を覆い隠し、負担を肩代わりしてくれる守護の仙宝だ。アンクレット型にしたから普段でも身につけられるし、できれば常に肌身離さず持っていてもらいたい」

うぐ、と隣から変な音が聞こえる。そっとエディを窺い見れば、ものすごい形相で葛藤していた。

他人からの贈り物を身に着けさせたくない気持ちと、闇の魔力の負担を減らしたい気持ち。拮抗しているのだろう。

歯がギリギリ音を立てて、白百合の君とは思えない形相である。エディのファンが見たら泣いちゃうんじゃないかな。

「俺の経験談から、闇が馴染むまで体調不良が重なるだろう。今だって、正直あまり良くはないだろう？」

「——そうなの、ヴィンセント？」

冬をかすかに見開いたエディに、うまく隠していたと言うのにこの公子は本当に余計なことしかしないなぁ！

なんでエディでもわからないのに、公子殿下はわかるんだ。

「頭痛が少し」

「微熱もだろう」

ほんとに！　もう！

にっこり愛想笑いして黙殺する。無言は肯定である。

「ピアスやネックレスにしなかっただけ感謝してほしいくらいだ。ほら、受け取れ」

ぽん、と気軽に投げ渡されたそれを、慌てて受け取った。

「宝石の君（バオシー）、俺はお前のことをずっと想っているよ」

「光雨公子……」

「い・つ・で・も！　俺に鞍替えしていいんだからな」

「帰れってば！」

「あっはっは！　別れは言わない！　また会おう――ヴィンセント、エドワード！」

不機嫌に吠えたエディに、からからと笑って去っていく公子の後ろ姿を見つめる。とっさに受け取ってしまったけど、本当にいいんだろうか。

手の中に収まった箱を見つめていると、舌打ちをしたエディが憎々しげに僕の手の中から取った。ぱかり、と勝手に開けられて、一緒に中を覗く。濃い青に白い光が入った宝玉を中心に、キラキラと輝く黒い石が連なったアンクレットが収まっていた。

――黒い石は、公子が常にまとっていた黒衣にも、射干玉の髪にも思える。濃い青に差し込む白なんてまるで公子の波の花の瞳を連想させた。

「ほんっとうに腹の立つ男だ……!!」

これってそういうこと……？

もしこれがピアスやネックレスだったら、有無を言わさず返却されていただろう。そうなればアクセサリーをつける場所は限られてくるが、アンクレットにしたのはエディへの配慮でもあるのか。

足元なら、日常的に見える場所ではないから、感情を掻き立てられることもない。

古来より悪いものは地を這って来ると言われ、アンクレットは魔から身を守るものとして重宝されている。それもあってアンクレットにしてくれた、のだと思いたい。

エディは僕と手を繋ぎたがるし、僕の首を触るのも癖だから、ちょうど良かったと思うことにした。

これをつけることで、些細な体調不良に悩まされることがなくなるなら有り難さも増すのだけど。

「……はぁ。部屋に戻ったら、付けてあげるよ」

「え、いいんですか？」

「なにより、ヴィンスの体調が心配だもの。これで効果が無かった時は次に会った時にでも顔面に叩きつけてやろうね」

やるならぜひ僕のいないところでやってもらいたい。

リュークステラ学園も去り、シュヴェルトも校門の前に整列していた。

「――エドワード第一王子殿下」

「君は、」

「アヴィス・カンパニーの取締役を務めております、ヴィクトリア・アヴィスィフィアです」

アヴィス・カンパニーと言えば、この国じゃ知らない者はいない大企業だ。もともとは中小企業だったのだが、彼女が社長に就任したこの一、二年で急成長を遂げている。

『金の天才』と呼ばれ、物流、経済、時勢の流れがすべて見えているかの如く、彼女がやる事なす事すべて成功している、らしい。

眼鏡のブリッヂを上げて、背中に定規でも入っているかのように真っすぐ立っていた彼女は、九十度に腰を折り曲げた。

「このたびは、我が校の生徒が大変申し訳ございませんでした。つきましては、お詫びにもなりませんが私が経営する装飾店への紹介状をお渡しいたします」

早口に述べられた謝罪と、差し出された小封筒にエディは困り顔で首を横に振った。

「その類には困っていないよ」

「――実はここだけの話、愛犬や愛猫用のお洋服も展開しているんです」

「ちょっと詳しく」

受け取らないと思われたのに、彼女の一言できらりと表情を変えたエディにぎょっとする。

受け取るんだ!? ペットなんて飼っていただろうか。王宮で飼っているのかな。犬……はなんかイヤだな。猫もイヤだけど。

別に嫌いじゃないけど、僕がいるんだから僕を愛でればいいじゃないか。

手短に謝罪と要件だけを告げて、去っていった若き少女社長。

淡いパステルカラーの封筒を扇ぎ、満足に笑むエドワードに今度は僕が溜め息を吐いた。

僕のライバルは犬猫か。

＊　＊　＊

氷の湖の中にあるイヴェール寮に、朝陽が昇ることもなければ月が顔を覗かせることもない。けれど、屈折して届く光はどこまでもキラキラと輝いて、湖の底を楽しませてくれる。

光が降るガラスの向こうを眺めながら、この三週間を思い返す。

異国の王子に告白されるなんて思わなかったし、エドワードのストーカー勘違いお嬢様が化け物になるとも思わなかった。ストーカーの時点で僕はバケモノだと思っているけれど、結局バケモノが化け物にグレードアップしただけだった。

エリザベス・ジェルセミームの死は、大聖教会によって秘匿された。頭部を失った遺体を生家へ帰すこともできず、大聖マリア女子學院の生徒たちによって回収されていった。

足首には、エディが不機嫌になりながら付けてくれたアンクレットが揺れている。

「ヴィンセント。熱心に何を見てるの？」

「光を、見てました」

「光？」

背後から僕を抱きすくめたエディが、視線を追ってガラス窓の向こうを見る。

溶けない氷に覆われた湖は、最下層にあるエディの部屋より、少し上の階層までが氷になっている。水中で自由に泳ぐ魚たちを見れる天然のアクアリウムだ。

「屈折して降ってくる光が綺麗で」

「私はもうこの部屋と六年目になるからなれてしまったな」

「僕の部屋からは氷しか見えませんから」

もしかしたら、ベティの部屋なら水中が見えるかもしれないが、入ったことがないからわからない。

胸の前に回る腕に触れる。

蒼が反射して、蒼に包まれる。綺麗で、美しくて、どこまでも澄んだ蒼は、エドワードみたいだった。

「エディ、僕、人を好きになるの、初めてなんです」

「うん」

「だから、日に日に、エディを想う気持ちが大きくなっていって、あふれてしまいそうで怖くなる」

「私は、ヴィンセントが私でいっぱいに満ちて、あふれてくれたらいいのに、と思っているよ」

「だって、」

少しだけ口ごもってしまう。

だって、あふれたらもったいない。頬を赤らめる僕に、ガラス越しにぱちくりと目を瞬かせるエドワード。なおさら恥ずかしくなる。

溺れるくらい深くて、涙がこぼれるほど愛おしい。息ができないほどの愛を注いでくれるエドワードに、僕は同じくらいの愛を返せているだろうか。

好きで、好きすぎて、胸が痛くなる。どうしようもなく苦しくて、愛に包まれたまま息絶えられたら、どんなに幸せだろう。

冬の瞳にキラキラと光が降る。

澄んだ夜空を流れる星々のようだ。この人とずっと一緒にいられますように、と祈り願ったら叶えてくれるだろうか。

「何を考えてるの？」

「――エドワードの愛に、溺れて、溶けて、一緒になれたら、幸せなのにな、」

「でもそれだと、私はお前を抱きしめられない。抱きしめて、頭を撫でて、キスをして、情を交わすことができない」

「それでも、貴方のそばにいられるのなら、僕は」

「ダメだよ。それはダメだ。お前は、必ず私のところへ帰ってこないといけないんだ」

喉までせり上がった感情をグッと飲み込む。

目尻に滲んだ涙は冷たい唇に吸い取られた。

「ヴィンセント・ロズリア」

静かで、穏やかで、それなのに熱に浮かされた声が僕を呼ぶ。

「は、い」

体を離したエドワードに向き合って、顔を合わせて、息を飲んだ。笑顔のない真剣な、真っすぐな表情のエドワードが蒼く照らされている。

「私は、お前を手放すつもりなどないよ。魂の契約があるからだとかじゃない。――なによりも、誰よりも愛してる。私の初恋の人(ヴィンセント)、どうか、君に、私の一生の愛を捧げさせて」

片膝をついて、僕の手を掬う。力を入れなくても放せてしまうくらい、優しくて弱い力だった。

「エドワード・ジュエラ・レギュラスの名において誓う。私の愛は、君から生まれる。悲しみも、怒りも、喜びも、君がいないと、私は呼吸さえできない。――私の愛は、幸福は、祝福は、君がいないと、ヴィンセントがいないと成り立たない。どうかこの、哀れな私に、君の愛を」

息ができない。心臓が早鐘を打つ。死んでしまいそうなくらい体が熱い。

なんて熱烈な愛の言葉。苦しい、死んじゃう。エドワードの愛に溺れてしまう。――けど、それが幸せだった。

「僕も、僕も誓う。ヴィンセント・ロズリアは、貴方に、エドワードにすべてを誓う。愛も、喜びも、苦しみも、悲しみも、僕のすべてをエドワードにあげる。だから、僕にエドワードをちょうだい」

「――……うん」

涙があふれる。あぁ、もったいない、この涙にもエドワードの愛が満ちているのに。

長い腕が伸びて、花の甘い香りに包まれる。

触れるだけの口付けを交わして、絡めた指先に、左手の薬指に口付けられた。

きゅ、と指の付け根を絞めつけられる感覚にぱしぱしと瞬きをする。蒼い石のついた細身のリングがぴったりとはまっていた。

「これ、」

「物で縛り付けるなんてズルいと思うけど、でも、」

「ううん、嬉しい……、すごく、うれしい」

婚約指輪みたい、と笑みを綻ばせて呟く。

「…………婚約指輪、なんだけどな」

今度こそ、息が止まった。

「今はまだ、結婚はできない。だから婚約だ。私が卒業して、ヴィンセントを待つから。だから、卒業したら迎えに来る。そうしたら――結婚してほしい」

描かれていく未来に夢見心地だった。

この先もエディと一緒にいれたらいいなぁ、そうしたら幸せなのに、そう漠然と思い描いていた幸せが形となっていく。

いいんだろうか、僕で。――違う、僕じゃなきゃ、イヤだ。エドワードの隣を誰にも譲りたくない。この人の愛は僕だけのもので、エドワードのすべては僕のものだ。

「つい、イヤだった⁉　デザインが気に入らない⁉」

「――嬉しくて、嬉しくて死んじゃいそう」

「そ、れは困るな。私も、死んでしまうし……ヴィンセントと、もっと時間を共にしたいんだ」

エドワードが照れてる。

ぽろぽろと、とめどなくあふれていく涙を止める術はない。嬉しくて、嬉しくて、喜びに胸が張り裂けてしまう。

蒼に照らされながら抱き合う。

エドワードの腕の中には、優しい世界が広がっている。

穏やかな蒼いアクアリウムの中で、僕たちは愛を誓った。

この作品に対する皆様のご意見・ご感想をお待ちしております。
おハガキ・お手紙は以下の宛先にお送りください。

【宛先】
〒150-6008 東京都渋谷区恵比寿4-20-3 恵比寿ｶﾞｰﾃﾞﾝﾌﾟﾚｲｽﾀﾜｰ８Ｆ
（株）アルファポリス　書籍感想係

メールフォームでのご意見・ご感想は右のＱＲコードから、
あるいは以下のワードで検索をかけてください。

アルファポリス　書籍の感想

ご感想はこちらから

本書は、「アルファポリス」（https://www.alphapolis.co.jp/）に掲載されていたものを、
改題、改稿、加筆のうえ、書籍化したものです。

悪役令嬢のペットは殿下に囲われ溺愛される

白霧 雪。（しらきり ゆき）

2023年 1月 20日初版発行

編集－本丸菜々
編集長－倉持真理
発行者－梶本雄介
発行所－株式会社アルファポリス
〒150-6008 東京都渋谷区恵比寿4-20-3 恵比寿ｶﾞｰﾃﾞﾝﾌﾟﾚｲｽﾀﾜｰ8F
TEL 03-6277-1601（営業） 03-6277-1602（編集）
URL https://www.alphapolis.co.jp/
発売元－株式会社星雲社（共同出版社・流通責任出版社）
〒112-0005 東京都文京区水道1-3-30
TEL 03-3868-3275
装丁・本文イラスト－丁嵐あたらよ
装丁デザイン－百足屋ユウコ＋タドコロユイ（ムシカゴグラフィクス）
印刷－中央精版印刷株式会社

価格はカバーに表示されてあります。
落丁乱丁の場合はアルファポリスまでご連絡ください。
送料は小社負担でお取り替えします。

ISBN 978-4-434-31488-9 C0093